생활수업

生活課
Copyright © 2017 by 王威廉
All rights reserved.
Korean copyright © 2025 by Geulhangari Publishing Co., Ltd.
Korean language edition arranged with 廣東花城出版社有限公司.

이 책의 한국어판 저작권은 廣東花城出版社有限公司와 독점 계약한 ㈜글항아리에 있습니다.
저작권법에 의해 한국 내에서 보호를 받는 저작물이므로 무단 전재와 복제를 금합니다.

왕웨이롄 지음
조은 옮김

생활수업

묘보설림 — 20

글항아리

일러두기
• 각주는 모두 옮긴이 설명이다.

차례

나를 묶어줘, 나를 옭아매줘 · 007

캡슐호텔 · 033

근거 없는 밤 · 059

구름 위, 청춘 · 085

생활수업 · 117

침묵천사 · 139

어둠 속의 상어 · 209

온 세상의 고통받는 사람들 · 239

나를
묶어줘,
나를
옭아매줘

그는 여행을 자주 다니는 사람이다. 여행은 적절한 표현이 아닐 수도 있겠다. 여행이란 말은 자유롭고 낭만적으로 들리니까 말이다. 그는 그렇게 편안하진 않았다. 그저 외근이 잦은 사람, 짠내 나는 직장인이라고 말하는 편이 알맞지 싶다. 그는 전국에 있는 온갖 도시를 바삐 돌아다녔으며 한결같이 호텔 스탠더드룸에 묵었다. 말단 직원이다보니 일을 마쳐도 거래처에서 식사 한 끼 대접하려 하지 않았고, 여기저기 구경시켜주거나 저녁에 가라오케라도 데려가는 일은 있을 턱이 없었다. 그 역시 기대도 안 했고 불만도 없었다. 어쩌다 이름난 문화도시에 가게 되면 소문난 명소를 찾아 푼돈이나마 쓰면서 마음껏 볼 수도 있었다. 하지만 그는 대부분 시간을 스탠더드룸에서 보냈고 그편이 편안하고 자유로웠다.

이상하게도, 몇 년을 이렇게 스탠더드룸에 묵으면서도 그는 조금도 지긋지긋하지 않았다. 도리어 아무런 특징도 없는 천편일률적인 방에서 자는 일에 갈수록 익숙해졌다. 그는 평소에는 잠을 푹 못 잤지만, 스탠더드룸의 창가에 놓인 침대에 누우면 이내 단잠에 빠져들곤 했다. 밤새 꿈도 꾸지 않았고, 맑고 상쾌한 기분으로 깨어났다. 다만 그는 의아했다. 커다란 침대 하나뿐인 그런 방이 어째서 침대 두 개가 있는 이런 방보다 비쌀까? 그런 불합리한 숙박 요금 때문에 어쩔 수 없이 그는 혼자서 침대 두 개를 오래도록 차지해야 했다.

처음에는 밤마다 침대를 바꿔가면서 잤다. 있는 물건을 충분히 써먹어 낭비를 줄이겠다는 생각이었다. 하지만 나중에는 창가 쪽 침대가 고정석이 되었다. 그 자리에서 TV 화면이 좀더 똑바로 보이는 것 같았기 때문이다. 물론 그건 단지 느낌일 뿐이며 혼자만의 착각일 수 있다는 걸 잘 알았다. 그러나 그는 이 착각을 떨쳐낼 길이 없었다. 그리하여 화장실 쪽 침대는 비워놓게 되었는데, 그 새하얗고 깔끔한 시트에 무심결에 눈길이 닿을 때마다 목구멍이 조여들면서 알아채기 힘든 가느다란 한숨이 흘러나오곤 했다.

당연히 그는 생각을 할 줄 알았다. TV를 보는 것 말고 스탠더드룸에서 그가 가장 많이 하는 일이 바로 생각이었다. 그렇게 오랫동안 생각한 끝에 어느 날 드디어 깨달음이 찾아왔다. 자신에게 속한 시간이 이곳 스탠더드룸에 덩그러니 매달려 있으며, 여기서 지내는 시간은 어떤 피상적인 삶에 지나지 않는다는 깨달음이었다. 또는 이곳에서, 낯설고 심지어 뜬금없기까지 한 이곳에서 그는 그저 요구된 삶, 타인의 삶을 살아간다는 것이었다. 누군가를 대신해 살고 있거나, 아니면 자신이 다른 사람으로 변해버렸거나. 그런데 이상하게도, 다른 사람이 되었다 해도 그는 조금도 괴롭지 않았을 뿐 아니라 그런 상태가 만족스럽기까지 했다. 뭔가 이와 비슷한 상황이 있는데? 뉴스를 보는데 여성 앵커가 무표정한 얼굴로 소식을 전했다. 리비아 원수 카다피가 전투에서 입은 부상으로 사망했습니다…… 그러고 보니 자신이 마치 처벌을 면한 범죄자 같다는 생각이 들었다. 요행을 바라는 마음 상태까지 영락없는 범죄자였다. 그나저나 내가 저지른 범죄가 뭔데? 누가 나를 체포하고 어떻게 처벌하는데? 아무리 생각해도 알쏭달쏭했다. 스탠더드룸의 창가 쪽 침대에서 밤새 뒤척이며 생각해봐도 여전히 아리송할 뿐이었다.

이런 문제야 생각하다 집어치우면 그만이었지만, 그를 괴롭히는 또 다른 곤경이 기다리고 있었다. 그가 불평하듯 출장은 이미 충분히 잦았지만, 그래도 그는 집에서 오랜 시간을 보내야 했다. 출장을 마치고 혼자 사는 집으로 돌아올 때마다 그는 세계 일주를 마치고 뭍에 상륙하는 뱃사람 같은 기분이 들었다. 견고하던 육지가 갑자기 바다처럼 출렁이는 것만 같았다. 헉헉거리며 짐을 내려놓은 그는 대걸레와 빗자루 따위를 찾아 들고 청소할 채비를 하다가 퍼뜩 깨달았다. 어디서부터 손을 대야 할지 모르겠다.

그는 몹시 곤혹스러웠다. 대부분의 사람과 마찬가지로 그 역시 이런 기이한 느낌을 경험한 적이 없었다. 어디에 놓여 있든 관계없이, 그 가지각색 물건(지금 막 거실 한구석에 내려놓은 여행 가방까지도) 앞에서 그는 속수무책이 되고 말았다. 마치 천연적으로 뿌리를 내리고 싹을 틔운 것처럼, 물건들은 자기들이 있어야 마땅한 곳에 자리 잡고 있었다. 이것들을 어떻게 처리해야 한단 말인가. 그는 꼼짝없이 포위됐다. 한참을 그렇게 서 있고서야 서서히 깨달음이 찾아왔다. 이것이 바로 그의 생활이다. 또는 생활의 곤경이 한층 뻗어나간 것이랄까. 무력감이 보이지 않는 밧줄처럼 그의 다리, 허리, 팔, 목 그리고 머리까지 끈덕지게 감아올라가며 그를 친친 옭아맸다.

"에취!"

재채기가 나오면서 온몸이 부르르 떨린 덕에 그는 그 보이지 않는 밧줄에서 잠시 벗어날 수 있었다. 청소에 몰두하기 시작하자 머릿속이 텅 비었다. 한 시간 뒤, 거실 한복판에 선 그는 주변 물건들에 생겨난 반짝이는 광택이 모종의 어둠을 잠시 몰아낸 것을 알아차렸고, 기분도 한결 좋아졌다.

그가 책상 앞에 앉아 인터넷을 할지 책을 볼지 고민하는데, 그 보이지 않는 밧줄이 또다시 꿈틀꿈틀거리며 그를 꽁꽁 옭아매려 했다. 그 보이지 않는 힘에 저항하려면 무언가를 해야만 할 것 같았다. 자리에서 일어나 할 일을 찾던 그는 마침내 뭘 할지 알아냈다. 책상이 너무 지저분해서 정리가 필요했다! 방금 전까지는 그저 더러운 것을 치우고 먼지를 쓸고 닦는 데에만 정신이 팔려 정리정돈과 관련된 세세한 일에는 미처 신경을 못 썼다. 사인펜, 손톱깎이, 병뚜껑, 봉투, 배터리, 동전, 리모컨, 약병, 영수증 그리고 용도를 알 수 없는 케이블선들이 저마다 진을 치고 있었다. 아까 거실에서 마주한 모습과 똑같은 상황이었다. 그는 생각했다. 넓은 범위에 있는 큼직한 물건들은 어쩔 수 없었다지만, 이 작은 책상에 널린 자잘한 물건쯤이야 질서정연하게 정리할 수 있겠지? 그는 책상과 씨름하기 시작했다. 그러면서 이런 자질구레한 일에 애를 먹는다는 사실이 우스꽝스럽게 느껴졌고, 동시에 서글픈 마음을 금할 수 없었다. 이까짓 사소한 일과 씨름하고 있자니 자신이 진정 쇠락했구나 싶었던 것이다. 쇠락이 뭔가? 삶에 더 이상 파도가 일지 않고 메마른 모래사장만 끝도 없이 남는 것이다.

그때 먼지가 뽀얗게 앉은 고지서 한 장이 눈앞에 나타나 그에게 전기요금 종이 고지서를 인터넷으로 취소하는 법을 알려주었다. 그와 같은 식견 넓은 여행자는 영락없이 환경주의자가 될 운명이었다. 그는 오래전부터 종이 고지서를 취소해야 한다고 생각해왔다. 이 고지서는 적어도 석 달은 책상에 놓여만 있었는데, 왜 먼지가 쌓이도록 내버려뒀는지는 알 수가 없었다. 정말로 그는 아무것도 기억나지 않았다.

  지금이 바로 그 일을 해야만 할 때였다.

  컴퓨터를 켜자 모니터 오른쪽 하단에 소프트웨어 업그레이드 목록이 떴다. 그는 하나하나 체크하며 업그레이드를 실행했다. MSN과 QQ 대화창이 자동으로 튀어나왔고, 비밀번호 입력창에서 깜빡이는 커서가 그를 호출했다. 그는 호출에 응해 비밀번호를 입력하고는 대화창이 로그인되는 모습을 지켜보았다. 간추린 뉴스, QQ 채팅방의 잡담 같은 수많은 정보가 튀어나왔다. 그는 재미난 소식을 놓칠세라 열심히 훑어보았다. 흥미로운 일은 드물고 대부분이 돌고 도는 진부한 얘기라는 걸 알면서도 도무지 멈출 수가 없었고, 그렇게 탐닉하면서 그는 자기 자신으로부터 벗어나는 은밀한 쾌감을 느꼈다.

  시간이 훅 지나갔다. 물 흐르듯 흘러간 것이 아니라 사하라 사막에 떨어진 빗물처럼 순식간에 사라져버렸다. 전기요금 고지서 문제를 처리한 그가 의자 등받이에 지친 몸을 기대고 책상을 다시금 훑어볼 때는 이미 두 시간이 지나 있었지만, 그는 그동안 대체 무엇을 한 건지 기억해낼 수 없었다.

  뻑뻑해진 눈을 비비면서 보니, 비좁은 책상 위는 여전히 지저분했다. 지금껏 했던 투쟁의 결과를 선포하는 것만 같았다. 그렇다, 그는 이 싸움에서 이길 수 없는 운명임을 알고 있었다. 단지 지고 싶지 않았고, 더는 노예로 살고 싶지 않았을 뿐이다. 그러나 결국은 자신이 투쟁을 했는지조차 확신할 수 없었다. 그는 패배자일 뿐 아니라 비겁한 탈영병이었다.

  그는 눈을 감고 심호흡을 했다. 그러고 나서 다시 정리를 시작했다. 책상 위에 있는 잡동사니를 서랍 속에 가두려 해봤지만, 서랍을 열자마자 더 많은 잡동사니가 쏟아져 나오고 말았다. 그것들이 날카로운 바늘처럼 그의 기억을 무수히 찔러대는 통에 지난날이 피처럼 방울방울 새어나왔다. 그는 당황해서 어쩔 줄을 몰랐다. 많은 일이 되살아났고, 심지어 고작 영수증 한 장에 적힌 가격과 할인율, 물건 이름만으로도 옛일이 고스란히 떠올랐다. 보이지 않는 절망을 물어뜯어 산산조각 내고자 그는 이빨을 드러낸 상어처럼 악착같이 몸부림쳤다.

그러나 이 기억의 그물은 너무나 질겼다. 더군다나 서랍 깊숙한 곳에 있던 앨범 한 권이 들춰지자 더 많은 기억이 유성우처럼 쏟아져 내렸다. 그는 한숨을 푹 내쉬며 앨범을 책상에 던지고는 아무 소득도 없이 의자에 털썩 주저앉았다. 영락없는 패장 신세였다.

그가 그녀를 알게 된 것은 완전히 우연이었다. 5층에 사는 그녀는 잿빛 고양이를 키웠다. 초록색 보석 같은 눈동자가 대낮에도 반짝반짝 빛나는 고양이였다. 무슨 종인지는 모르겠지만 아무튼 장난감 가게에 있는 인형 같았다. 그날 그는 5층을 지나다가 가녀린 고양이 울음소리를 듣고 걸음을 멈추었다. 그는 어릴 적 외할머니 집에서 5년을 살았는데, 그 시절 가장 잊지 못할 기억이 바로 '얼룩이'라는 고양이였다. 야옹야옹거리는 가냘픈 소리로 가득한 어린 시절을 보냈달까. 그래서 그는 어른이 된 지금도, 아무리 무감각한 사람이 되었다 해도 그 귀여운 울음소리에는 면역력이 전혀 없었다. 그는 감옥 창살 같은 방범문을 사이에 두고 쪼그려 앉아 고양이에게 장난을 걸었다.
"냐냐, 야옹."
그는 순수함을 간직한 어린아이처럼 아기 고양이 흉내를 냈다.

빨간 슬리퍼를 끌면서 다가온 그녀가 그에게 말했다.

"이제 3개월 됐어요."

"네, 알아요. 너무 귀엽네요."

"어떻게 알아요?"

"고양이를 키운 적 있거든요."

"고양이 키우는 남자는 드문데."

그녀가 웃기 시작했다. 맑고 낭랑한 웃음소리였다.

"어릴 때 키웠어요."

그는 그만 자리에서 일어났다. 철문 너머로 그녀의 청초한 얼굴이 보였다. 집 안에 빛이 잘 안 들어서인지 핏기 없고 창백한 얼굴이었다.

"잠깐 앉았다 가세요. 이렇게 문을 사이에 두고 얘기하니까 꼭 감옥에서 면회하는 것 같네요."

그녀가 안쪽에서 문을 열었다. 그녀의 몸놀림은 진작부터 그가 오기를 기다리고 있었다는 듯 매우 자연스럽고 우아했다. 그러니 그는 물러나지 못하고 그대로 걸어 들어가는 수밖에 없었다. 그는 긴장했다. 여자와 단둘이 있어본 것이 언제인지도 까마득했다. 2년 전이었나, 5년 전이었나?

집 안은 일사불란하게 정돈되어 있었다. 모든 물건이 제자리에 있을 뿐 아니라 하나같이 광택이 돌 만큼 말끔하기 그지없었다. 그의 마음에 부러움과 갈망, 탄복이 가득 차올랐다. 이것이 바로 꿈에 그리던 질서정연함 아닌가? 그는 푹신한 소파에 살포시 앉았다. 은은한 향수 냄새를 맡고 있노라니 갑자기 황홀감이 찾아왔다. 아득하고 달콤한 꿈속에 있는 것만 같았다. 그녀는 홍차 한 잔을 우리더니 그에게 묻지도 않고 설탕을 조금 넣었다. 그녀가 작은 숟가락으로 찻잔을 휘젓자 금속과 도자기가 부딪치는 쨍쨍 소리가 났다. 그 소리가 그의 심금을 있는 대로 울렸다.

그녀가 찻잔을 탁자에 내려놓자 찻잔이 즉각 그 자리에 뿌리를 내리고 자라나는 것만 같았다. 그는 찻잔을 들 용기가 나지 않았다. 잔뜩 긴장한 낯선 사람처럼 이리저리 두리번거릴 뿐이었다. 거실에서 TV를 찾지 못한 그의 시선이 고풍스러운 병풍을 넘어 서재에 산처럼 쌓인 책 더미에 가닿았다. 그녀는 무슨 일을 할까, 저도 모르게 호기심이 치솟았다.

"선생님이세요?"

그는 이렇게 묻고는 신경질적으로 양손을 단단히 맞잡았다.

"아니요, 작가예요."

그녀의 빠른 말투는 마치 단어의 표면을 스르르 미끄러지는 바람 같았다.

"작가?"

그의 인상 속에서 작가란 모두 신비로운 존재였다. 그런데 지금 이렇게 작가와 마주 앉아 있다니, 더더욱 터무니없는 꿈만 같았다.

"으음, 네, 나는 글을 써서 먹고살아요. 쉬운 일은 아니지만 타협할 생각은 없답니다."

그녀가 찻잔을 들어 그에게 건넸다.

"응원합니다."

그는 조심스럽고 어색하게 양손으로 찻잔을 받쳐 들었다. 말을 뱉고 난 그는 깊은 후회에 휩싸여 있었다. 응원한다니, 그게 무슨 말이래? 게다가 뭘 어떻게 응원해? 부끄럽게도 그는 오랫동안 책을 읽지 않았다. 따라서 응원이라는 건 애초에 실천 못 할 허울뿐인 호의였다.

그는 기침을 몇 번 하고 방금 한 말을 보충했다.

"그러니까 제 말은, 그런 삶의 태도가 대단히 존경스럽다고요."

"고마워요."

그녀가 웃었다.

무슨 말을 해야 할지 몰라 분위기가 좀 어색해졌다. 그는 차를 한 모금 마셨다. 그에게 달콤한 맛이란 어느덧 까마득한 존재가 되어 있었다. 그가 저도 모르게 말했다.

"엄청 달다."

"그래요? 살짝 한 숟갈 넣었는데."

그녀는 좀 움츠러들었다.

"아! 그런 뜻이 아니고요, 아주 맛있다고요."

그가 미안한 얼굴로 그녀를 바라보며 말했다.

"단맛이 무지 오랜만이거든요."

그의 말에 그녀는 재미있는 농담이라도 들은 것처럼 까르르 웃음을 터뜨렸다. 그도 덩달아 웃으며 말했다.

"진짜라니까요. 정말 이상하네요, 단맛이 이렇게 오랜만이라니."

"건강 문제 때문에 단걸 못 드세요?"

그녀가 물었다.

"아니요, 무지 건강한데 왜 그런 건지 평소 먹는 음식에서는 단맛이 싹 빠져 있네요."

차를 한 모금 마시고 나서 그가 또 말했다.

"저는 혼자 살아요."

그냥 자신의 생활을 설명하려 한 것뿐이지만, 그 말을 하고 나니 또다시 후회가 밀려들었다. 그런 바보 같은 말을 하다니 어처구니가 없었다.

"혼자 살면 더 잘 챙겨야죠. 나도 혼자 살아요."

그녀는 이렇게 말하면서 자리에 앉아 고양이를 끌어안았다. 그러자 고양이는 '넌 혼자가 아니야'라고 일깨워주려는 듯 아기처럼 온순하게 그녀의 품에 기댔다.

"혼자서도 그럭저럭 잘 살아요. 출장을 자주 다녀요. 여기저기 바쁘게 돌아다니죠."

"엄청 피곤하겠는데요?"

"희한한 게, 밖에서는 피곤하지 않더라고요. 아무래도 잠을 잘 자서 그런가봐요."

"밖에서 오히려 잘 잔다고요?"

그녀가 놀라며 물었다.

"네. 집에 오면 잘 못 자고요. 불안하고 초조해서 밤마다 잠을 설쳐요."

그는 머리를 긁적이며 사실대로 말했다.

"그것 참 이상하네요! 사람들은 보통 집에서 잘 자잖아요. 나도 그렇고요. 나는 침대에 애착이 강한지, 환경이 바뀔 때마다 적응하는 데 한참 걸려요."

그러면서 그녀는 침실 쪽을 돌아보았다.

"저는 정반대인데. 그래서 지금 일이 저한테 딱 맞는 것 같기도 해요. 매일 출퇴근 시간을 딱딱 지키라면 훨씬 더 괴로울 거예요."

"꼭 그렇진 않을걸요."

그녀는 고양이를 쓰다듬던 손길을 멈추고 그의 눈을 바라보며 말했다.

"아마 일 때문에 달라졌을 거예요. 전에는 안 그랬겠죠?"

"전에는……."

그는 머리를 긁적이며 민망한 듯 말을 이었다.

"죄송하지만 저는 기억을 잘 못 하는 사람이에요. 전에는 어땠는지 생각이 안 나네요."

"괜찮아요, 천천히 생각하세요."

그녀는 자리에서 일어나 그의 찻잔에 뜨거운 물을 가득 채워주었다. 그는 그녀가 인내심뿐 아니라 배려심도 넘치는 사람이라고 생각했다. 그래, 배려심. 자신이 참 운이 좋다는 느낌이 마음 가득 차올랐다. 처음 왔을 때의 어색함은 온데간데없이 사라지고, 지금은 오랜 친구를 찾아온 느낌이었다. 그는 이런 다정한 대화 분위기에 취해버렸다. 그러나 바로 이 취기가 그를 불안하게 만들었다. 그는 두번 다시 이런 정경 속에 있지 못할까봐, 꽁꽁 닫힌 고독 속으로 돌아가게 될까봐 두려워졌다.

그는 이런 불안감에 떠밀려 기를 쓰고 기억을 떠올렸다. 그가 천천히 입을 열었다.

"예전에도 잘 못 잤어요. 어릴 적엔 비바람 소리에 걸핏하면 깨어났어요. 천둥이 치면 밤새 눈도 못 감고……"

"하하, 겁쟁이 어린이였네요."

"네, 겁쟁이였어요. 어릴 때부터 아버지한테 겁쟁이라고 혼났어요. 그런데 어머니는 그렇게 혼내신 적이 없어요. 어머니는 겁 많은 아이는 알아서 스스로를 잘 챙기니까 마음이 놓인다고 하셨어요. 걱정을 덜 끼친다고요."

"나도 여자잖아요. 이해해요. 어머니란 늘 가장 약한 아이한테 마음이 쓰이는 법이죠."

그녀는 아기를 안듯 또다시 고양이를 품에 안았다.

"아쉽게도 저는 형제자매가 없어요. 아시다시피 옛날엔 가족계획이란 게 없었잖아요. 다른 애들은 다들 형제자매가 있는데 저만 없으니까 어릴 적부터 열등감을 느꼈어요. 괴롭힘도 많이 당했고요."

"아이고, 그건 너무 안타깝네요. 형이나 누나가 있었으면 다른 애들이 못 괴롭혔을 텐데. 귀여움도 많이 받았을 거고요."

"사실 저는 동생이 있었으면 하는 마음이 더 컸어요. 그러면 형이나 오빠로서 동생들을 챙겨야 하는 책임감이 생겼을 테고, 책임감이 있으면 용기도 생기니까요."

그는 용기를 키워내려는 듯 오른손으로 주먹을 쥐고 왼손으로 그 주먹을 감쌌다.

"이해해요."

그녀가 목소리를 가다듬으며 말했다.

"사람은 자기가 아닌 다른 존재와 마주할 때면 용기 있는 모습을 보이게 되잖아요. 우리는 외부 존재를 높이 보는 경향이 있죠. 내 삶을 하찮아 보이게 해서 삶의 온갖 고통을 견뎌내려고요. 외부 존재와 비교하지 않으면, 자기 삶을 온전히 직면할 때나 자기 삶에 완전히 빠져들었을 때 그걸 감당할 수가 없어요. 그러니까 이른바 용기라는 건, 내가 보기엔 삶을 내던지려는 충동일 뿐이에요."

그녀가 한 말을 제대로 알아들은 건지 확신은 못 해도, 일단 그는 처음 느껴보는 전율에 휩싸였다. 기억이 있은 이래로 그에게 이토록 심오한 이야기를 한 사람은 아무도 없었기 때문이다. 그는 입을 열지 않은 채 마음속으로 그녀의 말을 곰곰이 되새기고 있었다. 차츰 기쁨이 밀려들었다. 자신이 존엄하다는 의식이 소생하는 데에서 비롯된 기쁨이었다. 누군가 자신과 삶에 대해 깊이 있게 논하고자 한다면, 그건 자신의 삶 또한 가치 있다는 뜻, 논할 가치가 있다는 뜻 아니겠나?

"그렇게 말씀하시니 이제야 작가님과 이야기한다는 느낌이 드네요."

그는 마음속 긴장을 풀고 싶어 웃으며 말했다. 그리고 그녀에게 얄 보이거나 비웃음을 사지 않기를 바라며 추앙하는 눈빛으로 그녀를 바라보았다.

"미안해요!"

그러면서 그녀도 웃기 시작했다.

"나도 갑자기 울컥해서요. 내가 말을 좀 빙빙 돌려서 했는데, 당황한 건 아니겠죠?"

"대단히 심오한 말씀을 하셔서 천천히 곱씹으면서 이해해야 할 것 같아요. 지금 얕게나마 이해한 바로는, 매우 일리 있는 말씀이라고 생각합니다. 제 용기는 저 자신을 너무 많이 직면하고 나니까 자꾸만 줄어들었거든요. 부모님이 일찍 돌아가신 편이라 이제 이 세상에 저하고 혈연관계인 사람이 거의 없어요. 여자친구가 있긴 했는데 헤어졌어요. 제가 다른 사람하고 같이 사는 걸 못 견뎠거든요."

"정말 특이한 분이네요. 사람들은 대개 누군가와 같이 사는 걸 좋아하는데. 그러면 자신을 잊을 수 있으니까요."

그녀는 뭔가 감추고 있는 스파이라도 보듯 그를 자세히 뜯어보았다.

"저는 다른 사람하고 같이 사는 걸 안 좋아해요. 다른 사람을 저에게 복종하게 만들 수 없으니까요. 그게 가장 큰 이유예요. 작가님들 언어로 말하자면, 사람은 누구나 자유의지가 있잖아요. 맞죠? 그게 저를 불안하게 만드는 것 같아요. 같이 사는 사람이 앞으로 어떤 일을 불쑥 저지를지 모르니까……."

"아하하, 보아하니 당신은 아주아주 확실한 걸 좋아하는 사람이군요."

그녀는 참지 못하고 까르르 웃음을 터뜨렸다. 품에 안겨 있던 고양이가 깜짝 놀라 깨어나서는 "야옹" 하며 바닥으로 뛰어내렸다. 이어 기지개를 켜면서 하품하더니 서재로 달려가버렸다.

그는 그녀의 난데없는 웃음에 놀라지 않았다. 오히려 웃음에 전염되어 점점 더 흥분했다. 마침내 자신을 이해해줄 사람을 찾은 기분이랄까. 그는 그녀를 따라 웃고는 또 말했다.

 "정말로 확실한 건 거의 존재하지 않죠. 저도 알아요. 다만 문제는, 저라는 사람도 특이하다고는 할 수 없다는 거예요. 방금 사람은 누구나 자신을 직면하길 두려워한다고 하셨죠? 저도 마찬가지예요. 저도 저 자신을 직면하는 게 두려워요. 저는 제 삶에 자잘한 일이 너무 많다는 걸 알게 됐어요. 한데 저는 그걸 하나하나 처리할 에너지가 없어요. 결국 그것들은 자꾸자꾸 쌓이죠. 물이 고이는 것처럼요. 이러다 저는 익사하고 말 거예요!"

 그는 물속에 잠겨 있다가 막 머리를 내민 것처럼 가쁜 숨을 몰아쉬었다. 그리고 그녀가 뭐라 대답하기도 전에 잽싸게 말을 이었다.

 "제가 보기에 작가님은 그 방면에서 대단히 능숙하신데요. 모든 게 질서정연하잖아요. 저한테 조언 좀 해주실 수 있을까요?"

 그녀는 어안이 벙벙해졌다.

 "내가 그런 방면에 능숙하다고요? 전혀 몰랐네요."

 "여기 집 안 좀 보세요!"

 살짝쿵 흥분한 그가 손가락으로 허공에 원을 그리며 말했다.

 "작가님 공간은 모든 게 질서정연해요. 서재에 산더미처럼 쌓인 책들까지 저렇게 가지런하잖아요. 제가 상상하던 작가의 너저분한 서재와는 딴판이에요. 도대체 어떻게 이렇게 하세요?"

 그녀는 그의 찻잔에 다시 물을 채우고 자기 잔에도 따랐다. 그러고는 그의 맞은편에 단정하고 꼿꼿하게 앉아서 이렇게 말했다.

 "내 작품은 당연히 안 읽어봤겠죠. 읽으라고는 못 하겠네요. 온갖 허황된 상상이 가득하거든요, 흐흐흐. 내가 깨달은 사실이 한 가지 있는데요. 내 삶이 질서정연할수록, 그러니까 보이지 않는 질서에 의해 촘촘히 압축될수록 작품의 폭발력은 더 강해진다는 거예요. 그 폭발력을 얻으려고 내 삶을 일사불란하게 정리한 거죠. 물론 지금까지는 분명히 인식을 못 하고 있었어요. 그런데 오늘 당신 말을 듣고 나니까 생활 속의 나 자신이 완전히 이해되네요."

말을 마친 그녀가 그를 향해 살짝 미소를 지었다. 따뜻하면서도 신비로운 미소였다.

그의 입은 사막에서만 사는 파충류처럼 반쯤 벌어져 있었다. 그는 그녀가 이런 말을 할 줄은 전혀 몰랐다. 설마 그 보이지 않는 질서에 정말로 어떤 힘이 있다고? 그러나 의심을 품은 것과 동시에 바로 이해가 되면서 심지어 공감까지 느껴졌다. 지금껏 그를 포위하고 있던 것은 바로 그런 보이지 않는 힘이 아니었을까?

"그러면……"

그가 입술을 핥으며 말했다.

"전 어떻게 해야 돼요? 저는 글도 안 쓰잖아요. 제 생활 속에 있는 그런 보이지 않는 힘을 바꿀 길이 없어요. 벌써 연패를 당했다니까요……"

그녀는 자리에서 일어나 방 안을 천천히 거닐기 시작했다. 눈길은 창밖을 향한 채 무언가를 생각하고 있었다. 그는 그녀의 생각을 방해할까봐 조각상처럼 꼼짝 않고 앉아 있었다.

"결혼한 적 있어요?"

그녀가 느닷없이 물었다.

그는 수줍게 고개를 가로저으며 대답했다.

"없는데요."

그가 수줍어하는 모습은 별똥별처럼 한순간에 사라져 그녀에겐 보이지 않았지만, 그는 그런 자신이 창피하게 느껴졌다.

"그럼 당신이 상상하는 결혼은 부모님의 결혼생활이겠네요."

"부모님의 결혼은 재앙이었어요. 두 분은 금욕의 시대를 사셨으니까요. 서로 사진만 보고 결혼했고, 낯선 사람이 함께 사는 듯한 결혼생활을 하셨어요. 서로에 대해 제대로 알지도 못한 채로 삶의 그 조그만 마룻바닥 한 조각에서 같이 지내신 거죠. 그러다 제가 태어나니까 이제 셋이서 그 손바닥만 한 마룻바닥에서 함께 살게 됐고요. 두 분은 저를 사랑하셨지만, 어떻게 사랑해야 할지 몰랐어요. 두 분에 대한 제 감정도 피차일반이고요."

그는 자신이 추상적인 내용도 거침없이 말할 수 있다는 사실을 처음으로 깨달았다. 그 전까지는 그저 고객에게 제품을 판매할 때 제품의 성능에 대해서나 줄줄이 늘어놓았을 뿐이다.

"서로를 방해했나요? 그러니까 내 얘기는, 당신 부모님이요."

그녀의 말에 그는 힘차게 고개를 끄덕이며 대답했다.

"네, 두 분은 평생 서로를 방해하셨어요. 제 생각엔, 아마 두 분이 함께 있지 않았다면 더……."

"더 행복하게 사셨을까요?"

그녀가 끼어들었다.

"아니, 그게 아니고요."

그가 고개를 가로저었다.

"행복이라, 그건 제가 감히 할 수 있는 얘기가 아니고요. 제 말은, 두 분이 좀더 널찍하게 사셨을 수도 있지 않았나, 그런 뜻이에요."

"당신처럼요?"

"그럴지도 모르죠. 널찍하다는 건, 숨을 쉬면 숨통이 트이는 그런 상태랄까요."

"음, 당신은 지금 널찍한 걸 얻었는데도 당신 부모님보다 더 실패한 셈이잖아요. 설마 그걸 모르고 있는 건 아니죠?"

살짝 흥분했는지 그녀는 벌떡 일어나더니 그의 앞에 서서 그를 내려다보았다. 그는 그녀가 마치 우주에서 온 신비로운 사자使者 같다고 느꼈다. 파탄에 빠진 자신의 삶을 문책하러 온 사자.

그녀의 물음에 그는 잠시 말문이 막혔다. 지금껏 이런 식의 비교는 해본 적이 없었다. 부모님의 삶은 그에게는 이미 먼 옛날 일, 어린 시절 외로움의 배경에 지나지 않았다. 그는 자신이 이미 과거에서 탈출해 그때와는 다른 삶을 살고 있다고 여겼다. 그런데 지금 그녀가 나란히 놓은 두 삶을 비교해보니, 어떤 어려움은 부모님과 똑같아 보였다. 결코 멀리 나아가 있지 않은 자신의 모습에 그는 좌절했을 뿐만 아니라 공포마저 느꼈다.

"제가 부모님보다 더 실패했다고는 할 수 없죠, 저는 결혼을 안 했잖아요. 바로 그런 실패를 피하려고 그런 거예요. 제 삶도 지금 힘든 상황이지만, 저는 남의 삶을 방해하지도 않았고 남이 저를 방해하게 놔두지도 않았다고요."

그는 이렇게 반박해보았다. 그녀에게 반박한다기보다는 마음속 깊은 곳에 있는 목소리를 반박하려는 것이었다.

"당신 말이 맞을지도 모르죠. 그런데 지금 당신은 나하고 이렇게 많은 이야기를 나누면서 당신 삶이 질서를 잃었다고 하소연하고 있잖아요. 도대체 뭐가 당신을 방해하고 있는지, 이 문제에 대해 생각해본 적 있어요?"

"작가님 말씀대로 어떤 보이지 않는 힘이에요."

"신비로운 힘?"

"신비롭지는 않을지 몰라도, 분명 눈에는 안 보이는 힘이요. 그림자처럼 늘 우리 삶에 함께 있어왔죠."

그녀는 학생의 대답에 만족한 선생님처럼 웃기 시작했다.

"당신은 이해력이 아주 뛰어난 사람 같네요. 당신을 알게 돼서 무척 기쁜데요. 그러니까…… 꼭 내가 쓴 이야기의 주인공이 갑자기 현실에 나타난 것 같아요."

그녀는 미안하다는 듯이 그를 힐끗 보고는 말을 이었다.

"내 말에 맘 상하지 않길요. 나는 삶에 대한 당신의 직관과 통찰력이 아주 마음에 들어요. 하지만 그렇기 때문에 남들보다 더 힘들게 사는 거겠죠?"

"맞아요. 저는 너무 감성적으로 살고, 너무 자유를 추구해요. 아쉽게도 딱히 성과는 없었지만요."

"아니, 그건 아쉬움이 아니라 숙명이죠. 사실 보이지 않는 힘보다 보이는 힘이 다루기 쉽거든요."

그는 이어지는 말을 기대하며 그녀를 빤히 바라보았다.

"그건 내 글쓰기와 같은 거예요. 글쓰기는 무형의 존재를 언어로 바꾸는 거죠. 언어가 유형의 존재라고는 할 수 없지만, 언어는 빛이에요. 그러니까 무형의 존재를 비춰서 무형을 유형으로 바꿀 수 있죠. 내 소설은 바로 이런 유형의 세상이에요. 내가 유형의 힘에 맞서 싸울 수 있게 해주는."

"일리 있는 말씀이에요."

"더 나아가보면, 당신 부모님이 당신보다 행복한 건 바로 그분들이 서로 방해할 수 있기 때문이에요. 그런 방해도 유형이고 실재하는 거니까요."

"아아, 맞아요, 정말 그랬을 거예요."

그는 꼼짝없이 붙잡힌 죄수처럼 두 팔을 몸 양쪽으로 축 늘어뜨렸다.

"그러니까, 당신도 당신을 괴롭히는 보이지 않는 힘을 눈에 보이는 힘으로 바꿔야 해요."

"어! 그걸 어떻게 바꾸죠? 저는 글을 못 쓰는데."

"꼭 글로 써야 하는 건 아니에요. 더 실질적인 방법이 있죠."

"무슨 방법이요?"

"잠깐 기다려봐요."

그녀는 돌아서서 서재로 들어가더니 아래쪽 캐비닛을 열고 뭔가를 뒤졌다. 그런 그녀를 지켜보며 그는 이상하게 긴장됐지만, 그렇다고 두려운 마음은 조금도 들지 않았다.

조금 뒤, 그녀는 무대에 오르는 곡예사처럼 검은 소가죽 끈 뭉치를 들고 나왔다.

"뭐 하려는 겁니까?"

그의 입에서 떨리는 목소리가 새어나왔다.

"당신을 묶으려고요."

그녀의 말투는 대단히 냉철했다. 농담하는 기색이라곤 전혀 없었다.

"엥? 왜요!"

그가 소리를 빽 질렀다.

"그런 눈으로 보지 마요, 내가 변태 같잖아요. 난 당신을 도와서 보이지 않는 힘을 보이는 힘으로 바꾸려는 거라고요!"

그녀는 신비한 도구를 보여주는 마법사처럼 가죽끈을 높이 쳐들고 흔들어 보였다.

"그러면…… 그러면 정말로 될까요?"

"솔직히, 나도 확신은 못 해요. 그래도 시도해보는 거야 상관없잖아요. 설마 시도조차 겁나요?"

그가 변명했다.

"겁나는 게 아니라요, 그런 희한한 방법이 효과가 있을지 확신이 없어서 그래요. 제가 확실한 걸 좋아하는 거 아시잖아요."

"해보자고요."

그녀가 고집을 부렸다.

"좋아요, 까짓거 해보죠, 뭐."

그는 무조건 그녀를 믿어야 한다고 느꼈다. 그녀의 눈빛에는 어떤 굳은 의지 같은 것이 서려 있었다.

"그럼 지금 당신 집으로 가요. 당신을 묶으면 당신 삶이 나아지는지 그렇지 않은지 알아보게요. 안심해요, 너무 꽉 묶진 않을게요. 아예 못 움직일 정도로 꽁꽁 묶진 않을 거고요, 평소보다 조금 힘들 정도로만."

그는 그녀를 자기 집으로 데려왔다. 그는 몹시 긴장되었고, 한참을 치웠는데도 여전히 너저분한 집 안을 마주하자 쥐구멍에라도 들어가고 싶었다.

"보세요, 여긴 여전히 이렇게 지저분해요. 제가 엄청 노력했는데도요."

그는 그녀에게 소파에 앉으라고 권하는 것도 잊은 채 그냥 거실에 서 있었다.

"역시, 이 집의 무질서는 너무 추상적인데요."

농담을 던진 그녀는 아무런 예고 없이 그의 목에 가죽끈을 감았다. 그는 격하게 몸을 떨었고, 몸에 와닿는 소가죽의 냉기에 계속 몸서리를 쳤다. 그녀는 가죽끈으로 그의 어깨와 허리를 차례차례 휘감아 내려가더니 마침내 다리까지 친친 감았다. 그는 자신을 속박한 난폭하고 차디찬 힘을 느꼈다.

"움직여봐요."

그녀가 명령했다. 웃음기 없는 그녀의 얼굴은 마치 사디스트 '여왕' 같았다.

그는 복종했다. 팔을 움직이고 발을 들면서 가까스로 움직일 수 있었다. 이어 걸음을 떼어보았다. 한 발짝 뗄 때마다 안간힘을 써야 했다. 관자놀이를 타고 흘러내린 땀이 귓속으로 들어갔다. 간지러워서 손으로 닦으려 해봤지만 도무지 닿지 않았다. 멀지 않은 곳에 의자가 하나 있었다. 그는 의자에 앉아서 다리를 쳐들고 목을 움츠렸다. 그렇게 간신히 그 땀방울을 닦아냈다.

"와아! 잘했어요!"

그녀가 진심 어린 탄성을 질렀다.

그는 맞장구치지 않았다. 그러고 싶지 않아서가 아니라 마음을 분산시킬 여분의 에너지가 없었다. 발버둥 친 끝에 그 땀방울을 손가락으로 건드리는 순간, 그는 굳건한 행복감과 함께 곡예사와도 같은 성취감을 느꼈다. 그 땀방울을 닦아내고 몸을 곧게 펴고 숨을 크게 내쉬자 난생처음 느껴보는 편안함이 찾아왔다. 그는 기분 좋게 눈을 감았다. 눈을 뜨자 그녀의 얼굴이 코앞까지 다가와 있었다. 그녀는 신비로운 미소를 띤 채 그를 진지하게 관찰하고 있었다.

"기분 좋아 보이는데요?"

"네, 그래요. 말로는 설명을 못 하겠지만……."

그가 고개를 끄덕였다. 몸이 느끼는 즐거움을 감출 길이 없어 난감했다. 그는 그저 눈을 살짝 감고는 상처 입은 동물처럼 고개를 삐딱하게 기울일 수밖에 없었다.

그녀는 그에게서 눈을 떼지 않은 채 천천히 문 쪽으로 물러서더니, 손을 흔들며 작별을 고했다. 그도 인사하려고 팔을 쳐드는 순간,

밧줄이 매섭게 조여들어 얼얼한 통증이 느껴지며 신음이 흘러나왔다. 그는 고개를 들고 그녀를 바라보며 말했다.

"그러니까…… 그게…… 설마 저를 마조히스트라고 여기진 않겠죠? 아니에요…… 그런 거 진짜 아니에요!"

"그럼요, 당연히 아니죠! 절대 그렇게 안 봐요. 날 믿어요."

그녀가 미소를 짓자 오래 알고 지낸 옛 친구 같은 느낌이 더 강해졌다. 그녀가 말했다.

"이해해요. 당신은 그저 생존에 지나치게 민감한 사람일 뿐이에요. 당신이 필요로 하는 생존은 당신을 묶는 밧줄처럼 현실적이고 실체적인 거고요."

그는 주인에게 칭찬받은 강아지처럼 힘차게 고개를 끄덕였다.

"일단 혼자 느껴봐요. 그러다 견디기 힘들거나 감당 못 할 어려움이 생기면 바로 전화해요. 안전이 최우선이에요!"

그녀는 자기 명함을 현관 앞 신발장에 올려놓았다.

그녀가 떠난 뒤에도 그는 예상만큼 당황하거나 불안하지 않았다. 매우 평온했고, 오로지 신발장 쪽으로 옮겨가야겠다는 생각뿐이었다. 그는 그녀의 명함이 자신에게 얼마나 중요한지 잘 알았다. 그녀의 번호를 휴대폰에 저장해야 했다. 가죽끈은 상상했던 것보다 훨씬 더 성가셨다. 한동안 그는 거의 움직일 수 없었고 숨조차 쉬기 힘들었다. 그래도 그는 끈질기게 시도했다. 살살이 살펴 빈틈을 찾아내며 1센티미터씩 자세를 바꾸었다. 마침내 그는 그녀의 번호를 휴대폰에 저장했다. 충동을 억누르지 못한 그는 가쁜 숨을 가라앉히기도 전에 바로 그녀에게 전화를 걸었다.

"괜찮아요? 올라가서 풀어줄까요?"

그녀가 긴장한 목소리로 물었다.

"아니, 아니에요. 그냥 다 순조롭다는 얘길 하고 싶어서요."

그는 저도 모르게 웃음이 비어져 나왔다.

"그치만…… 그래도 걱정돼요. 끈을 풀어야 하는데 내가 제때 못 가면 어떡하죠? 그러니까…… 한밤중에 내가 잠들었을 때 무슨 일이 생기면요?"

"어떻게든 방법이 있겠죠, 다른 사람을 찾을 수도 있고요."

"지금 가서 풀어주는 게 낫겠어요. 당신이 스스로 묶고, 필요할 때 스스로 풀 수 있게요."

그녀가 이다지도 조심스럽다니. 이건 그가 미처 예상 못 한 부분이었다. 그는 이 작가님이 사전에 치밀한 계획을 세운 줄로만 알았다. 여자는 여자구나, 결정적인 순간에는 마음이 흔들리는구나 싶어 그녀에게 품은 존경심이 저도 모르게 살짝 약해졌다.

그가 큰 소리로 말했다.

"제가 스스로 묶으면 묶는 게 의미 없죠! 묶는다는 건 삶의 질서와 마찬가지로 외부에 있는 힘이잖아요. 그러니까 앞으로 제가 출장 가기 전에 풀어주고, 돌아오면 묶어주세요. 걱정 마세요, 출장은 한 달에 많아야 두 번이에요. 너무 성가시진 않을 거예요……."

그의 생활은 예전과 마찬가지였다. 겉으로는 아무런 변화도 없었다. 그는 계속해서 전국 방방곡곡을 바삐 다니며 스탠더드룸에 묵었고, 그곳에서는 또 다른 사람이 된 양 자신을 직면할 필요 없이 살아갔다. 집으로 돌아오면 그는 작가에게 가죽끈으로 자신을 묶어달라고 부탁했다. 그렇게 그의 진정한 자아는 세상의 속박과 고통을 시시각각 느꼈고, 몸부림과 저항 속에서 생존의 쾌감과 정신의 균형을 얻었다. 삶의 숱한 어려움을 이보다 더 잘 해결한 사람이 또 있을까, 이렇게 생각하며 그는 스스로의 삶에 만족했다.

그동안 그에게 일어난 일 가운데 언급할 만한 것이 또 하나 있다. 그는 스마트폰을 샀다. 그걸 본 작가가 비판했다.

"스마트폰은 우리 생활을 편리하게 하려는 게 아니라 복잡하게 만들려는 거예요. 좀더 정교한 방식으로 우리 시간을 낭비하게 하려고."

스마트폰 화면을 들여다보며 그가 웃었다.

"맞는 말씀이에요! 그런데 그동안 가죽끈과 투쟁하다보니 새로운 생각이 들더라고요. 우리 삶의 유일한 주제가 뭐냐, 그 질문을 해야 한다는 거죠."

작가가 말했다.

"더 시적으로 살기 위해서가 아닐까요?"

그가 무표정한 얼굴로 대꾸했다.

"그건 작가님 같은 예술가들 생각이고요. 저 같은 사람한테는 낭비가 삶의 유일한 주제예요. 이 방면에서는 역시 작가님 말이 맞아요. 그저 누가 더 정교하게 낭비하느냐, 그걸 보는 거죠."

작가는 눈이 휘둥그레졌지만 한마디도 반박하지 못했다. 그걸 보며 그는 살짝 우쭐한 마음이 들 수밖에 없었다.

어느 날 출장에서 돌아온 그는 가죽끈에 묶인 채 방을 정리하다가 침대 밑 구석 자리에서 먼지가 뽀얗게 덮인 팥 한 알을 발견했다. 깨끗이 씻어 살펴보니 팥알에 '사랑해' 세 글자가 새겨져 있었다. 그는 이 팥알의 사연은 까맣게 잊었다. 어쩌면 그의 유일한 여자친구가 가져온 것일지도 모른다. 그는 버리려다 말고 화분을 찾아 팥알을 심었다. 일주일 뒤, 초록빛 새싹이 돋아났다. 이 아름다운 생명력이 대체 어디에 숨어 있었을까, 그는 경이로움을 느꼈다. 인간인 자신보다

이 팥알이 훨씬 더 강하다는 생각이 들었다.

캡슐호텔

그녀가 캡슐호텔에 묵은 지 사흘째. 잠에서 깨어나자 우주 공간에 있는 듯한 터무니없는 기분이 여전히 강하게 들었다. 그녀는 눈을 뜬 채로 관처럼 좁은 공간에 꼼짝 않고 누워 있었다. 그러게, 관이잖아. 그런 생각이 들자 죽음의 냄새가 느껴졌다. 녹 냄새와 비슷한 붉은 비린내였다. 재채기가 터져나왔고, 이어 밖에서 누군가의 말소리가 났는데 통화 소리 같았다. 점점 더 격해지는 히스테릭한 목소리 속에서 '삶'이니 '개소리'니 하는 낱말이 들려왔다. 예전 같으면 짜증이 치밀었겠지만 지금은 오히려 친근하게 느껴졌다. 그 거친 욕설 덕분에 현실감이, 관 같은 그녀의 우주선을 착륙시키기에 충분한 조그만 땅 한 조각이 생겨났기 때문이다.

그녀는 일어나 앉아 작은 문을 열었다. 우주 비행사처럼 조심스러운 몸놀림이었다. 밖으로 기어나간 그녀는 에스컬레이터에 서서 주위를 두리번거렸다. 방금 들은 소리가 환청은 아닐 텐데, 통화하던 사람은 온데간데없었다. 천천히 내려가 땅바닥을 밟자 이루 말할 수 없는 안정감이 느껴졌다. 그녀는 고개를 들어 보았다. 객실은 총 3층이고, 그녀의 객실은 비스킷 샌드의 크림처럼 가운데 끼어 있었다. 그녀는 어우멍鷗盟이 어린아이처럼 크림을 먹던 모습을 잊을 수가 없었다. 그는 손가락을 핥으며 그녀에게 말했다. "넌 나의 크림이야." 뜻밖에도 지금 그녀는 정말로 크림 같은 존재가 되어 있었다.

어우멍은 그녀의 남자친구다. 남자친구였을 수도 있다. 두 사람은 사흘 전에 헤어졌다. 어우멍은 술도 담배도 안 하는 괜찮은 남자였다. 그는 갈매기처럼 경쾌하고 '유럽연합'처럼 포용력이 있었다.• 그가 자신을 깊이 사랑한다는 걸 알면서도 그녀는 자신의 변화를 주체할 수 없었다. 몸속 깊은 곳에서 비롯된 그 변화는 마음속에 일어난 고장과도 같았다. 연료 탱크가 망가진 자동차처럼 감정이 고장 나는 바람에 결국 달릴 수가 없게 됐다. "나 지쳤어." 어우멍에게 쪽지를 남긴 그녀는 짐을 챙겨 이 캡슐호텔로 옮겨왔다. 돈을 아끼려는 것이 아니라 외로워서였다. 이곳의 벌집 같은 '캡슐 공간'은 서로 단절되어 있지만 그래도 가까이 붙어 있었다. 고요한 한밤중, 호텔에서 제공하는 귀마개를 빼면 옆방에서 코 고는 소리, 잠꼬대하는 소리가 들렸다. 이 세상의 숨결이 도리어 그녀를 차분히 가라앉혀주었다.

지금 이 시각, 그녀는 완전히 깨어나 있었다. 깨어남의 장점은 터무니없는 상황도 받아들일 수 있게 된다는 것. 그녀는 기지개를 쭉 켜고는 세수하러 화장실에 갔다. 늦잠을 자는 바람에 아무하고도 마주치지 않았다. 그녀의 눈에 띈 존재는 높은 창턱에 내려앉은 작은 참새 한 마리뿐이었다. 그녀는 참새가 이토록 귀여운 생명체라는 사실을 처음 알게 되었다. 씻고 나서 공용 주방으로 가자 다행히 아직

• '어우鷗'는 갈매기라는 뜻이며, '어우멍鷗盟'은 중국어로 유럽연합歐盟과 발음이 같다.

앉아 있는 사람이 몇 명 보였다. 포니테일로 머리를 묶고 하늘색 원피스를 입은 여자애가 식탁 앞에 앉아 달걀 껍질을 무심히 까고 있었다. 그 무심함에 순간적으로 끌린 그녀는 신비로운 부름이라도 받은 양 곧장 그쪽으로 다가갔다. 여자애는 옆자리에 앉은 그녀를 힐끗 보더니 자연스레 달걀을 하나 집어 그녀에게 건넸다. 그 손가락이 어찌나 가느다란지 마치 도자기처럼 보였다. 달걀을 넙죽 받으며 그녀가 말했다.

"고마워."

여자애가 미소를 짓자 조그만 덧니 두 개가 드러났다. 사랑스러운 개구쟁이 같은 모습이었다.

두 사람은 함께 달걀을 까 먹으며 이야기를 나누었다.

여자애가 말했다.

"내 이름은 칭톈晴天*이야."

"이름 예쁘다."

그러면서 그녀는 창밖을 내다보았다. 요 며칠간 바깥 날씨는 햇살이 내리쬐는 맑은 날이라고 할 수 있었지만, 그녀의 마음속에는 짜증스러운 먹구름이 가득 끼어 있었다. 그녀의 맑은 날은 아직도 한참 멀리 있는 것만 같았다.

칭톈이 미소 지으며 말했다.

"고마워! 그쪽은 이름이 뭐야?"

웃음 띤 그 얼굴이 무척 아름답다고 느끼면서, 그녀는 문득 자기 자신이 좀 부끄러워졌다. 그녀가 한숨을 쉬며 대답했다.

"나는 성이 위鬱** 씨거든. 그래서 친구들이 날 위위라고 불러. 하

- * '맑은 날'이라는 뜻.
- ** 중국어 鬱에는 그윽하다, 무성하다, 우울하다 등 여러 뜻이 있다.

아, 난 우울할 수밖에 없는 팔자인가봐."

칭텐이 말했다.

"그럴 리가, 위위라는 이름 너무 귀여운데. 그러니까 다들 그렇게 불렀겠지."

그 말이 사실이든 아니든, 그녀는 칭텐에게 더 호감을 느끼게 됐다. 이야기를 이어가면서 그녀는 칭텐이 매우 수다스럽다는 걸 알아차렸다. 말이 빠르지는 않고 말투도 부드러웠지만 칭텐의 말은 냇물처럼 끊임없이 이어졌다. 그런 온화한 기운에 저도 모르게 녹아들어 그녀도 어느새 칭텐에게 순순히 주파수를 맞추게 됐다.

칭텐이 입술을 핥으며 말했다.

"위위, 그거 알아? 캡슐호텔은 1979년 오사카에 처음 생겼는데, 일본의 유명 건축가 구로카와 기쇼가 설계한 거래."

그녀는 캡슐호텔의 역사를 알아볼 생각은 한 번도 해본 적이 없었다. 부쩍 궁금해진 그녀가 물었다.

"그걸 어떻게 알아?"

칭텐이 웃으며 대답했다.

"건축 전공이거든."

그녀가 고개를 끄덕이며 말했다.

"어쩐지."

그녀는 지금껏 건축은 남자가 하는 일이라고 여겨왔다. 칭텐 같은 여자애한테는 아무래도 쉽지 않을 것 같았지만, 칭텐은 오히려 건축 공부를 매우 즐기는 듯 보였다.

칭텐이 또 말했다.

"가장 신기한 건 네덜란드 헤이그에 있는 캡슐호텔이야. 강 위에 떠 있는 둥그런 보트 모양인데, 그 안에 통신 케이블, TV는 물론이고 화장실, 미니 독서실까지 있어."

식탁에 놓인 깨진 달걀 껍질을 보면서 그녀가 말했다.

"거기가 여기보다 훨씬 낫겠다."

"그치. 여긴 너무 실용성만 있다니까. 오래 묵는 손님도 별로 없어. 거의 배낭여행객이나 직장인처럼 단기 숙박객이지."

칭톈의 맑고 커다란 눈을 바라보며 그녀가 물었다.

"너는? 너도 단기 숙박이야?"

칭톈의 표정이 확 어두워지면서 눈빛도 더 깊어졌다. 얼마 뒤에야 칭톈이 가만히 입을 열었다.

"아직 생각 안 해봤어……. 계속 지낼 수도 있고, 어쩌면 내일 나갈 수도 있고."

그녀는 자신을 바라보는 칭톈의 눈길을 피해 고개를 떨구었다. 목구멍이 바싹 말라왔다. 그녀는 저도 모르게 기침을 한 번 하고서야 겨우겨우 입술 사이로 이 한마디를 밀어냈다.

"나도 그래."

그날 나눈 수다의 가장 큰 수확은 칭톈이 그녀의 옆방으로 옮겨왔다는 것이었다. 칭톈이 나타나준 덕에 그녀는 내면의 불안이 많이 사그라진 느낌이 들었다. 공교롭게도 그녀의 객실은 520호, 칭톈의 객실은 521호라서 둘은 종종 웃으며 서로에게 '사랑해'라고 말하곤 했고• 이 오글거리는 말이 때로는 정말로 취한 듯한 착각을 불러일으켰다. 밤에 잠자리에 들기 전에 두 사람은 좁은 문간에 앉아 나직이 대화를 나눴고, 나중에는 아예 누워서 고개를 밖으로 반쯤 내민 채

• 중국어 520(우얼링)은 '사랑해(워아이니我愛你)'와 발음이 비슷해서 사랑의 암호로 쓰인다.

수다를 떨었다.

그러면서 그녀는 하루하루를 훨씬 더 수월하게 보낼 수 있었다.

그녀가 칭톈에게 말했다. 작은 칸막이 방이 빼곡한 모습을 보노라면 SF 영화에 나오는 거대한 우주선이 떠오른다고. 영화 제목은 「미래를 향한 비행」인데, 자신도 그렇게 미래를 향해, 방향도 없이 뒤죽박죽인 미래를 향해 날아가는 느낌이라고. 그 미래는 아무런 의미도, 기대할 가치도 전혀 없는 미래라고. 그녀는 마지막으로 칭톈의 어깨를 손등으로 톡톡 치면서 말했다.

"다행이야, 이제 네가 곁에 있어서."

칭톈이 말했다. 캡슐호텔에는 신비로운 면이 있다고, 캡슐호텔은 시간을 훔친다고, 다른 곳의 시간을 훔쳐와 이곳을 온통 물웅덩이로 만들어버린다고, 자칫 여기서 익사할 수도 있다고. 그러더니 이렇게 마무리했다.

"우리는 서로의 구명 튜브야."

너무 구체적이고 또 어린애 같은 느낌이 드는 말이라 그녀는 웃음이 났다.

밤이면 자신의 작은 객실에 누운 그녀는 웅웅거리는 희미한 환풍기 소리를 들으며 몸속에서 일어나는 변화를 세세히 감지했다. 이런 조마조마한 변화는 말로 표현할 수 없을 만큼 은밀했다. 서서히 깊어지는 그림자 한 토막이 느껴지는데 무엇이 다가오고 있는지는 분명히 알 길이 없었다. 그녀는 깊이 못 자고 한밤중에 몇 번이나 깨어나 우울감에 젖곤 했다. 그녀는 일어나 앉아서 환풍기 자리에 얼굴을 들이대고 물고기처럼 입을 쩍 벌렸다. 고함이라도 지르고 싶었지만 아주 작은 소리조차 내지 못했다.

옆방에 있는 칭톈은 곤히 자는지 아무 소리도 들리지 않았다. 칭텐은 왜 이곳에 왔을까? 남들은 궁금하다 해도 당사자는 대답하기 힘든 질문이라 생각했기에 대놓고 물어본 적은 없었다. 지금 칭텐이 그녀에게 이 질문을 한다면 그녀도 당황해서 말문이 막힐 테니까. 그러니까 칭텐은 참으로 배려심 많은 아이였다. 그 잔잔한 평온함과 사랑스러운 애티 덕분에 그녀는 수많은 슬픔을 잊을 수 있었다.

숱한 생각을 하면서, 그녀는 칭텐을 떠올리면 저도 모르게 기분이 좋아진다는 사실을 알아차렸다. 그녀는 문득 자문해보았다. 칭텐을 사랑하게 됐나? 그러자 하마터면 웃음이 터질 뻔했다. 지금껏 동성애에 대해서는 한 번도 생각해본 적이 없었다. 설마 동성을 정말 사랑할 수 있을까? 확신할 수 없었지만 그러다보니 자신의 몸 상태로 생각이 흘러갔다. 내가 중성적인 방향으로 변화하고 있는 거 아냐?

그녀가 이런 생각을 하게 된 건 순전히 중성을 다룬 소설을 몇 권 읽었기 때문이었다. 그런 책을 읽게 된 것도 우연이었다. 퓰리처상 수상작이라기에 대뜸 샀는데 뜻밖에도 중성인에 대한 소설이었다. 여기서 중성은 내시처럼 성별이 없는 것이 아니라 남녀한몸을 가리킨다. 그녀는 이런 사람을 어지자지라고 부르며, 중국 정사正史에서는 이들을 언급하지 않고 감추려 한다는 걸 어렴풋이 알고 있었다. 이렇게 쉬쉬하는 어두운 면이 오히려 그녀의 흥미를 불러일으켰다. 그리고 서양 작가들은 왜 그런 사람들에게 관심을 갖게 됐는지 궁금해졌다. 그리스 신화에 자웅동체 신이 있기 때문일까? 그런 소설을 몇 권 읽으며 인상적이었던 점은, 이런 중성 상태는 단기간만 유지되며 끝내는 남자 아니면 여자 한쪽 성을 택해 돌아가야 한다는 것이었다. 그녀는 자문하지 않을 수 없었다. 그런 상황에 직면한다면 자신은 여자로 남고 싶은가, 아니면 남자가 되고 싶은가? 얼굴에 수염이 덥수룩한 남자가 되는 게 가능할까? 그녀는 이러지도 저러지도 못할 것 같았다. 속으로 헤아려보니 생리 예정일이 꽤 지나 있었다. 임신한 거 아닐까? 가능성이 희박했다. 그녀는 어우멍과 오랫동안 섹스를 하지 않았고 마지막이 언제였는지도 기억나지 않았다. 지난 세기였나 싶을 만큼 까마득했다.

그녀는 이 주제를 놓고 칭톈과 이야기를 나눠보았다. 칭톈의 말에 따르면, 신화나 전설 속에서는 모든 사람이 남녀한몸으로 만족스럽게 살았다고 한다. 그런데 신이 갈라놓는 바람에 속세에서 자신의 짝을 찾게 됐다는 것이었다. 그녀가 깜짝 놀라 말했다.

"반쪽을 찾는 얘기가 거기서 나온 거였어!"

칭톈이 고개를 끄덕이며 대답했다.

"응, 다들 바다에서 바늘을 찾는 것처럼 굳이 자기 짝을 찾으려 하잖아."

"너도 그런 거 아냐?"

그녀가 묻자 칭톈은 고개를 가로저었다.

"난 일찌감치 포기했어. 사람은 각자 알아서 충족하면서 사는 거라고 보거든. 평소에 우린 이것도 부족하고 저것도 부족하다고 투덜대잖아. 하지만 죽음이 닥치면 모자란 게 아무것도 없다는 걸 알게 되지."

그녀는 저도 모르게 부르르 몸서리를 쳤다.

"너무 잔혹한 말이다."

칭톈은 웃기만 할 뿐 더는 말하지 않았다.

그건 지금껏 칭톈에게 들은 이야기 가운데 가장 절망적인 말이었다. 겉보기엔 마냥 귀엽고 때로는 햇살처럼 환한 이 아이가 이런 말을 하다니, 그녀는 상당히 놀랐다. 그때는 얼른 태연한 척했지만, 그 말은 녹슨 바늘처럼 그녀의 가슴속을 찌르고 들어왔다. 밤중에 깨어

나서 그 말을 떠올리자 마음속에서 한없는 슬픔이 자라났다. 하지만 그녀는 차츰 일리 있는 얘기라고 여기게 됐다. 어쩌면 죽음은 가장 공평한 것인지도 모른다. 죽음 앞에서는 모든 생명이 완전무결하다. 온전히 왔다가 온전히 간다. 더없이 깔끔하다. 만약 자신이 남녀한몸이라면, 남과 여를 모두 갖췄다면 더더욱 완전한 모습이지 않을까?

이렇게 엉뚱한 생각에 빠져 지내던 어느 날, 불의의 기습처럼 생리가 다시 찾아왔다. 그녀의 하얀 치마 뒷자락에 거대한 붉은 모란이 피어난 그때, 그녀는 칭톈과 함께 공용 주방에서 밥을 먹고 있었다. 복부가 후끈거렸지만 그녀는 차가운 음료를 마셔서 그런가보다 하면서 신경 쓰지 않았다. 자리에서 일어나자 뒤쪽에서 웃음소리가 들렸다. 뒤를 돌아보니 안경 쓴 남자가 후다닥 고개를 숙이고 밥을 먹었다. 그녀가 돌아서는 순간 칭톈이 깜짝 놀라 소리 질렀다. 낌새를 알아챈 그녀는 부리나케 자기 방으로 달려갔고, 음험한 시선을 막아주려고 칭톈이 바짝 붙어 뒤따라갔다.

그녀는 창피했지만 칭톈은 담담히 웃으며 말했다.

"괜찮아, 이런 상황 한번 안 겪어본 여자가 어디 있다고?"

"고마워, 칭톈."

그녀는 이게 두 달 만에 찾아온 생리라고, 모든 여자에게 이런 상황이 닥치진 않는다고는 차마 말을 못 했다.

이번 생리는 몹시 괴이하면서도 기세등등하게 들이닥치더니만, 그녀가 준비를 모두 마치자 도로 꼬리를 내렸다. 그녀는 침대에 가만히 앉아 칸막이벽에 등을 기대고 눈을 감았다. 요가 하는 모습처럼 보였지만 사실 그녀는 자신의 깊숙하고 어두컴컴한 내부, 피가 흘러나오는 그곳, 자신을 여자로 만든 그곳에서 과연 무슨 일이 벌어지고 있는지 느껴보고 있었다. 정말로 반란이라도 일어난 걸까? 그녀는 방금 전에 칭톈이 기혈을 조절해주는 약이라며 건넨 캡슐 알약을 삼켰다. 그리고 아직 녹지 않은 그 캡슐이 악의를 품은 잠수함처럼 소화기관 밑바닥에 고집스레 가라앉아 있음을 감지했다. 되레 그녀의 난소가, 그녀의 자궁이 캡슐인 양 서서히 녹기 시작했다. 자세히 따지고 보면 그 느낌은 일종의 통증이었지만, 너무나도 미미한 통증이라 살짝 간지러운 정도였다.

전혀 무섭지 않은데도 몸이 부들부들 떨리기 시작했다. 그녀는 눈을 뜨고 앞에 놓인 따뜻한 물 한 잔을 몽땅 들이켰다. 캡슐이 녹기 시작한 걸까, 더 이상 참을 수가 없었다. 당장 칭톈을 찾아가 칭톈이 들려주는 그 햇살 같은 이야기를 들어야 했다. 그녀는 몸을 구부려 밖으로 기어나갔다. 칭톈하고는 이미 너무나 친한 사이가 되어 인사도 없이 서로의 문발을 걷기 일쑤였기에 그녀는 거침없이 칭톈의 문발을 걷었다. 칭톈은 약을 먹고 있었다. 빨간 캡슐인데 칭톈의 손안에 있으니 더없이 유혹적으로 보였다. 캡슐 여러 알이 눈 깜짝할 새에 칭톈의 입속으로 들어갔다. 칭톈은 바로 그 순간 그녀를 보았고, 눈이 휘둥그레지면서 두 손으로 입을 가렸다.

"간 떨어질 뻔했네!"

칭톈은 입에 있던 물을 꿀꺽 삼키고 손바닥으로 가슴을 문질렀다.

"어디 아파?"

그녀의 관심은 온통 빨간 캡슐에 쏠려 있었다. 칭톈이 그녀에게 준 캡슐은 초록색이었고 아직 그녀의 몸속에 있었다. 빨간 캡슐과 초록 캡슐은 뭐가 다르지? 그녀 눈에는 빨간 캡슐이 더 예뻐 보였다. 그녀는 빨간 캡슐이 칭톈의 손바닥에 놓여 있던 모습을 잊을 수가 없었다.

"안 아파, 영양제야."

칭톈이 생긋 웃자 그녀는 단번에 온기를 느꼈다. 그녀가 물었다.

"들어가도 돼?"

칭톈은 잠깐 멈칫거리다 이렇게 대답했다.

"그럼. 근데 조금만 기다려, 좀 치우고. 방이 너무 지저분해서."

한눈에 들어오는 좁디좁은 공간이었다. 그녀는 어디가 지저분하다는 건지 알아차릴 수 없었다. 칭톈은 책 몇 권을 탁자에 올려놓고 약병 같은 잡동사니는 베개 옆에 있는 파우치에 넣었다.

"들어와."

칭톈이 그녀를 돌아보며 말했다.

"웨이웨이, 기분이 또 안 좋아?"

그녀는 고개를 끄덕이고 안으로 들어갔다. 두 사람이 나란히 앉아 있으니 방이 꽉 찬 느낌이었다. 하지만 그녀는 이런 느낌이 좋았고, 이런 친밀감에 울컥해진 나머지 울음이 터질 뻔했지만 꾹 참았다. 이토록 연약한 모습으로 칭톈을 놀라게 만들고 싶진 않았다.

칭톈이 웃으며 말했다.

"헤어지고 나서, 정말 그 사람 생각한 적 없어?"

그녀는 벌써 칭톈에게 유럽연합 얘기는 물론 비스킷 샌드의 크림 얘기까지 털어놓았다. 그녀가 칸막이벽에 머리를 기댄 채 말했다.

"내가 무슨 목석도 아니고, 당연히 생각한 적 있지. 그치만 이미 느낌이 달라졌어."

"어떤 느낌인데?"

"딴 세상에 온 느낌이랄까."

"딴 세상이라니, 다음 생이 있다는 뜻이야?"

칭톈이 난데없이 묘한 질문을 했다.

칭텐이 웃는 얼굴로 말했다.

그녀도 웃었다. 그러면서 가슴속에 꽉 차 있던 감정이 한마디 말이 되어 흘러나왔다.

"내 동생 해."

"언니."

칭텐이 소리치며 그녀의 품에 얼굴을 묻었다. 그녀는 마음이 산산이 부서지는 느낌이었다. 그녀는 칭텐의 어깨를 끌어안고 칭텐의 머리에 머리를 맞대며 말했다.

"내 동생."

어쩌면 그녀는 그 일을 예감하고 있었는지도 모른다. 그럴 줄 알았으면서 뒤늦게 부산을 떠는 것인지도. 어쨌든 그 일은 결국 일어났다. 칭텐이 사라진 것이다. 그날 오후, 칭텐이 안에서 신호가 안 잡힌다면서 나가서 통화해야겠다고 하자 그녀는 여전히 웃음 띤 얼굴로 말했다.

"올 때까지 기다릴게."

그때 칭텐이 뭐라고 중얼거렸는데 잘 들리지 않았고, 그녀는 그냥 초조해서 그러는 줄 알았다. 지금 와서 생각하니 그건 칭텐이 말문이 막혀서 당황했던 것이었다. 밤늦게까지 기다렸지만 칭텐은 돌아오지 않았다. 그녀는 너무 걱정스러워 칭텐에게 전화하려 했지만 방법이 없었다. 칭텐이 그녀의 휴대폰 번호를 적고서 정작 자기 번호는 알려주지 않으려던 그 일을 그녀는 잊을 수가 없었다. 영문을 몰랐지만 그녀는 그래도 칭텐과 시끌벅적 떠들었고, 칭텐은 깔깔거리며 의기양양하게 말했다.

"이러면 주도권이 나한테 있지!"

확실히, 지금 주도권을 잡은 쪽은 칭텐이었다.

밤이 이슥해지자 그녀는 더 이상 참을 수가 없었다. 좁은 방에서 기어나온 그녀는 2층에 사는 호텔 주인을 찾아갔다. 한밤중에 실내에서도 선글라스를 끼고 앉아 있던 그 남자는 이렇게 말했다.

"아직 몇 시간밖에 안 됐잖아요. 좀더 기다려보죠."

그녀는 남자의 표정을 제대로 볼 수 없었지만 그의 말투는 모든 걸 제어하고 있다는 듯 차분하기만 했다.

그래, 겨우 몇 시간밖에 안 됐잖아. 어쩌면 흔한 상황인데 내가 세상 물정에 어두워 이렇게 안달복달인지도 몰라. 그녀는 그렇게 생각하고 자기 방으로 돌아갔다. 그러나 그녀는 거의 밤새도록 뜬눈으로 창밖을 지켜보는 자신의 눈을, 창밖에 어른거리는 빛이 사람 그림자이길 고대하는 두 눈을 설득할 길이 없었다. 그녀는 건너편에서 미미한 기척이라도 느껴지길 바라며 칸막이벽에 몸을 바짝 붙였다. 다 헛수고였다. 이른 아침, 그녀는 마지막 한 가닥 환상을 품은 채 밖으로 기어나가 칭톈의 문발을 번쩍 들추었지만—안은 여전히 텅 비어 있었다. 그녀의 눈에서 난데없이 주르륵 눈물이 흘러내렸다.

그녀는 칭톈의 작은 방으로 들어가 침대 가장자리에 걸터앉았다. 그리고 체온이 남아 있는지 확인하려는 것처럼 손바닥으로 조심스레 시트를 쓸어보았다. 침대 협탁 위는 아무것도 없이 말끔했다. 그녀는 그날 칭톈이 머리맡 파우치에 넣어둔 빨간 캡슐을 떠올렸고, 민첩한 풀뱀이 기어가듯 손으로 머리맡까지 시트를 훑었지만 아무것도 만져지지 않았다. 마음이 서늘해진 그녀는 내키진 않았지만 아예 베개를 번쩍 쳐들었다. 하, 뜻밖에도 그 파우치는 거기 그대로 있었다. 베개 이쪽에서 저쪽으로 가 있을 뿐이었다. 지퍼를 열어보니 작은 병이 잔뜩 들어 있었다. 그녀의 파우치 속과 마찬가지로 모두 화장품이었다. 크림, 립밤, 립스틱, 선크림, 마스크팩, 아이크림 등등 신기하게 생긴 병이 가득했지만 약병은 보이지 않았다. 약을 가져간 것으로 미루어 칭텐은 일찌감치 떠날 준비를 하고 있었던 듯했다. 여기에 생각이 미치자 그녀는 불쑥 원망이 치밀었다. 칭텐을 도저히 이해할 수 없었다. 도대체 왜 당당하게 떠나지 않았을까? 왜 그녀에게 숨겨야 했을까? 그녀의 마음은 이미 칭텐을 향해 활짝 열려 있었다. 칭텐이 청했다면 온 힘을 다해 도왔을 것이다.

설마 혼자만의 희망이었나? 자신은 정말 숨김없이 솔직했나? 그녀는 자신 또한 칭텐에게 숨기는 것이 있었음을 차츰 깨달았다. 그것은 그녀의 몸속에서 일어나는 은밀하고 알 수 없는 일이었다. 하지만 일부러 감춘 것은 아니고, 심지어 그게 대체 어떤 느낌인지 스스로에게도 설명할 길이 없었다.

파우치 밑에 분홍색 표지의 책이 있었다. 집어들고 보니 그 책은 뜻밖에도 시몬 드 보부아르의 『제2의 성』이었다. 그녀는 중문학 전공이라서 이 페미니스트 고전이 낯설지 않았다. 아무렇게나 넘겨보다가 한 페이지에서 손이 멈췄다. 다음 문장 아래에 빨간 밑줄이 그어져 있었다. "그녀의 양 날개가 잘려나갔는데 사람들은 오히려 그녀가 날지 못한다고 탄식하고 있다. 그녀에게 미래를 열어주라, 그녀가 더 이상 현재를 헤매지 않도록." 그녀는 이 구절을 한참 동안 되새겨보았다. 머릿속이 온통 칭텐의 어린아이 같은 미소로 가득했다. 보기에는 그토록 순진하고 사랑스럽기만 하던 칭텐이 마음속 깊은 곳에 이런 슬픔을 품고 있었을 줄이야. 칭텐을 괴롭히는 것은 대체 무엇이었을까? 자신을 괴롭히는 것과 같은 것이었을까?

그녀는 그 좁은 공간을 계속 뒤져보았다. 칭텐의 짐은 대부분 남아 있었고, 칭텐이 가장 아끼는 백옥도 액세서리 상자 안에 그대로 들어 있었다. 그걸 보자 그녀의 믿음이 굳건해졌다. 칭텐은 반드시 돌아올 것이다.

하지만, 하지만, 만약 칭톈에게 무슨 일이 생긴 거라면? 차에 치였거나 납치된 거라면…… 갑자기 공포가 밀려들며 그녀는 허둥거리기 시작했다.

'사랑하는 칭톈, 너한테 내 번호가 있어서 천만다행이다. 무슨 일 생기면 꼭 전화하기야!'

마음속으로 소리 없이 외치던 그녀는 못 참고 휴대폰을 꺼내 들여다보았다. 신호는 잘 잡히고 있었지만 새로운 메시지는 하나도 없었다. 모든 것이 잠잠하기만 했다.

조마조마하고 애타는 마음을 억누르며 오후까지 버틴 그녀는 무슨 소식이 와 있기를 바라며 주인 남자를 만나러 또다시 2층으로 올라갔다. 여전히 선글라스를 낀 채 TV를 보던 남자가 차분히 말했다.

"아직 아무 소식 없어요."

어제는 이 차분한 말투가 그녀에게 위로가 됐지만, 오늘은 오히려 분노를 일으키고 말았다. 그녀가 고함을 질렀다.

"칭톈은 이 호텔 손님이잖아요. 손님 휴대폰 번호도 없어요?"

남자는 여전히 침착했다.

"주민등록번호밖에 없어요."

"24시간이 지났잖아요. 경찰에 신고해요!"

"무소식이 희소식 아닐까요? 설마 그분한테 무슨 나쁜 일이라도 생기길 원해요?"

그녀는 황급히 고개를 저었다.

"당연히 아니죠."

남자가 계속 말했다.

"그럼 됐습니다. 저는 아무 문제도 일으키고 싶지 않아요. 그분은 이달 말까지 숙박비를 냈어요. 안심하세요. 그 방은 그분이 돌아올 때까지 가만 놔둘 테니까."

이 말이 진정제처럼 심장에 주입되면서 그녀는 차츰 마음이 가라앉았다. 그러나 고개를 드는 순간, 벽에 걸린 거울에 비친 추한 모습이 보였다. 벌게진 얼굴로 입을 헤벌린 채 어쩔 줄 몰라 하는 자신의 모습이었다.

얼이 나가 있는 그녀에게 남자가 말했다.

"이보세요, VIP실을 몇 개 만들면 어떨 것 같아요? 방에 초슬림 TV를 놓고 누워서 우주선 도킹을 보면 재미있을 것 같지 않아요?"

그녀는 남자가 가리키는 TV 화면을 재빨리 곁눈질했다. 뉴스에서 우주선과 우주 정거장의 도킹 상황을 생중계하고 있었다.

이 모든 것이 정말 불가사의한 꿈처럼 느껴졌다. 그녀는 아무 말 하지 않고 돌아서서 걸음을 뗐다.

"걱정 말고 조금만 더 기다려봐요."

등 뒤에서 남자가 말하는 소리가 들렸다.

"손님은 먼저 본인 삶을 다루는 법부터 배워야겠네."

칭톈이 없는 나날, 시간이 쌓인 웅덩이가 자꾸만 깊어졌다. 기이한 압박이었다. 분명히 내면에서 비롯된 것인데 외적인 힘으로 나타났다. 그녀는 숨 쉬는 것조차 힘겨웠다. 이달 말까지 칭톈이 나타나지 않으면 이곳을 떠나겠다는 계획을 여러 번 세웠다. 눈 깜짝할 사이에 월말이 되었지만 칭톈은 여전히 돌아오지 않았다. 그녀는 자신이 이곳을 떠날 용기가 없다는 걸 깨달았다. 그녀 역시 저축한 돈이 많지 않았지만, 칭톈의 방을 계속 남겨두고픈 마음에 주인 남자에게 돈을 건넸다.

"그런 심정이라면 그분은 반드시 돌아올 거예요."

남자가 선글라스 너머에서 그녀에게 웃음 지었다. 그녀는 그가 거리의 점쟁이 같다는 생각이 들었다. 그 침착하기 그지없는 모습으로 미루어 진짜로 앞날을 예측할 것만 같았다. 그녀는 어느덧 스스로를 속이기 시작했다.

그녀는 칭톈의 방으로 돌아와 침대에 천천히 드러누웠다. 시간이 환풍기처럼 회전하며 자신에게서 떠나가는 기분이었다. 칭톈의 방에서 얼마나 지냈는지는 더 이상 기억도 못 했지만, 자신이 방값을 계속 내는 것은 이기심에서 비롯되었다는 걸 분명히 알고 있었다. 칭톈이 떠난 뒤로 그녀는 불면증에 시달리기 시작했다. 어느 날 밤 옆방에서 뭔가 기척이 느껴지는 듯했다. 흥분한 그녀는 얼른 건너가서 살펴보았다. 아무것도 없었다. 씁쓸한 마음으로 돌아와 뒤척이노라니 칭톈이 마치 보이지 않는 틈새에 빠뜨린 동전처럼 느껴졌다. 이런 일을 되풀이하다 나중에는 너무너무 피곤해져 칭톈의 침대에 누워버렸다. 그러자 신기한 일이 일어났다. 마음속에 전에 없던 안정이 찾아들며 그녀는 금세 깊은 잠에 빠져들었다.

그 뒤로 그녀는 밤마다 칭톈의 방에 가서 잤다. 나중에는 낮에도 그 방에 틀어박혀 책을 읽다가 꼭 필요할 때, 예컨대 뭔가 생활용품을 가져와야 할 때나 자기 방으로 가게 됐다. 자신을 칭톈으로 만드는 이런 행위는 그저 진실한 자신에게서 도피하려는 것임을 그녀는 누구보다 더 잘 알고 있었다.

그러나 그 진실한 자신은 한순간도 그녀를 놓아주지 않은 채 그녀의 귓가에 이 말을 기계처럼 끊임없이 반복 재생했다. '검진하러 가봐야지?'

그녀는 자신의 육체가 죽음으로 가득 찬 살아 있는 관처럼 느껴졌다. 시간이 갈수록 불편한 느낌이 자꾸만 솟아났지만 그녀는 여전히 망설이고 있었고, 도대체 무엇을 망설이는지도 알지 못했다. 아직 '때'가 되지 않았기 때문에? 정말로 예상치 못한 어떤 '계시'가 필요한 걸까? 그녀는 차를 한 잔 따르고 찻잔 속에서 찻잎이 회전하는 방향을 지켜보았다. 이것이 '계시'가 입을 여는 방식일까? 그즈음 그녀는 호텔 사장이 했던 말을 자주 떠올렸다. "먼저 본인 삶을 다루는 법부터 배워야겠네." 생각하면 생각할수록 심오하게 느껴졌다. 낮이건 밤이건 선글라스를 끼고 있으면서 어찌 그리 눈씨가 독하고 매섭지? 그토록 쉽사리 자신을 꿰뚫어보다니. 그녀는 탁자에 놓인 거울을 들여다보았다. 거울 속에 비친 얼굴을 보자 소름이 돋았다. 이런 모습이었어? 외로운 여자, 근심 가득한 여자, 삶이 산산이 부서진 여자란 이런 모습인가?

시계 반대 방향으로 돌던 찻잎이 마침내 방향을 바꾸었다. 그녀는 자신을 속일 수밖에 없었다. 이제 '때'가 왔어. 그녀는 병원에 가보기로 결심했다. 이제 칭톈의 굴레에서 벗어나 자기 자신으로 돌아와야만 했다. 그녀는 발버둥 쳤고, 심지어 어우밍에게 전화를 걸어 같이 가달라고 하고 싶을 지경이었다. 어우밍은 설령 지금 그녀를 미워하고 있다 해도 그녀가 손 내밀면 결코 거절하지 않을 남자였다. 그러나 몇 분 뒤, 그녀는 휴대폰을 움켜쥔 손을 내렸다. 과거의 세계는 아득히 멀리 있고, 유럽연합은 그 아득한 세계에서 수억 년 전의 빛을 가물거리는 별처럼 느껴졌다.

결국 그녀는 아무에게도 인사하지 않은 채 작은 가방을 들고 캡슐호텔에서 나와버렸다. 그러면서 자기도 그날 떠난 칭톈과 완전히 똑같다는 사실은 미처 깨닫지 못했다. 하지만 그녀는 칭톈처럼 오래 자취를 감추진 않았고, 친구와 밥 한 끼 먹으러 나갔던 것처럼 밤빛이 깔리자마자 돌아왔다. 캡슐호텔에 들어선 그녀는 서글펐다. 자신을 기다려주는 사람은커녕 신경 쓰는 사람조차 없었으니까.

어처구니없는 검진 결과에 절망해야 마땅하려나? 예전에 들었던 문학비평 수업이 생각났다. 키 크고 깡마른 어우양歐陽 교수는 우울한 눈빛으로 학생들을 둘러보며 천천히 말하기를 즐겼다. "절망스럽다고 절망할 필요도, 절망스럽지 않아서 절망할 필요도 없지요." 잰말놀이 같은 말에 다들 어안이 벙벙했다. 조금 뒤 교수는 이렇게 덧붙였다. "내 얘기가 아니라 카프카가 한 말입니다." 어우양 교수는 갑상선 항진증을 앓고 있어 안구가 심하게 튀어나왔고, 이 모습은 그가 지닌 우울함에 흉포함을 더해주어 그의 절망스러운 분위기에 그야말로 딱 들어맞았다.

몇 년 만에 이 기억을 세세하게 떠올리며 그녀는 자신이 끝내 어우양 교수의 흉포한 절망을 넘어선 느낌이 들었다. 그의 마음속 깊이 자리 잡은 슬픔을 알아보고 그가 한 말을 이해한 기분이었다.

그때 난데없이 휴대폰이 울렸다. 화면을 보니 낯선 번호가 떠 있었다. 모르는 번호에는 자연히 경계심이 일었지만, 이번에 벨 소리는 무척이나 집요해 도무지 끊어지지 않았다. 혹시 칭톈? 아앗, 맙소사! 그녀는 부리나케 전화를 받았다.

"칭톈?"

수화기 너머에서 숨을 몰아쉬는 소리가 크게 나더니, 조금 뒤 말소리가 들려왔다.

"응, 위위, 나 칭톈이야."

담담한 말투였지만 어딘가 서글프게 느껴졌다. 그녀는 거의 울부짖다시피 말했다.

"칭톈, 너 어디야? 걱정돼 죽을 뻔했잖아!"

"미안."

그녀는 마음을 가라앉히고 숨을 고르며 칭톈이 다시 입을 열기를 기다렸다.

"칭톈, 지금 어디 있어?"

"집에 왔어. 아빠 만났어."

칭톈의 목소리는 미안해서 어쩔 줄 모르는 것처럼 너무나 미약했다. 금세 감정을 추스른 그녀가 부드럽게 물었다.

"그랬구나, 잘됐네. 근데 왜 나한테 인사도 안 하고 갔어?"

"돌아갈 수 있을지 확신을 못 해서……."

"무슨 일인지 말해줘."

수화기 너머에서 침묵이 흘렀다.

"칭톈, 네 방은 모든 게 예전 그대로야. 내가 날마다 가서 청소해주니까, 돌아오면 좋겠어. 돌아올 거 다 알아."

그녀는 목이 메어오기 시작했다.

"고마워…… 내가 얼마나 용기 내서 전화한 건지 모르지. 위위한테 다 털어놓고 싶었거든."

칭톈의 목소리를 듣노라니 그녀는 상처 입은 나비가 떠올랐다. 날갯짓으로 작은 바람조차 일으킬 수 없는 나비가.

"말해. 잘 들을게."

"나 아파. 심각한 상태야."

"알아."

"안다고? 아, 맞다, 내가 약 먹는 거 봤지. 당연히 알겠네."

"그래, 빨간 캡슐."

"간에 문제가 있는데 의사가 내내 확신을 못 하는 거야. 우리가 함께 지내던 그때가 진단 결과를 기다리던 시간이었어. 사람이 가장 무력해지면 가족부터 생각하게 되잖아. 나도 그렇더라고. 진작부터 아빠한테 말하고 싶었는데, 그래도 결과를 듣고 나서 얘기해야겠다 싶었어. 미리부터 걱정 끼치긴 싫으니까."

"그럼 지금 결과는……."

그녀의 귀에 자신의 떨리는 목소리가 들려왔다.

"위위, 알면서 뭘 물어."

칭텐이 한숨을 푹 쉬었다. 그리고 인생에서 가장 가혹한 고통을 견뎌내며 말을 이었다.

"그런데 확진을 받고도 아빠한테는 차마 입이 안 떨어지네. 아빠는 지금 새로운 가족이 생겨서 잘 지내고 있거든. 얼마 전에 나, 남동생도 생겼어. 그래서 얘길 못 하겠어. 지금 아빠의 생활을 망쳐놓긴 싫어."

"그럼 돌아와."

"나도 그러려고."

"걱정 마, 칭텐, 내가 돌봐줄게. 날 믿어, 넌 아직 시간이 많아."

"응, 믿어, 위위. 보고 싶어. 좋은 언니를 만나서 얼마나 다행인지 몰라."

"내 동생 칭텐, 나도 이제 아무것도 숨기지 않을게. 나도 너한테 해줄 얘기가 있어."

"뭔데? 말해."

"나 임신했어."

그녀는 지금 말을 한 것이 아니라 총을 쏜 것만 같았다. 공포에 질린 채 오묘한 색채가 뒤섞인 황야를 향해 방아쇠를 당긴 것만 같았다.

"말도 안 돼!"

칭텐이 날카롭게 소리쳤다.

"헤어진 지 한참 된 거 아니었어?"

"잘 따져보니까, 그냥 심리적인 착각이었던 것 같아. 그래서 그렇게 오래된 것처럼 느껴졌나봐."

"그럼 그 남자한테 돌아갈 거야?"

그녀는 침묵했다.

"그러기 싫구나, 그치?"

그녀는 살며시 한숨을 쉬었다.

"응."

"그럼 가지 마. 우리가 함께 아기를 돌보면 되잖아. 그러니까 내 말은, 나랑 언니랑 같이. 걱정 마, 언니 말대로 난 아직 시간이 많아. 내가 돌아가면, 좀더 넓은 집을 같이 구해보자."

칭톈의 말을 들으며 그녀는 예전에 읽은 그 소설이 또다시 떠올랐다. 소설 속 중성인은 두 생식기관 내부가 연결되어 있어 사춘기가 되면 바로 임신이 되었다. 그녀는 그게 정말 괜찮은 일이겠구나 싶었다. 그러면 정말 온전히 자기만의 아이를 갖는 셈이니까.

그녀는 태내의 아이도 그랬으면, 온전히 자신만의 아이였으면 했다. 그래서 칭톈의 말이 어린아이나 미친 사람이 하는 말처럼 유치하고 터무니없는 망상이라는 생각은 전혀 못 한 채 오히려 그 말에 깊숙이 빠져들었다. 그 말이 흡사 깊은 바닷속의 산소통처럼 자신의 목숨을 부지하게 해준다고 느낄 정도였다.

"그럼 기다릴게."

전화를 끊고 나서 그녀는 조각상처럼 꼼짝 않고 앉아 있었다. 주위를 둘러싼 공기는 조용하지만 견고했다. 관과 같은 이 캡슐호텔에서 새 생명을 배태할 줄이야. 너무나 불가사의한 일이었다. 물론 더 불가사의한 일은 칭톈, 그 햇빛보다 찬란한 생명이 소멸을 향해 간다는 사실이었다. 탄생과 소멸은 그녀와 칭톈처럼 이웃하며 사이좋게 살고 있었다.

칭톈이 오기 전날 밤이었다. 기대에 부푼 마음은 어느덧 사그라지고, 그녀는 깊은 불안감을 안고 있었다. 그녀는 칭톈이 삼킨 빨간 캡슐을 떠올렸다. 홍등보다 더 눈부신 선홍빛 캡슐이었다. 그에 맞춰 그녀도 약병을 꺼내 칭톈이 준 초록색 캡슐을 한 알 삼켰다. 캡슐이 식도를 따라 천천히 미끄러져 내려갈 때, 그녀는 이 세상이 캡슐로 이루어져 있다는 사실을 퍼뜩 깨달았다. 작은 공간을 덮고 있는 커다란 공간이 수없이 있고, 작은 공간 하나하나가 작은 세계를 이루고 있다. 캡슐의 막이 녹으면 작은 세계는 다시 하나씩 하나씩 커다란 세계로 변한다. 마술사의 손에 들린 리본처럼 매혹적으로 뒤얽혀 있다. 그 작은 세계들은 서로 어떻게 다를까? 아무리 생각해도 모를 일이었지만, 그저 녹아내리는 얇은 막 하나로 분리되어 있다 해도 서로 다르다고 그녀는 고집스레 믿었다. 몽롱한 상태로 마침내 잠에 빠져든 그녀는 캡슐이 되어버린 자신이 시커먼 구멍에 끼어 꼼짝달싹 못하는 꿈을 꾸었다. 그녀는 그 구멍이 짐승의 목구멍이라는 걸 깨달았고, 자신이 삼켜지는 그 '때'를 늦추고자 최선을 다해 버티기로 했다.
"칭톈, 얼른 와. 기다릴게."
꿈에서 깨어난 그녀는 칭톈의 침대에 누워 가만히 소리쳤다.

근거
없는 밤

둥무東木의 가늘고 길쭉한 손가락이 듬성듬성해진 머리카락 사이로 뻗어 들어가더니, 머릿속을 괴롭히는 무언가를 붙잡으려는 듯 머리카락을 움켜쥐었다. 도대체 무엇이 둥무를 곤혹스럽게 만드는 걸까? 그는 잠깐 생각해봤지만 역시 알 수가 없었다. 그는 둥무 앞에 놓인 컵에 주장珠江 맥주를 가득 따랐다. 변함없이 바비큐 노점이 내뿜는 자욱한 연기에 휩싸인 이 밤의 원화루文化路처럼, 유난히 씁쓸한 이 액체에 품은 둥무의 사랑 또한 조금도 변치 않았다.

며칠 동안 잠을 제대로 못 잔 둥무는 그의 앞에서 홀쭉한 몸을 새우처럼 옹송그리고 있었다. 그 모습을 보자 그는 둥무를 처음 봤을 때가 떠올랐다. 병원 침대에서 몸을 둥글게 웅크리고 있는 둥무는 무슨 작은 덩어리 같았다. 둥무의 어머니가 그런 둥무를 애처롭게 바라보며 말했다. "너무 말라서 기흉이 생겼어." "기흉이 뭔데요?" 그는 처음 들어보는 단어였다. "폐포에 구멍이 나서 공기가 새는 거야." 병상에 누워 있던 둥무가 힘겹게 말했다.

그 장면이 떠오르자 그는 저도 모르게 물었다.

"둥무, 너 몸은 괜찮아?"

"어제 퇴근하고 집에 와서 소파에 누웠거든. 그리고 멍하니 있으면서 가끔 위챗을 들여다봤는데, 정신을 차리고 보니까 글쎄 새벽 두 시 반인 거야. 예닐곱 시간이 어떻게 흘러간 건지 하나도 기억이 안 나."

"그렇게 몽롱하게 있다가 잠들었겠지."

"아니야, 정신 똑바로 차리고 깨어 있었어. TV가 계속 켜져 있어서 TV 소리에 벽시계 소리까지 다 들었거든."

"그동안 화장실도 안 갔어?"

"기억이 안 나. 아무것도 안 한 것 같아."

"무진장 피곤했나보다."

담배 한 모금을 힘껏 빨고 연기를 내뿜은 둥무가 혀를 내밀어 갈색 꽁초를 핥자 검누런 송곳니가 보였다. 연기와 밤빛 때문에 그는 둥무의 눈을 똑똑히 볼 수 없었다. 근처에 있는 강에서 드드드드 모터 소리가 들려오더니 형형색색 등불을 잔뜩 밝힌 유람선이 또 한 차례 지나갔다.

"지난주에 우리, 강에서 술 마셨잖아."

둥무가 유람선 쪽으로 얼굴을 기울이며 말했다.

"아, 미안. 너무 바빠서 너 부르는 걸 깜빡했다. 저런 평범한 유람선이 아니라 크루즈선이었는데. 알지, 그 엄청 호화로운 배. 그날 난 새벽 다섯 시에 겨우겨우 자러 갔다가 아침 여덟 시에 또 개처럼 일어났어."

"성공했냐? 그 행사."

"순조롭게 진행됐어. 중요한 건 우크라이나 사람들이 신나게 즐기고 아주 만족했다는 거지."

"우크라이나? 그 사람들이 무슨 상관인데?"
"너한테 말 안 했구나. 그 사람들이 내 사탕수수를 원하거든."
"너한테 사탕수수가 있다는 말도 들은 적 없다……."
"당연히 나한테는 없지. 어디 있는지 안다는 얘기야. 고향에 넓은 사탕수수밭이 있는데 거의 방치되어 있거든. 젊은이들이 다 타지로 나갔잖아."
"괜찮은 사업 같은데."
"어이, 친구."

둥무가 갑자기 눈을 크게 뜨고 그를 빤히 바라보며 무슨 말을 꺼내려 했다. 오늘 밤 그가 처음으로 똑똑히 본 둥무의 눈이었지만, 보이는 거라곤 그물처럼 터진 벌건 핏줄뿐이었다.

"말해."

그는 이어지는 말을 기다렸다.

둥무가 입을 가리고 웃었다.

"그거 알아? 우크라이나에서 레닌 조각상을 거의 다 철거했거든. 그런데 최근에 멀쩡하게 보존된 조각상의 머리를 독일에 돌려줬대. 원래 동독 거였는데, 독일이 통일되고 나서 어찌어찌 우크라이나로 흘러간 거라나."

"독일이 그걸 달라고 해?"
"응."

둥무는 빈 담뱃갑을 납작하게 찌그러뜨리며 눈을 찡긋하고는 말을 이었다.

"시리아 난민들까지 같이 달라는 거지."
"역시 기자구나. 모르는 게 없네."

그가 감탄했다.

"아무래도 이 일이 나하고 어떤 관계가 있는 것 같거든."

"너하고 난민?"

"아니, 조각상 말이야. 한 무더기 사오고 싶은데."

"그걸 어디다 쓰게?"

"아직 별생각은 없는데, 한곳에 나란히 놔두면 사람 마음을 뒤흔들지 않겠냐."

둥무는 그의 앞에서 마술사처럼 손바닥을 흔들어 보였다.

"상상해봐, 어떤 장면일지."

"확실히 그러네. 눈알은 뒤흔들어놓겠어."

그가 입을 삐죽거리며 대꾸했다.

그의 대답이 흡족한지 둥무는 입을 쩍 벌리며 활짝 웃고는 반추를 즐기는 행복한 낙타처럼 담배 한 개비를 잘근잘근 씹었다. 그러고는 그의 어깨를 툭툭 두드리더니, 말보다 침묵이 낫다는 듯 갑자기 입을 꾹 다물고서 휴대폰을 들고 위챗 메시지에 답을 하기 시작했다. 어느새 옆 테이블에 대학생 한 무리가 앉아 있었다. 대여섯 명 가운데 여학생은 한 명뿐이고, 음식은 최소한으로 시켜놓고 있었다. 뭔가 토론하기 위해 모였나본데 교수가 내준 과제일 듯싶었다. 단발머리 여학생이 잽싸게 노트북을 켜고 손가락으로 화면을 가리켰다. 그는 학생들이 하는 말 한마디 한마디에 귀 기울이진 않았지만, 저마다 자기 의견을 분명히 내세우려고 최선을 다하는 것이 느껴졌다. 특히 본인의 생각이 미래 발전의 조류에 얼마나 잘 들어맞는지 입증하고픈 마음이 앞서는지 다른 사람들을 꼼짝 못 하게 설득하려 했다.

미래의 조류란 뭔가? 그도 일찍이 저렇게 또랑또랑하고 힘찬 목소리로 자신의 이상을 표명한 적이 있으며 그 조류에 삶을 맡기기도 했다. 하지만 지금, 그는 어떤 조류 속에 있나? 바로 한 시간 전, 둥무와 야식을 먹으러 나오기 전에 그는 10년 넘게 함께 산 아내와 또 말다툼을 했다. 얼굴을 붉히고, 때로는 침묵하고 때로는 눈물을 흘리고 때로는 사자후를 토하고. 그가 자기 삶에 극도로 실망해 있을 때 둥무의 전화가 그를 구해냈다. 그런데 지금 돌이켜보니 무슨 일로 다퉜는지도 알쏭달쏭했다. 아무 일도 아니었을지 모르고, 세상 모든 형편없고 지긋지긋한 일 때문이었을지도 모른다.

그와 그의 삶은, 그리고 그의 꿈은 미래의 조류에 속할까? 누가 도와줄 필요도 없이 그 스스로 똑똑히 알고 있었다. 그는 이미 역사에서 도태되고 만 것일까? 역사에 인성이란 것이 있을까? 역사는 자신의 희로애락에 따라 불운한 자들을 골라 쓰레기통에 버리는 걸까? 그런 거라면, 또 그만큼의 운 좋은 자를 골라 승리의 최고봉으로 올려 보내는 건가?

"내가 확실히 들었는데, 저 학생들 지금 투자 프로젝트를 추진 중이야."

둥무가 그를 향해 눈을 찡긋했다.

"난 무슨 과제를 하는 줄 알았네."

"대학생들도 창업을 서두르네. 카페를 열겠대. 바로 우리 학교 강당 옆에. 맞아, 우리 후배들이야."

둥무는 살짝 흥분했지만 후배들을 숱하게 봐온 그는 그렇지 않았다. 그는 회사 인사부에서 여름마다 후배들을 수없이 봤고, 그들에게 딱히 나쁜 인상은 없었지만 좋은 인상도 없었다. 아무 인상이 없다고 하는 게 맞겠다. 그들은 그저 다른 누군가처럼 보일 뿐 그에게 젊은 시절의 자신을 떠올리게 하진 못했다.

"한번 걸어보는 거지, 도박꾼처럼. 잘되면 바로 퇴직한다."

그는 머지않아 퇴직할 거라는 둥무의 생각은 대수롭지 않게 넘겼지만, 그 말에서 뭔가 다른 냄새를 맡았다.

"둥무, 너 신문사 그만두게?"

"아직 결심은 안 섰는데, 내 쪽에서 서두를 일이 아니더라고. 신문사가 나보다 더 급하지 뭐냐. 좋은 날도 정말 얼마 안 남았다. 연내에 3분의 1을 정리한다는 말이 있어."

"그렇게 많이 자르고도 신문사가 돌아가나?"

"광고 수주액이 3분의 1로 곤두박질쳤거든. 그렇게 많은 사람을 데리고 있을 수가 없다고! 요즘 누가 신문을 보냐? 아침에 눈떠서 휴대폰을 보면 뉴스는 거의 다 알게 되지."

"그러게, 나도 마지막으로 신문 본 게 언제인지 기억도 안 난다."

"나도 마지막으로 소설 읽은 게 언제인지 까마득하다."

둥무는 그에게 복수라도 하는 양 야릇하게 웃었다.

몇 년 동안 둥무는 그의 유일한 독자였다. 음, 그러니까 그는 소설을 쓰는데, 주로 줄거리가 애매하고 어딘지 알쏭달쏭한 소설이라서 알아주는 이는 둥무뿐이었다. 둥무는 일찍이 중문학과의 인재였다. 이과생인 그와 달리 이쪽을 잘 아는 둥무는 그게 '아방가르드 소설'이라며 그의 작품들을 잡지에 보냈고 몇 편이 실렸다. 그는 아방가르드가 뭔지도 몰랐고, 글을 쓸 때면 마치 꿈을 꾸는 것 같았다. 아무것도 생각하지 않아도 인물들이 살아나서는 알아서 움직였다. 그러면 그는 얼른 펜을 들어 거리거리 헤집고 다니는 그들을 바짝 뒤쫓았다. 그는 그들이 어느 문 뒤로 사라져 다시는 나타나지 않을까 두려웠다. 이렇게 그들을 포착하는 일은 아무리 해도 싫증 나지 않았다. 그의 즐거움을, 그 또 다른 작은 세상을 이해하는 사람은 오직 둥무뿐이었다. 그러나 올해부터 둥무는 이 놀이에 흥미를 잃었다는 사실을 숨기지 않았다.

그는 그저 웃으며 둥무와 잔을 부딪치고는 술을 배 속에 털어넣었다.

"앞으로 어떻게 되려나, 정말 모르겠다."

이렇게 내뱉고 나자 그는 스스로 생각해도 진부한 소리 같아서 살짝 민망해졌다.

"난들 알겠냐."

다행히 둥무는 맞장구를 쳐주며 옆 테이블에 앉은 젊은이들을 곁눈질했다.

"쟤들은 아마 알걸."

화장실에 다녀오던 둥무가 옆 테이블의 한 남학생과 마주쳤다. 먼저 인사를 건넨 둥무는 잽싸게 명함을 남학생 손에 쥐어 주며 자기가 추진 중인 프로젝트 얘기를 술술 늘어놓았다. 오랜 훈련을 거쳐야만 할 수 있는 거침없는 연기였다. 남학생은 좀 당황한 기색으로 만나뵙게 되어 영광이라는 둥의 인사치례를 했지만, 표정을 재빨리 거두는 바람에 제대로는 볼 수 없었다. 둥무는 남학생에게 자기를 일행에게 소개해달라고 부탁하더니, 거기 가서 자신의 프로젝트를 다시 한번 열정적으로 설명했다. 학생들이 벌떡 일어나 환호했고, 특히 그 여학생은 대단히 시원시원한 성격 같았다. 웃음꽃이 활짝 핀 여학생의 얼굴을 보며 그의 머릿속에 결국 예전의 캠퍼스 생활이 되살아나고 말았다. 프로젝트 설명을 마치고 돌아서려던 둥무가 그를 가리키며 학생들에게 말했다.

"이 친구는 작가랍니다."

작가라. 학생들이 휘익 휘파람 소리를 냈다. 그는 휘파람의 의미를 잘 몰랐지만 갑자기 부끄러워졌다. 복잡하고 말로 설명하기 힘든 기분이었다. 이런 기분은 거의 처음 같은데…… 어쩌면 처음이 아닐 수도 있었다. 까마득한 어린 시절, 같은 반 친구들은 모두 공산주의의 대의를 위해 분발하는 소년선봉대원*이었지만 그 혼자만 아니었다. 그는 아무 잘못도 하지 않았다. 그저 다른 아이들보다 1년 먼저 입학했을 뿐이었다. 사소한 나이 문제 때문에 담임은 기어이 그의 가입을 미루고 말았다. 다른 아이들이 모두 붉은 스카프를 두르자 그 사실이 적나라하게 드러났고, 그 순간 그는 불안감과 두려움에 휩싸였다. 지금 그는 또 한 번 그런 폭로를 겪고 있었다. 단지 다른 사람들은 글을 쓰지 않는데 그는 글을 쓴다는 것이었다.

속사정은 옛일과 정반대였지만 형식은 놀라우리만치 일치했다. 그는 또다시 이물질이 되어 있었다.

"게다가 대단한 신분이 또 하나 있다니까요. 대기업 인사부장입니다!"

방금 폭로한 사실을 덮으려는 듯 동무가 또 말했다.

"죄송합니다만, 대기업 자회사입니다."

손톱만 한 과장도 용납할 수 없었던 그가 부연 설명을 했다.

"선배님, 우리 다 같이 위챗 친구 추가해요."

여학생이 말했다.

분홍색 스포츠 티셔츠와 짙은 데님 반바지를 입은 여학생의 차림새가 그제야 그의 눈에 들어왔다. 어깨까지 오는 단발에 옆머리를 귀 뒤로 넘겨 옛날 영화에 나오는 혁명 동지처럼 보였다. 그는 그녀의 피부가 매우 하얗다는 것도 알아차렸다. 허벅지가 많이 드러나 있었기 때문이다. 하지만 신기하게도 그녀는 온몸에서 적극적인 활력을 내뿜을 뿐 섹시하게 입으려는 의도는 조금도 없어 보였다.

"그럽시다."

---

* 1949년 창설된 중국 공산당 산하의 어린이 조직. 보통 초등학교 1학년에 가입한다.

동무가 곧바로 위챗을 열었다.

그도 휴대폰을 들긴 했지만 동작이 아주 느릿느릿했다. 괜스레 저항하고픈 이유는 그도 알 수 없었다.

아내를 알게 된 것은 10여 년 전이었다. 식사할 때였는데 야식일 가능성이 높았다. 미래의 아내는 여성의 신체적 특징을 꽁꽁 가린 길고 헐렁한 치마를 입고 사람들 속에 서서 도스토옙스키를 논하고 있었다. 그는 옆 테이블의 그 무리가 중문과 학생들인 줄 알았는데, 나중에 친구들을 통해 알고 보니 독서 동아리였다. 그들은 일주일에 한 번씩 이런 활동을 했다. 막연한 문학적 꿈을 좇아서인지 아니면 도스토옙스키를 논하던 그 청초한 여학생 때문인지는 몰라도 그는 그 독서 동아리에 가입했다. 그 결정은 그의 삶을 안팎으로 두루 바꿔놓았다. 그때부터 그는 소설을 쓰기 시작해 지금까지 쭉 쓰고 있으며, 청초한 여학생은 그의 여자친구가 되어 도스토옙스키 이야기를 함께 나누게 되었다. 하지만 운 나쁘게도 얼마 뒤에 여학생은 임신 사실을 알게 됐다. 대학을 졸업하고 한 달도 안 됐을 때였다. 그가 선택한 것은 포기가 아니라 모든 걸 받아들이는 것이었다. 그렇다, 그는 여자친구와 결혼했다.

그때부터 그는 남들보다 이른 중년생활에 접어들었다. 눈 깜짝할 새에 아이는 십대가 됐다. 올해 중학교 1학년생이지만 아이는 외할머니 집에서 지낼 수밖에 없었다. 여기에는 환장할 만한 이유가 있었다. 아들과 함께 살 수 없는 것은 아니었지만 그들은 세 들어 살고 있었고, 임차인은 정부에서 배정하는 '학군'을 받지 못해 아이가 더 좋은 학교에 입학할 수 없었다. 중점학교重點學校•에서 요구하는 비싼

• 국가에서 지정한 명문 공립학교. 학군 외 거주자가 중점학교에 들어가려면 거액의 후원금을 내야 한다.

'후원금'은 그들을 뒷걸음질 치게 했다. 몇 년 안에 이 혼잡한 대도시에서 집을 살 만큼 돈을 못 모으면 아들의 고교생활을 망칠 수도 있다는 사실 때문에 그는 극심한 고민에 빠져 있었다.

삶이란, 이런 모습은 아니어야 했는데…… 그러나 그는 다른 삶을 상상할 용기조차 없었다. 더 좋은 삶이건 더 나쁜 삶이건…….

위챗 친구 추가를 하고 학생들이 저쪽 테이블로 돌아가자, 둥무는 주장 맥주 네 병을 더 시키면서 미안한 듯 말했다.

"어쩔 수가 없네. 안 마시면 집에 가도 밤잠을 못 자."

둥무의 처량한 모습을 보니 그도 함께해줄 수밖에 없었다. 두 사람은 술잔을 부딪치고 몇 잔 들이켰다. 대화가 잠시 끊기자 그도 휴대폰을 들고 위챗을 보는데 눈에 띄는 뉴스 한 토막이 있었다. 그가 하하 웃음을 터뜨리며 둥무에게 휴대폰을 건네자 둥무가 중얼중얼 읽어내려갔다.

"주요 포털 사이트에 로봇 기자가 등장할 것으로……"

둥무는 담배꽁초를 버리더니 또다시 머리로 손을 뻗어 듬성듬성한 머리카락을 움켜쥐었다. 뉴스를 다 읽은 둥무는 끄트머리에 로봇 기자가 쓴 기사 샘플이 첨부된 것을 발견했고, 둘이 같이 들여다보기 시작했다. 1분 뒤, 둥무가 말했다.

"조리 있고 자료도 분명해. 흠잡을 데가 없어."

그의 생각도 똑같았다.

"우리가 맹장이 되어 제거당할 날도 멀지 않았어."

그가 웃으며 말했다.

"진작에 됐지. 너는 박물관에 출근해야 돼. 문학 창작이라는 '무형문화유산'을 전승하고 보존할 방법을 찾아야지."

"지독한 놈."

그가 쓴웃음을 지으며 고개를 흔들었다.

"기자가 오랜 전장 경험으로 터득한 거라 아주 정확하다고."

둥무는 맥주를 벌컥벌컥 들이켜고 트림을 하더니 눈을 질끈 감았다. 몸속에서 일어나는 어떤 통증을 참는 듯한 모습이었는데 꽤나 퇴폐적으로 보였다.

"야, 너 결혼은 도대체 언제 할래?"

그는 둥무의 뒷수습을 하러 올 여자가 누구일까 생각하고 있었다. 둥무가 처한 참담한 상황이 안타깝기 그지없었다.

괜찮은 질문이었다. 둥무는 살짝 흥이 올라 대답했다.

"알잖아, 나보다 아홉 살 어린 여자친구랑 헤어지고 지금 세 번째 여자친구랑 재결합한 거. 아직 석 달도 안 됐는데 무슨 결혼 얘기냐."

"그치만 그 세 번째 여자친구는 이미 세 번이나 헤어졌다 다시 만난 거 아냐. 사귄 시간을 합쳐보면 2년이 넘는데, 결혼을 충분히 생각할 수 있지."

그는 둥무의 연애사를 손금 보듯 훤히 알고 있었다.

"아니, 나한테 결혼이란 선택지는 없어. 다만……"

그는 둥무가 그 필요조건을 생각해내기를 기다리고 있었다. 고등학교 수학에 따르면, A에서는 B가 도출되지 않지만 B에서는 A가 도출된다면 A는 B의 필요조건이다. 불쑥 떠오른 이 지식을 둥무에게 활용하는 것이 이상하긴 해도 재미있었다.

"다만 어떤 불가항력적인 이유가 없다면."

둥무가 머뭇거리며 말했다.

"이를테면…… 그러니까 너처럼 부주의로 아이가 생기는 게 아니라면 결혼은 나한테 아무 의미 없어."

"날 걸고넘어지지 마라. 그때 내가 얼마나 어리고 철이 없었던지."

그는 술을 홀짝이다가 뭔가 깨달은 듯 물었다.

"아이를 원해?"

"그건 아냐. 중국 인구가 좀 많으냐. 내가 미미하게 공헌해봤자지."

옆 테이블이 한바탕 소란스러워졌다. 옆자리 학생들이 모임을 마치고 일어나는 중이었다. 둥무에게 처음 붙잡혔던 그 남학생이 두 사람에게 다가와 작별 인사를 했다.

"두 분 사장님, 아니 선배님, 저희 이만 가보겠습니다."

둥무는 자리에서 일어나 남학생과 정중히 악수를 했다.

"연락해!"

그는 그대로 앉은 채 남학생을 향해 미소만 지어 보였다. 그 남학생은 줄곧 무표정해 보여서 자신이 지은 어색하고 야릇한 미소를 본 건지 못 본 건지 알 수가 없었다. 그러나 그는 남학생이 자신의 웃음을 봤으면 하는 마음이었다. 자신이 쓴 소설이 아무리 엉터리라도 누군가 읽어주었으면 하는 것처럼.

무늬 있는 분홍색 헐렁한 반바지를 입고 슬리퍼를 신은 젊은 사장이 학생들 음식값을 계산하고는 이쪽으로 다가왔다.

"손님, 죄송합니다만 문 닫을 시간이라서요."

흠칫 놀란 둥무가 튀어오르듯 일어나 계산서를 낚아챘다. 그는 미처 반응을 못 했지만 둥무의 잽싼 동작에 화들짝 놀랐다. 마치 물 밖으로 건져올려진 새우 같았달까. 지갑을 챙긴 둥무가 양팔을 벌려 그를 꼭 끌어안았다. 이것은 둥무 특유의 상징적인 동작이었다. 모임이 끝날 때마다 둥무는 친구를 한 번씩 얼싸안았다. 이 자리에 세 번째, 네 번째 친구가 있었다면 둥무는 그들도 주저 없이 안아주었을 것이다. 그는 예전에는 둥무가 너무 허세를 부리며 연기한다고 생각했지만 오늘은 이 포옹이 유난히 따뜻하게 느껴졌다. 그래서 그도 둥무를 끌어안고 등을 힘껏 두드려주었다.

"친구야, 우리 또 1년 뒤에나 만날지도 몰라."

이 말을 하면서 둥무는 조금 울컥하는 기색이었다.

"설마? 우리가 1년 만에 본 거라고?"

그는 좀 어리둥절했다. 둘이 마주 보고 선 채로 둥무가 손가락을 꼽아보니, 정말 1년 만이었다.

"시간 정말 빨리 간다. 난 석 달쯤 된 줄 알았는데."

그가 울적하게 말했다.

"누가 아니래."

둥무가 길가로 걸어가며 큰 소리로 말했다.

"다음에 만날 땐 우리 둘 다 백수일지 몰라도—분명 정도正道를 걷고 있을 거다!"

어디선가 택시 한 대가 홀연히 나타나더니, 진작부터 목표로 삼고 있었던 것처럼 둥무 앞에 정확히 멈췄다. 둥무의 시 같은 말에 그가 답하기도 전에 둥무는 택시에 올랐다. 그 오랜 친구가 여위고 길쭉한 팔을 흔들었다. 얼굴은 그림자로 덮이고 안경테만 희미하게 빛나고 있었다. 멀어져가는 택시를 지켜보는 그의 시야에 길목에 있는 맥도널드가 들어왔다. 그곳에는 영원토록 괴상한 웃음을 짓고 있는 어릿광대 아저씨가 앉아 있었다. 둥무가 탄 택시가 커브를 돌아 어릿광대의 그림자로 숨어들더니 순식간에 자취를 감췄다.

그는 허전하고 불편한 마음으로 그 자리에 잠시 서 있었다. 선선한 밤바람이 몸에 닿자 알코올이 눈에 보이지 않는 개미 떼처럼 신경얼기 속으로 기어드는 느낌이었다. 그러자 그는 더 서글퍼지면서 문득 혼자 걷고 싶어졌다. 한밤중에 혼자 걷는 게 도대체 얼마 만인가, 그는 그런 적막감에 매료되었다. 교차로를 지나는데 아까 그 학생들이 눈에 들어왔다. 여전히 둘러서서 뭔가 이야기를 나누고 있었지만 띄엄띄엄 있는 걸 보니 곧 흩어질 성싶었다.

반바지를 입은 여학생도 무리 속에 있었다. 그녀는 여전히 그렇게 생동감 넘쳤고, 일거수일투족이 활력으로 가득해 고단한 밤중에 유난히 눈길을 사로잡았다. 그녀는 끝없는 어둠 속에서 활활 타오르는 불꽃처럼 일렁이고 있었다. 그 모습이 또 한 번 그의 청춘의 어떤 기억을 건드렸다. 그의 호기심은 절정에 이르렀다. 저런 활력을 지탱해주는 게 대체 뭘까? 저 때 나한테도 저런 활력이 있었나? 답은 아주 분명했다. 그는 그런 적이 없었다. 그렇다면 아내에겐 저런 활력이 있었던가? 곰곰이 되새겨보니, 예전에 아내는 꽤 활기찬 사람이었지만 가장 활기찬 순간에도 이 여학생만큼은 아니었다. 아내는 문학을 논할 때 신바람이 났지만, 그것의 전제는 우울한 정서나 고요한 사색이었다. 외롭고 기나긴 독서를 거친 뒤 토론하는 순간에 구원을 받거나 호응을 얻는 느낌에서 오는 신바람이었고, 그것의 바탕색은 역시 고독이었다.

반바지 여학생은 앞으로 추진할 프로젝트에서 큰돈을 벌기를 기대하고 있겠지. 부를 향해 나아가는 그런 꿈이 그녀를 북돋워주는 걸까? 부끄러울 것 하나 없는 일이다, 그 또한 일찍이 돈을 갈망했으니. 그런데 지금 돈이 그에게 가져다주는 것은 더 많은 고통이었다. 그는 코뚜레에 꿰여 괴로워하는 늙은 소 같은 신세지만 소리 없이 참고 견디고 있었다.

학생들은 마침내 헤어졌고, 그는 거의 무심결에 신문 가판대 옆으로 몸을 숨겼다. 그는 그 여학생을 관찰하고 있었다. 그녀는 동행 없이 혼자 걸었다. 이슥한 밤인데 택시도 타려 하지 않았다. 그야말로 에너지가 넘치는 그녀에게 이끌려 그는 더더욱 광포한 열정에 사로

근거 없는 밤 73

잡혔다. 그는 어떤 답을 추적하듯 그녀를 미행하고 싶어졌다. 머리가 뜨끈뜨끈한 채로 걸음을 떼는데 의식은 텅 비어 있다시피 했다. 자신이 도대체 무엇을 하고 있는지, 무엇을 하고 싶은지 아무 생각이 없었다.

여학생은 교차로에서 잠깐 멈추더니 빨간불이 초록불로 바뀌기 전에 길을 건너갔다. 오가는 차량은 거의 없었지만 그는 초록불이 켜질 때까지 기다렸다가 서둘러 길을 건넜다. 이제 두 사람 사이의 거리는 그의 목적을 숨길 수 있을 만큼 충분히 벌어져 있었다. 그러나 그는 여전히 켕겼다. 여학생이 무심코 뒤돌아보다가 자신을 발견하면, 자신이 옆자리에 앉아 있던 '선배'라는 걸 알아보면? 그러면 무슨 말을 해야 할까? 침착하게, 태연자약하게 이렇게 말할 수 있을까? "안녕, 나도 마침 이 길로 가는 중이었어." 이런 식으로 어물쩍 넘긴다 해도 오래가진 못할 것이다. 그의 표정과 태도에서 모든 것이 드러날 테다. 풋내기 범죄자처럼 당혹감 가득한 얼굴에 어색하고 수상쩍은 기운을 온몸으로 내뿜을 테고, 여학생이 내뱉는 말에 의해 결국 그는 무능한 변태가 되고 말겠지.

그러나 그는 포기하지 않았다. 핏속에서 타오르는 에탄올 때문에 그는 주정뱅이처럼 집요해졌다. 여학생은 경쾌하게 걸음을 옮겼고, 희미한 가로등 불빛 속에서 그 모습을 포착하려면 그는 온 신경을 모으다시피 해야 했다. 내 숨소리마저 들릴 지경인데 여자애 하나 못 따라잡는다고? 정말 어이가 없네. 이런 생각이 들면서 그는 오히려 끝까지 해보겠다는 결심이 섰다. 또 다른 교차로에 다다르자 여학생은 오른쪽으로 꺾어 옌장루沿江路로 향했다. 보니까 여학생이 사는 곳은 아주 고급스러운 동네였다. 집값이 터무니없이 비싸서 대부분의 사람은 평생을 아끼고 아껴도 이 동네 집은 도저히 살 수 없었다. 여학생의 발걸음이 갑자기 느려진 것으로 미루어 목적지가 가까워진 듯했다. 그런데 그는 여학생의 발걸음이 점점 더 느려지고 있으며, 모든 기력이 소진된 것처럼 유난히 기묘해 보인다는 걸 알아차렸다. 설마 몸이 불편하다거나 다른 예상치 못한 상황이 벌어진 걸까? 그는 걸음을 재촉해 여학생과의 거리를 금세 좁혔다. 깊은 바다에서 건져 올린 것처럼 어둠 속에서 여학생의 몸이 스르르 떠올랐다.

여학생의 움직임은 자꾸자꾸 느려졌다. 저러다 곧 멈춰 설 것만 같았다. 그의 마음속에 일어나는 의혹도 자꾸자꾸 짙어지며 조금 전에 일었던 기괴한 충동을 덮어버렸다. 그토록 활기차던 몸이 어떻게 갑자기 저토록 병약한 몸으로 변한 걸까, 도무지 모를 일이었다. 휴대폰을 들여다보느라고? 아니면 무슨 생각을 하느라고? 각도상 그의 위치에서는 똑똑히 보이지 않았다. 그런 생각을 하면서 그는 다시 길 건너편으로 갔다. 고개를 돌렸다간 놓쳐버릴까봐 여학생에게서 내내 눈을 떼지 않고 있었다. 그는 어두운 쪽에 몸을 숨긴 채 그녀와 나란히 걸었고, 걸음을 빨리해 그녀를 조금 앞질렀다. 그러고는 다시 길을 건너 그녀를 향해 걸어갔다.

그는 처음으로 정면에서 여학생을 보게 됐다. 이쪽도 어둑어둑해서 세세하게 보이진 않았지만, 그 청춘의 곡선은 너무나 부드러웠다. 마치 고슴도치가 부드러운 속살을 드러낸 것만 같았다. 그도 걸음을 늦췄다. 이제 곧 가까이에서 그녀와 마주칠 텐데, 그 만남에 그는 조금도 자신이 없었다. 오랫동안 알고 지낸 사이처럼 인사를 건네고픈 마음이 간절했지만, 낯선 사람처럼 스쳐 지나가고픈 마음이 더 컸다. 그는 그녀가 자신을 못 알아보기를 바랐다.

두 사람의 거리가 5미터로 좁혀지자 그의 심장이 격하게 두방망이질 치기 시작했다. 연정 때문이 아니었다. 범죄의 흥분과 공포 때문이었다. 그가 무슨 죄를 지었기에? 차마 자문하지 못했지만, 마음속으로 이미 죄를 지었음을 그 자신만은 알고 있었다. 그렇다, 그는 그녀를 해치려는 충동을 느꼈음을 인정해야 했다. 질투? 갈망? 아니면 육체의 본능 때문에? 아니면 영혼에 깃든 감지하기 어려운 비틀림 때문에? 그는 인간 본성의 사악함을 절감했다.

여학생이 느닷없이 오른쪽 샛길로 방향을 틀자 그는 안도의 한숨을 내쉬었다. 그때도 그녀는 내내 고개를 숙이고 눈을 내리깐 채 땅바닥을 보고 있었으니 아마 그를 발견하진 못했으리라. 긴장감은 훅 사라지고 야릇한 공허감이 밀려들었다. 그는 길목에 있는 24시간 편의점에 들어가 담배 한 갑을 샀다. 편의점 문 앞에 서서 담뱃불을 붙이고 담배 한 모금을 빨아들이고 나서, 그는 망설임과 단호함이 뒤섞인 마음으로 샛길로 들어섰다. 그리고 알쏭달쏭한 희망을 품은 채 어슬렁어슬렁 걸어갔다. 여학생의 모습이 보이지 않았으면, 그녀가 이미 철근 콘크리트로 둘러싸인 '비둘기 우리'로 돌아갔으면 하는 바람이었다.

여학생은 정말로 자취를 감췄다.

샛길을 또 한 번 걸어봤지만 여학생은 여전히 보이지 않았다. 아무래도 바로 이곳에 사는 모양이었다. 그는 고개를 쳐들었다. 지금 이 순간 불이 켜지는 창문이 있다면 틀림없이 그녀의 창문일 텐데. 그는 목을 길게 뺀 채 한참을 기다렸지만 불 켜지는 창문은 보이지 않았고, 불 꺼지는 창문이 세 개 눈에 띄었을 뿐이었다. 그는 패장처럼 고개를 떨구고 한숨을 푹 내쉬었다. 오늘 밤, 마음속에 자리한 어떤 허구의 힘이 자신을 통제하는 기분이 들었다. 자신의 소설 속 주인공이 된 것만 같았다. 흐릿하고 어지러운 와중에 그는 처음으로 쾌감을 느꼈다. 산산이 부서진 이 세상에, 운명을 조종할 수 있는 힘이 진짜로 있다면 얼마나 행복할까.

아내와 아이, 그들이 있는 가정은 아득히 멀리 떨어져 있는 것처럼, 한바탕 꿈처럼 느껴졌다. 오늘 밤의 본능이 꿈틀거리는 이 나그네야말로 진짜 자신 같았다. 끝없는 방황이야말로 진짜 자신의 삶 같았다.

조금 더 가면 주장강이었다. 양쪽 기슭의 화려한 불빛은 이미 사그라졌고, 지금 보이는 거라고는 캄캄하고 광활하고 텅 빈 땅뿐이었다. 그는 강불 냄새를 맡고 싶어졌다. 알 수 없는 비릿한 내음이 섞여 있다 해도 그 냄새에서 그는 크나큰 위안을 얻었다. 그것은 이 도시의 냄새로, 한 사람의 독특한 체취와도 같았다. 그는 냄새를 마주하며 강가로 향했다. 마음 깊은 곳에서 차가운 외로움이 솟구쳤다. 이 도시에서 유일하게 변하지 않은 것은 도도히 흐르는 이 강물뿐이었다. 강물은 빽빽한 건물숲 사이로 탁 트이고 가파른 검은 협곡을 열었다. 그는 강물을 따라가며 최대한 먼 곳을 바라보았다. 그가 아직 자유를 믿는다면, 그 자유는 저 검은 협곡의 끝자락에 있는 것이 틀림없었다.

고개를 돌리자 작고 수척한 형체가 보였다. 여자였는데, 자세히 보니까 바로 그가 한참을 미행했던 그 여학생이었다. 그녀가 서 있는 자리에서 5미터쯤 떨어진 곳에 가로등이 하나 있었다. 그 희미한 빛은 그녀를 비춰주는 것이 아니라 흐릿한 덩어리로 만드는 것만 같았다. 그 자리에 전력이 부족한 형광등이 서 있는 것처럼, 오로지 그녀의 맨다리에서만 희미한 형광 빛이 뿜어져 나왔다.

두 사람은 그 가로등에 의해 대칭을 이룬 두 그림자 같았다. 그는 반대편에 있는 여학생의 손바닥을 느껴보려는 듯 앞에 있는 돌난간을 어루만졌다. 그녀의 손가락도 이렇게 차가울까? 그녀에겐 어떤 걱정거리가 있는 걸까. 사람들 속에서는 그토록 즐거워하더니, 무리와 헤어지고 나자 어찌 저토록 쓸쓸하고 서글프게 변해버렸을까? 열정과 활력이 넘쳐나는 모습도 연기할 수 있는 건가? 맞은편에 있는 콘서트홀의 괴이한 실루엣을 응시하며 그는 어지러운 상념에 휩싸였다. 그는 옆으로 돌아서서 여학생이 있는 쪽을 대담하게 바라보았다. 하지만 그곳은 텅 비어 있었다. 어디로 갔지? 그는 당황하고 불안한 눈초리로 허둥지둥 둘러봤지만 기척이 전혀 없었다. 너무 늦은 밤이라 도시의 밤하늘조차 지쳐 보이는 흑갈색을 띠고 있었다. 그는 여학생이 방금 서 있던 곳으로 성큼성큼 걸어가 그 자리에 섰다. 별안간 주위 풍경이 좀 낯설게 보였다. 그것은 타인의 시선으로 보는 세계였기 때문이다. 물론 그 전에 자기 눈으로 바라보던 세계와 어떻게 다른지 묘사해야 한다면 대답할 수 없겠지만, 그 색다른 체험은 분명 신비롭기 그지없었다. 그가 눈길을 거두고 고개를 수그리는 순간, 그를 바라보는 듯한 두 눈이 보였다. 자세히 보니 정말로 아래쪽에서 두 눈이, 놀라고 겁에 질린 두 눈이 그를 응시하고 있었다! 그는 모골이 송연해지며 비명을 지를 뻔했다. 그 두 눈을 따라가다가 그는 돌난간 뒤쪽에 웅크린 형체를 발견했다. 여자의 형체였고, 자세히 보니 분홍색 반팔 티셔츠와 데님 반바지가 보였다. 바로 그가 줄곧 미행하던, 방금 전까지 옆쪽에 서 있던 그 여학생이었다! 도대체 어떻게 난간 너머로 간 걸까, 얼마나 위험한데! 그는 신을 향해 경건하게 기도를 올리듯 재빨리 그녀에게 두 팔을 뻗었다.

"누구야, 왜 계속 따라다녀?"

여학생이 쉰 목소리로 침착하게 물었다. 그녀는 마치 쫓겨다니느라 기진맥진해진 사냥감 같았다.

"나…… 나는…… 일단 이쪽으로 건너와, 거긴 너무 위험하잖아!"

돌난간 너머는 발바닥 너비만 한 공간뿐이었다. 도대체 어떻게 가능한 건지, 여학생은 바로 거기에 걸터앉아 있었다.

"이 변태! 날 가만 내버려둬, 예전부터 죽고 싶었으니까!"

갑자기 자제력을 잃은 여학생이 그에게 고함을 지르기 시작했다. 날카로운 목소리가 온 도시에 울려 퍼졌다.

이 예리한 모욕이 그의 심장을 파고들며 어질어질한 고통을 안겨주었다. 그가 염려하던 일이 실제로 이루어진 것이다. 변태, 파렴치한 변태, 그의 추악한 행위가 발각되어 면전에서 폭로되었다. 이 사건이 온 도시에 구석구석 퍼지면 아내와 아이 얼굴은 어떻게 본단 말인가? 그러나 그와 동시에 수치와 분노 같은 감정도 솟아올랐다. 도대체 자신이 무슨 짓을 했기에 난간 너머에 있는 저 히스테릭한 여학생에게 이런 취급을 받는단 말인가? 그는 아무 짓도 하지 않았다. 그저 연기를 했을 뿐이다. 자신이 설정한 허황된 게임에 참여했을 뿐이다.

"믿어줘, 악의는 없어. 난 그냥……."

그가 말을 멈추었다. 꿈결과도 같은 밤빛이 그를 아둔하게 만드는 바람에 그럴싸한 이유가 떠오르지 않았다. 그는 한숨을 쉬고는 어쩔 수 없이 이렇게 말했다.

"난 그냥 널 좋아하는 거야. 스스로를 다치게 하지 마."

아까 들은 '변태'라는 단어가 마구 휘저어놓는 바람에 그의 마음은 대혼란에 빠져 있었지만, 강인한 강철 와이어 같은 이성 덕분에 그는 위험에 빠진 다른 생명부터 직시할 수 있었다.

"거짓말!"

여학생이 소리쳤지만 강도가 많이 약해져 있었다. 좋아해, 사랑해. 지금의 난감한 상황을 이보다 더 잘 설명할 수 있는 이유가 달리 또 있을까? 무심코 지어낸 말이었지만 더없이 적절한 이유였다.

"거짓말 아니야. 아까 밥 먹을 때부터, 처음 봤을 때부터 네가 좋았어."

그는 이 거짓말을 이어가기로 했다.

"그치만, 그치만 밥 먹을 때 우린 말도 안 섞었다고!"

여학생의 목소리는 한결 낮아졌지만 그 속에 담긴 분노는 여전히 가라앉지 않았다. 여학생은 그가 누구인지, 그 재미없고 과묵한 '선배'라는 것을 이미 알고 있었다.

"누군가를 좋아하는 건 그냥 직감 아냐? 그거면 충분하잖아?"

그는 자신에게 떳떳한 이유가 있는 양 말투도 당당해졌다는 사실을 알아차렸다.

"아니! 그럴 리 없어! 거짓말이야. 그냥 날 속이려는 거잖아!"

여학생은 초조하고 불안한 모습으로 돌아갔고, 고개를 돌려 어두운 강물을 바라보며 또 욕을 했다.

"변태 주제에 변태 짓을 덮어보겠다고."

거짓말은 이미 들킨 것 같았고, 그는 다시 한번 변태 취급을 당했다. 일이 원점으로 돌아가자 깊은 슬픔과 분노가 밀려들었다. 그가 목멘 소리로 말했다.

"널 좋아해, 정말로. 너는 움직임 하나하나가 활력이 넘쳐. 걸음걸이는 어린 사슴처럼 매혹적이야. 너한테 완전히 빠져드는 바람에 나도 모르게 널 따라온 거라고……."

말을 하면 할수록 모두 사실처럼 느껴졌다. 그의 목소리는 느리고 깊어졌고, 거기에 떨림까지 더해져 사람을 설레게 했다.

"난 그렇게 좋은 사람이 아냐! 그건 내가 잘 알아. 넌 여전히 거짓말을 하고 있어."

그러면서 여학생이 그를 돌아보았다. 뜻밖에도 그녀의 두 눈에는 눈물이 그렁그렁했다. 두 눈이 수면에 이는 잔물결처럼 반짝반짝 빛났다.

"네가 왜 좋은 사람이 아니야? 아까 친구들하고 그렇게 열정적으로 이야기를 해놓고. 그때 네 눈이 얼마나 아름답게 빛났는지 몰라. 그 속에서 완전히 중심인물이던데. 난 감히 널 볼 수가 없었어, 너한테 끌릴까 두려워서. 그런데 결국 끌리고 말았지."

그는 돌난간에 팔을 얹고 몸을 수그려 간곡히 말했다. 지금 그는 캠퍼스에서 마음속 깊은 곳에 간직하던 비밀스러운 사랑을 고백하는 남학생이 되어 있었다. 분노와 공포는 돌연 사라지고, 그는 자신이 맡은 역할에 빠져들었다. 시간이 거꾸로 흐르기 시작하면서 청춘의 열정이 가슴속으로 돌아온 느낌이었다.

"아무튼 난 네 말처럼 그렇게 좋은 사람이 아니라고. 그렇게 열정적인 사람이 되려고 나 자신을 다그치면서 억지를 부린 거야. 하지만 괴롭기만 해. 정말 너무너무 괴롭단 말이야."

그녀는 절망에 빠진 것처럼 두 손으로 머리를 감싸쥐었다.

"사람은 보이는 것처럼 그렇게 행복하진 않아. 나도 마찬가지고."

그는 잠시 말을 멈췄다가 다시 이어갔다.

"나야 뭐 이미 불행해 보일 것 같지만, 실제로는 훨씬 더 심각한 상황이야. 아무래도 난 조만간 폐인이 될 거야. 지금 이 시대에 나란 놈은 무능하고 아무짝에도 쓸모없다고."

여학생은 아무 말도 하지 않았다. 그가 한 말을 곱씹어보는 듯했다. 폐인.

"네가 왜 괴로운지 알 수가 없다."

그는 이미 예정되어 있는 대화를 나눈다는 듯이 긴장을 풀고 말을 이어갔다. 그리고 기대한 만큼 훌륭한 사람이 못 되어 한스럽다는 듯 한숨을 쉬며 난간을 두드렸다.

"너는 나랑은 다르잖아. 그래선 안 돼! 이렇게 젊고 예쁘고 앞날이 창창한 사람이 도대체 왜 그래?"

"모든 게 무의미해."

이런 질문을 기다리고 있었다는 듯 여학생은 주저 없이 단호하게 대답했다.

어쩌면 여학생의 말이 곧 자신의 속마음일지도 모르지만, 그는 이렇게 꼼짝없이 지고 싶진 않았다. 그는 여학생이 그저 '새로운 노래를 짓겠다고 억지로 슬픔을 짜내는爲賦新詞強說愁'• 거라고 여겼다. 그 역시 저 나이 때는 온갖 사물의 '의미'를 애타게 추구하지 않았던가? 이제 그는 더 이상 그런 문제에 매달리지 않는다. 해답을 얻었기 때문이 아니라 영구적으로 방치해놓은 것이다. 그는 성실히 일하며 그 속에서 조금씩 가치를 찾아봤지만, 찾아낸 것이 너무나 적어 우울감이 날로 심해졌다. 꿈을 담은 글자는 조급한 사람들 속에서 맹장 같은 것이 되어버렸고, 그런 변화는 그의 마음속 버팀목을 뒤흔들고 말았다. 그 맹장 같은 것은 그가 예전에 영혼이라고 부르던 것이었다.

그는 여학생이 바로 그의 지음知音이라고 느껴졌다. 그녀와 제대로 이야기를 나눠보고 싶었다. 이런 화제는 아무도 건드리지 않아 해마다 무성해지는 잡초와도 같았다.

"그래, 의미는 없을지도 몰라, 하지만……."

여학생의 몸이 미미하게 움직였지만 그는 눈여겨보지 않았다. 그는 계속 말하고 싶었다. 마음속에 있는 말을 모조리 꺼내놓고 싶었다. 꿈이 맹장이 되어버린 일을 비롯해 이 비극에 대해 자신이 이해

• 남송 시인 신기질辛棄疾의 시 「서박산도중벽書博山道中壁」 가운데 한 구절.

하는 바를 깡그리 털어놓고 싶었다. 그런데, 아직 시작도 안 했는데 여학생의 왼손이 번쩍 들리더니 몸 전체가 그대로 떨어졌다. 검은 강물만이 음울한 물보라를 일으킬 뿐 여학생이 도움을 청하는 소리는 전혀 들리지 않았다. 온몸의 피가 머리로 쏠리고 귀에서 강한 전류가 솟구치는 것을 느끼며, 그는 생각할 겨를도 없이 난간을 훌쩍 넘어 손바닥 너비의 가장자리에 섰다. 몸이 더 이상 존재하지 않는 것처럼 가볍게 느껴졌다.

강물에 뛰어들어 그녀를 구하고 싶었지만 이성이 조금씩 돌아오기 시작했다. 수영을 못한다는 사실을 깨달은 그는 자신이 미운 나머지 가슴을 퍽퍽 쳤다. 극심한 공포에 두 다리가 심하게 후들거렸다. 그가 할 수 있는 일은 난간에 기대어 천천히 미끄러지며 여학생이 방금 전까지 앉아 있던 자리에 앉는 것뿐이었다. 그는 심장이 가루가 되는 듯한 고통을 느끼며 강을 향해 섬뜩하게 울부짖었다.

"어이! 어이! 아가씨! 아가씨! 어디 있어? 이 바보야!"

강물은 아무런 변화도 없이 암흑 속을 유유히 흘러갈 뿐이었다. 자신이 소설 속에 썼던, 이유 없이 강물에 뛰어든 남자가 문득 떠올랐다. 그런데 오늘 이런 참극을 두 눈으로 생생히 목격한 것이다. 이제 다른 선택은 없었다. 그 역시 뛰어내리는 것 말고는.

근거 없는 밤 83

구름 위, 청춘

1

 그는 공항 근처에 있는 이 작은 집에 산다. 처음에는 윙윙거리는 비행기 소리가 그의 꿈이나 생각에 줄곧 영향을 끼쳤고, 그러면 그는 발코니에 나가 금속으로 만든 그 괴상한 새를 내다보곤 했다. 나중에 그 소리는 참을 수 없는 고통이 되었다. 새벽에 그의 아름다운 꿈을 방해하는 일이 부지기수였다. 이 집은 월세가 250위안인데 수도세와 전기세, 청소비 등이 포함된 거라 이 도시에서는 매우 싼 편이었다. 물론 이 지역은 도시의 배설물처럼 엉망진창이었으며 도심에 한번 나가려면 적지 않은 시간을 써야 했다. 그러나 돈과 시간을 따져볼 때 그에게 비교적 풍족한 것은 후자였다. 특히 일을 그만두자 시간은 무궁무진해진 것 같았고, 잽싸게 뒤쫓아온 공허함이 글을 쓰려던 그의 계획을 블랙홀처럼 집어삼키고 있었다.
 그의 원래 직업은 남들이 보기에 그런대로 괜찮은 일이었다. 그는 한 기업의 사보 편집자였다. 월급은 1800위안밖에 안 되었지만 업무는 대체로 수월했다. 기업 내부의 소식, 인사, 계획 같은 정보를 종합

해 컴퓨터로 그럴듯하게 디자인하고 인쇄와 제본을 거쳐 소책자로 만들면 되었다. 그는 그곳에서 총 1년을 일했다. 사장에게도 신임을 얻고 연말에는 보너스도 받았다. 그런데도 그는 사직을 택했다. 말하기 무엇한 몇몇 이유보다 더 중요한 이유가 있었다. 그는 이런 단조로운 생활이 예술가로서의 생명력을 파괴하리라고 믿었다. 불안정한 생활만이 놀라운 창조력을 불러일으킬 수 있다고, 그러니 구속 없는 자유와 어디서 깨어날지 모르는 방랑이 필요하다고. 그러나 지금 그는 머릿속이 텅 빈 채 벽의 누런 얼룩과 충격적인 균열을 바라볼 뿐이었고, 때로는 꿈을 꾸다 놀라서 퍼뜩 깨어나는 느낌이 들기도 했다. 여긴 어디, 나는 왜 여기에? 그러면 그는 이런 기묘한 느낌을 떨쳐버리려고 얼른 잡동사니 가득한 발코니로 나가 공항을 내다보았다. 공항은 비행기를 구경하러 온 사람들로 날마다 북적였다. 모두 비행기를 탈 여유가 없는 가난한 사람들이었다. 그들은 비행이라는 것을 도저히 믿을 수 없다는 듯 그곳에 서서 넋 놓고 바라보았다. 아이를 데리고 온 어른이 가장 많았고 자전거에 기대선 청년들, 지팡이를 짚은 노인들도 보였다. 그들은 형언하기 힘든 고요함 속에 그렇게 서 있었다. 비행기와 사람들을 바라보노라면 그의 머릿속에 저도 모르게 떠오르는 일이 있었다. 대학을 졸업하고 집으로 돌아갈 때 어머니가 비행기를 한번 타보자고 했던 일이다. 하지만 그는 이 도시에 남기를 선택했고, 그러면서 집으로 돌아가려 하는 나그네의 간절한 마음도 잃고 말았다.

어머니는 종종 전화로 어떻게 지내냐고 물었지만 그는 식비가 떨어졌을 때 말고는 먼저 가족들 안부를 묻는 일이 좀처럼 없었다. 이는 그가 인정머리 없어서가 아니라, 반대로 집에서 지낼 때의 따뜻한 장면이 너무 많이 떠오르기 때문이었다. 그는 가족과의 관계가 지나

치게 가깝다고 생각했으며 자신이 성숙하지도 독립적이지도 않다고 여겼다. 그렇기에 그는 어머니의 사랑에 저항하려 했고, 자신의 생활이 바람과 눈비와 서리를 고스란히 맞는 바위 같기를 바랐다.

　회사를 그만둔 일은 어머니에게 알리지 않았다. 격하게 반대할 것이 보나 마나 뻔했기에 쓸데없는 설명도 짜증 나는 말다툼도 피하고 싶었다. 그의 인생길이 바뀌는 일은 더 이상 없을 것이다. 그는 컴퓨터를 전공했는데 어머니의 조언에 따른 것이었다. 어머니는 컴퓨터가 이 시대에 가장 '인기 있는' 전공이라고 했지만, 그는 아무리 해도 흥미가 일지 않았다. 학과 공부에 온 힘을 기울여봤으나 줄곧 형편없는 성적만 받다가 끝내는 학위도 못 땄다. 사실 그는 전과하고 싶었다. 철학도 문학도 다 좋았지만 어머니가 울며불며 말리는 바람에 포기할 수밖에 없었다. 그렇게 억지로 졸업했지만 속으로는 후회가 막심했다. 그래서 일부러 글과 관련된 일자리를 찾았고, 결국 그 기업의 사보 편집자가 되었다. 어머니는 실망이 이만저만이 아니었지만 그냥 입을 다물었다.

　그는 글쓰기를 좋아하면서도 남들 앞에서는 그 사실을 필사적으로 숨겼다. 요즘 '작가'가 너무 많이 배출되고 있고, 글쓰기(특히 시 쓰기)가 조롱의 대상이 되어버린 것을 잘 알기 때문이다. 그는 '문학청년'이라 불리거나 수상쩍은 사람으로 여겨질까 두려웠다. 그는 허영심이 많고 예민하며 저항할 용기가 부족했다. 그리하여 먼저 시 창작을 포기했고, 이어 소설을 써낼 능력도 부족하다는 걸 깨닫고는 에세이와 철학적인 산문 쪽으로 방향을 틀었다. 그는 책을 읽긴 읽었으나 많이 읽었다고는 할 수 없었다. 그래서 철학의 자양분은 깊은 학문적 소양과 삶의 경험이라는 사실을 이해하지 못했고, 이른바 비평가라는 자들의 '천하를 꾸짖고 격정을 일으키는指點江山 激揚文字● 글이 그 빈틈을 파고들어 그에게 깊은 영향을 끼쳤다. 그는 남들 앞에서 심오해 보이는 생각을 즐겨 이야기했지만 그들이 지루한 기색을 드러내면 상심하고 분노했다. 그리고 밤에 일기장에 이렇게 썼다. "천재는 모두 고독하고 이해받지 못한다. 머리를 전혀 안 쓰는 평범한 사람으로 여겨지는 것이 당연하다." 그는 검정 소가죽으로 장정된 이 일기장을 사느라 10위안을 썼다. 지금 일기장은 잠언 스타일의 리듬감 있고 힘찬 문장으로 가득 채워져 있었다. 그는 일주일에 한 번씩 일기장을 처음부터 끝까지 읽었고, 그때마다 성취감과 행복감이 마음 가득 차올랐다. 과장이 아니라, 하루라도 글을 쓰지 않으면 마음 한편이 허전하고 불편했으며 다른 한편에서는 다 쏟아내야 한다는 절박한 고통을 느꼈다. 그는 이를 매우 좋은 심리 상태라고 여겼다. 예술가들의 삶이 대개 이런 식이지 않나. 그러니 이는 그에게 예술적 소질이 있다는 증거였다.

그는 외출을 좋아하지 않았지만 무더운 여름날이면 그의 작은 방은 말 그대로 사우나탕이 되어버렸다. 특히 저녁 무렵이면 대지가 낮에 흡수했던 열기를 마음껏 방출하는 통에 그는 땀으로 목욕하다시피 했고, 미약한 바람이나마 찾아 거리로 나오는 수밖에 없었다. 이 복잡한 주택가는 어느덧 그에게 낯설지 않은 곳이 되어 있었다. 그는 골목길을 걸으며 더위를 식히러 나온 젊은 여자들을 힐끔거리기를 좋아했다. 얇은 옷이 땀에 젖어 부드러운 신체 곡선을 드러내는 여자들 곁을 바쁜 척 총총히 지나갔지만 심장은 두근두근 즐겁게 고동치고 있었다. 그러나 이런 욕망의 물결이 차츰 사라지고 나면 고통과 비애로 엮인 기억의 그물이 그를 촘촘히 옭아매며 숨통을 조였고,

---

• 마오쩌둥의 시 「심원춘·창사 沁園春·長沙」의 한 구절.

또 다른 불면의 밤이 조용히 그를 기다리고 있었다.

2

 몇 명 안 되는 친구 가운데 그가 가장 친하다고 여기는 이는 헝제 恒杰였다. 컴퓨터 하고 시험 치르고 수업 듣느라 바쁜 대학 동기들 사이에서 헝제는 좀 남다른 녀석으로, 호리호리한 몸에 조그만 머리가 매달려 있으며 헝클어진 수염은 생전 다듬은 적이 없어 보였다. 담배를 즐겨 기본 하루 한 갑은 피웠고 콜라도 좋아해서 날마다 큰 병으로 하나씩 마셨다. 헝제와 그가 친해진 것은 두 사람만 같은 지역 출신이고 어린 시절도 비슷하게 보냈기 때문이고, 결정적인 이유는 헝제가 간간이 시를 썼기 때문이었다. 그러나 헝제와 그는 완전히 다른 부류였다.
 그는 헝제가 중문학과라는 점을 질투했다. 그러나 헝제는 수업을 빼먹는 일이 다반사에 평소에도 책을 펴는 일이 매우 드물었다. 좀 되는대로 살아가는 스타일이랄까. 시를 몇 수 쓰긴 했지만 명성을 낚으려는 졸렬한 시였다. 헝제는 대학을 졸업하고 공무원 시험에 합격해 이 지역 세무국 사무실에서 일했다. 월급이 엄청 많은데도 헝제는 만족을 못 했으며 장차 사업을 해서 큰돈을 벌고 싶어했다. 그는 헝제의 이런 면이 모두 못마땅했다. 그가 보기에 헝제는 이미 삶을 잃은 셈이었다. 삶에서 가장 중요한 것, 즉 철학과 예술을 버렸으니 말이다. 그러나 그는 여전히 헝제를 만나 휘소리하며 떠들길 좋아했고, 헝제가 레스토랑에서 사주는 스테이크와 와인을 좋아했고, 서양 상류사회에서 고급 살롱을 드나드는 예술가들을 연상케 하는 그곳의 분위기를 좋아했다. 그는 형제가 바로 이 울창한 숲속의 미로와 같은 도시에서 자신을 위해 특별히 배정된 사자라고 느꼈다. 형제는 마치 단테의 베르길리우스처럼 그를 인도해 환락가나 골목 모퉁이의 입에 담기 힘든 비밀을 탐색하게 했다.

 형제의 친구가 된 그는 중문과에서 진정한 예술 애호가를 많이 알게 됐다. 그들은 모든 새로운 존재에 대해 의견을 표명하는 열정을 지니고 있었다. 그들은 간행물을 펴내고 문학 동아리를 꾸리고 문학 공모전을 개최하는 등 학교에서 큰 영향력을 행사했다. 겉모습만 봐도 그들은 충분히 세련되고 매력이 넘쳤다. 그들이 피우는 담배가 말버러인지 세븐스타인지는 몰라도 그의 눈에 그 새하얀 담배는 매우 고상해 보였다. 그들은 카뮈가 큼지막한 파이프담배를 피우는 사진을 모니터 바탕화면으로 설정하고 그가 모르는 프랑스어 몇 줄도 같이 적어놓았다. 자연스레 그는 그들을 알게 된 걸 행운이라 여기게 됐다. 그들도 그에게 매우 친절한 태도를 보였지만 모종의 위화감은 사라지지 않았다. 그는 스스로의 관점을 상당히 높이 평가하면서도 정작 토론할 때면 쑥스러워서 자기 의견을 제대로 말하지 못했다. 그는 그들의 작품을 읽고 싶었지만 그들은 늘 겸손하게 거절했다. 나중에 몇몇 교지에서 익숙한 이름들을 본 그는 호기심이 일어 그들의 글을 읽어봤는데, 그러고 나자 그들이 너무나 하찮게 느껴졌다. 자신은 아직 그 수준에도 이르지 못했다는 사실은 까맣게 모른 채 그는 그들에게 대가의 글을 써내라고 요구하고 있었다.

 형제의 여자친구도 그 무렵에 알게 됐다. 그녀의 이름은 야雅, 대학 방송국의 아나운서라 매주 토요일 저녁이면 캠퍼스 인터넷 TV에서 그녀의 고운 얼굴과 아름다운 목소리를 만날 수 있었다. 그녀 역시 문학을 좋아했고 문학 동아리에서 활발하게 활동했다. 그는 소녀

티가 나는 그녀의 글을 대단찮게 여겼지만, 한동안 그녀에게 어렴풋한 감정을 품었고 꿈에서도 그녀를 자주 보았다. 민망한 일은 없었는데도 그는 현실에서 그녀를 마주할 때면 여럿이 무언가를 토론할 때조차 그녀의 눈을 제대로 보지 못했다. 그는 그녀에게 죄책감을 품은 죄수 같았고, 그러다보니 두 사람은 서로 인사나 나누는 사이에 머물 뿐 더 이상 가까워지지 않았다.

나중에 형제가 그에 대한 야의 간단한 논평을 전해주었다. "풋풋한 남자애." 그 말에 그는 깊은 실의를 느꼈다. 자신을 보는 견해 때문이 아니라 야의 그 노련한 안목과 원숙한 말투 때문이었다. 이 일로 말미암아 그는 저도 모르게 야의 내면세계를 몹시 두려워하게 되었다. 지금 짐작하는 것보다 사정이 훨씬 더 복잡하다는 건 알고 있었지만, 어쨌든 그는 매우 예민한 사람이었다. 그는 웃으며 나지막이 욕을 내뱉었을 뿐 형제에게 별다른 말은 하지 않았다. 오히려 형제가 그에게 진지하게 말했다.

"너 작가가 되려는 거 아냐? 내가 진작에 눈치챘거든. 근데 이렇게 고지식하고 여태 연애도 안 해본 놈이 뭘 어떻게 쓰겠다는 거냐? 만나는 여자랑은 항상 섹스할 준비가 돼 있어야지. 여자한테서 영감을 얻는 법도 배워야 할 거 아냐."

그는 뭐라 대답할 말이 없었다. 자신은 그런 방탕한 예술가가 아니라 예술가적 학자라고 말하고 싶었지만, 그건 듣는 순간 실소가 터져 나올 얘기였다. 예술가적 학자가 뭔데? 발터 벤야민 같은? 그 자신도 잘 몰랐다. 그는 그저 포스터나 보르헤스 같은 거장도 여성 편력이 화려하지 않은 고지식한 사람이라고 대꾸할 수밖에 없었다.

그해 중추절, 형제가 그를 문학 동아리에서 주최하는 댄스 파티에 데려갔다. 시내에 있는 댄스 클럽을 하룻밤 통으로 빌려서 맘껏 노는 자리였다. 형제와 야의 관계는 이미 보통을 넘어서 있었다. 야가 프로그램을 진행할 때면 형제의 눈빛은 야의 몸에 단단히 꽂혔고, 야도 이따금씩 이쪽을 돌아보며 미소 지었다. 그는 형제 옆자리에 앉아 맥주를 마시면서 두 사람의 눈맞춤을 쭉 지켜보았다. 마음속으로는 그들이 나누는 감정에 완전히 매료되어 있었다. 야가 사랑을 속삭이는 사람이 다름 아닌 자신인 것처럼 그의 얼굴에 미소가 번졌다. 그날 클럽에 온 커플들은 모두 마음껏 즐겼다. 댄스홀에서 뽐내듯 서로를 부둥켜안은 채 자정이 되도록 흩어질 생각이 없었다. 그때 퍼뜩 무슨 생각이 났는지 형제가 그의 팔을 붙들고 뒷줄에 있는 여학생 앞으로 끌고 갔다.

"네가 기숙사에 좀 데려다줘. 나는 일이 있어서."

불빛이 너무 희미해서 그는 여학생의 얼굴을 제대로 보지 못했고, 그녀가 자리에서 일어나고서야 키가 매우 작다는 걸 알아차렸다. 기껏해야 그의 입까지밖에 안 오는 키였다.

바깥에는 바람이 세차게 불었지만 그래도 하늘은 청명하고 휘영청 밝은 달이 하늘 높이 걸려 있었다. 여학생이 걸어가자고 해서 두 사람은 묵묵히 밤길을 걷고 있었다. 그녀는 오늘 밤 달빛이 정말 아름답다고 말했다. 달빛 아래서 본 그녀의 모습은 매우 평범했고 웃을 때면 이가 살짝 튀어나와 보였다. 왜 그녀를 데려다주겠다고 했을까, 그는 갑자기 후회스러워졌다. 두 사람이 학교에 도착했을 때는 어느덧 새벽 4시가 넘은 시각이었다. 그는 두 다리가 납덩이처럼 무겁고 눈도 뻑뻑해진 나머지 또 만나자는 말도 잊은 채 서둘러 그녀에게 작별을 고했다. 기숙사로 돌아가는 길에는 그녀와 밤길을 걸으며 나눈 이야기마저 싹 잊어버렸다. 나중에 그는 그녀에게 이메일을 받았다. 그녀는 그와 계속 만나고 싶어했지만 그는 망설이다가 이메일을 그대로 삭제했다.

3

대학 4년 동안 그의 '연애담'이라고는 그것뿐이었다. 그 뒤로도 형제가 몇몇 사람을 소개해주려 했지만 그는 모두 거절했다. 그러자 형제가 화를 내며 욕을 했다. 남자도 아닌 새끼! 그가 어쩔 수 없이 말했다.

"다음엔 소개하기 전에 사진부터 보여주면 안 되겠냐? 너, 내 미적 감각을 의심해?"

그는 자신이 여자의 외모를 중시한다는 사실을 인정했다. 얼굴이 예쁘면 대개 공주병이 있고 도도했지만 그래도 그는 그런 여자가 좋았다. 예술가에게 초라한 애인이 있다는 건 도무지 상상이 가질 않았다. 그러나 그는 그게 예술과는 아무 상관 없다는 사실 또한 잘 알고 있었다. 사실 예쁜 여자는 모든 남자의 꿈이라고 할 수 있다. 남자의 본능이나 욕망과 관련이 있는 걸까?

눈 깜짝할 새에 4년이란 시간이 흘러갔다. 졸업을 앞둔 그는 몹시 불안하고 초조했다. 열심히 노력한 것 같긴 한데 거둔 성과라고는 아무것도 없었다. 소년 시절 품었던 꿈과 포부에 다가가기는커녕 오히려 더 멀어져 있었다. 성장은 끊임없이 꿈을 잃어가는 과정이라고들 하지만, 그래도 그는 꿈이 매 순간 숨 쉬는 것만큼 중요하고 자연스러운 거라고 줄곧 생각해왔다. 설마 이는 그가 지금까지 자궁에 대한 애착을 버리지 못했다는 의미일까? 주변 학우들을 보면 깔끔한 양복에 화사한 넥타이, 검정 서류 가방에 반짝반짝 빛나는 구두 차림으로 날마다 분주히 움직이고 있었다. 그들은 일거수일투족에서 진중함을 드러내려 애썼지만 인위적이라는 게 너무 티가 났다. 이런 게 바로 미셸 푸코가 말한 '자기통제의 기술'인가? 그의 눈에는 매우 부자연스러워 보였다. 세상은 그에게 갑작스레 어른의 얼굴을 내보이라 요구했지만 그는 아무런 준비도 되어 있지 않았다.

  그도 양복을 샀다. 작은 가게에서 할인 상품을 샀는데 겉보기엔 대형 백화점 상품과 다를 바 없었고 소매 끝에 사과 모양 로고가 붙어 있었다. 그는 옷차림에 별로 신경 쓰지 않았으며 브랜드를 따져본 적도 없었다. 그러나 문학에서만큼은 브랜드를 추구했다. 그는 유명한 거장일수록 작품뿐만 아니라 그들의 생애까지 열심히 읽었다. 자기 삶을 일깨워주길 바라는 마음에서였다. 다른 사람이 옷(물질) 브랜드를 따지는 거나 같은 마음이려나? 이런 생각에 때때로 남몰래 부끄러워지기도 했다. 그는 그 양복을 입고 남들과 똑같이 아침 일찍 일어나 취업박람회장으로 향했다. 하늘이 아직 희붐한데도 기나긴 줄이 늘어서 있었다. 그는 참을성 있게 자기 자리에서 순서를 기다렸다. 앞뒤에 있는 사람들이 자신을 주시하고 있다는 걸 알았지만 그들과 이야기를 나누지는 않았다. 그들은 그를 미래의 밥그릇을 빼앗을 적으로 여길까, 아니면 동병상련하는 벗으로 여길까? 박람회장에 입장한 그는 문학 동아리 회원 몇 명을 보고 인사를 나누었다. 그들은 이미 몇몇 단위單位*에서 취업 제안을 받았는데 그래도 운을 시험하고 더 좋은 일자리가 있는지 보러 온 거라고 했다. 그들은 여전히 그렇게 도도했다. 그는 그들이 바로 이 사회의 엘리트라고 생각했다. 그들은 이 사회를 이해하고 상황에 적절히 대응할 줄 아는데 자신은

---

* 중국에서 기관과 기업 등을 가리키는 말. 과거에는 단위에서 고용뿐 아니라 직원 가족의 의료·주택·교육·복지까지 전담하는 체제였으나 사회 변화에 따라 점차 약화되었다.

오히려 어쩔 줄 모른 채 헤매고 있는 기분이었다. 예전에 그는 자신이 똑똑한 줄 알았다. 선생님도 부모님도 그렇게 말했으며 자신도 굳게 믿었다. 그러나 이제 그는 자신이 생각했던 만큼 똑똑하지 않다는 사실을 깨달았고, 때로는 글쓰기라는 길을, 종점이 없는 그 길을 계속 걸어갈 수 있을지 의심스럽기도 했다.

형제는 그에게 공무원의 장점을 숱하게 알려주면서 공무원 시험을 보라고 채근했다. 그는 거절했다. 그의 아버지가 공무원, 옛말로는 국가 간부였다. 아버지는 그가 태어난 그 작은 도시의 시 정부에서 근 30년을 일했다. 매일 같은 시간에 걸어서 출근하고 같은 시간에 퇴근해서 찬거리를 사왔으며 이따금 주말에 동료들을 집으로 불러 마작을 했다. 그는 그런 기억과 함께 유년기와 소년기를 보냈다. 아버지는 작년에 드디어 퇴직했다. 그는 아버지가 매달 쥐꼬리만 한 연금을 받는다는 사실만 알 뿐 지금 어떤 일상을 보내고 있는지는 알지 못했다. 그가 기억하기에 예전에 아버지는 그의 학업에 거의 관여하지 않았고, 그가 전교 1등을 했을 때 딱 한 번 학부모회에 참가했을 뿐이다. 집에 있는 시시한 책 몇 권으로는 그의 독서욕이 채워지지 않아서 그는 친구들에게서 또는 작은 서점에서 책을 빌렸으며 가끔 신화서점新華書店•에도 갔다. 그러나 그가 알게 된 것은, 그곳에 새로 들어오는 책이 없으며 이 작은 도시에는 책 읽는 사람이 너무 적다는 사실이었다. 이런 일을 아버지에게는 비밀로 했다. 아버지는 교과서가 아닌 책은 허락하지 않았고 오로지 시험 성적만 중시했다. 그는 늘 이런 가정을 했다. 어린 시절에 아버지가 그를 이끌어주고 그가 꿈을 키울 수 있는 환경을 제공했다면? 지금의 자신보다 훨씬 더 나은 모습

• 중국 최대의 서점 체인. 중국 공산당 선전부에서 관할하는 국유기업이다.

이지 않을까. 그는 T. S. 엘리엇이 한 말을 기억하고 있었다. 그 위대한 시인은 중학교 때 이미 세계 명작을 거의 다 읽었다고 했다.

이런 일을 형제에게 말할 수는 없었다. 공무원이 되는 것은 평범한가? 아버지가 평범하던가? 아무래도 그렇게 생각되진 않았다. 단지 틀에 박힌 생활은 자신과 어울리지 않아 보였고, 언젠가는 자신을 추락시킨 환경에서 벗어나리라고 생각했다. 시인 체스와프 미워시가 묘사한 시인의 화려한 비상처럼 날아오를 거라고. 그때 그의 과거는 더 이상 불편한 추억이 아닐 것이다.

형제는 결국 세무국으로 갔다. 많은 사람이 형제를 몹시 부러워했지만 그는 조금도 부럽지 않았다. 형제에게 날마다 무슨 일을 하느냐고 상세히 물어보니, 모두 아주 간단한 사무로 지능의 5퍼센트도 쓰지 않고도 충분히 처리할 수 있는 일 같았다. 그는 안일한 삶이 두려웠다. 차라리 고통스럽고 싶었다. 외부 세계의 강렬한 자극 속에서, 하늘 높이 솟은 안테나처럼 늘 민감한 수신 상태를 유지하다가 어떤 영감의 신호를 예리하게 포착하길 바랐다. 그래서 그는 전공과 관련된 일도 하지 않을 작정이었다. 이른바 정보사회에서 컴퓨터는 어느덧 맹목적인 숭배 대상이 되어 있었다. 모든 업계에서 실정에 관계없이 앞다투어 컴퓨터 인재를 영입하려 하는 통에 그의 (컴퓨터학과) 동기들은 다들 꽤 좋은 일자리를 찾았다. 기숙사 룸메이트인 쑨웨이孫偉는 넷이즈NetEase에, 왕쯔칭王自淸은 IBM에 들어갔으니 배운 것을 제대로 활용할 테고, 다른 동기들도 크고 작은 기업 단위에서 말끔히 쓸어갔는데 그들 중 태반은 골치 아픈 프로그래밍 언어를 다시 쓸 일이 없을 것이다.

그해 6월 말, 졸업이 코앞에 닥쳤지만 그는 그때까지도 마음에 드는 일을 찾지 못했다. 학과에서는 매년 100퍼센트 취업률을 유지하기 위해 그를 선전의 컴퓨터 회사에 소개해주려 했다. 프로그래머 일이었고 기본급이 4500위안에 숙식 제공, 연말 보너스도 있었다. 아무리 봐도 썩 괜찮은 직장이었다. 아버지 월급의 두 배를 주는! 그리 좋지 않은 성적으로도 이런 대우를 받을 수 있는 건 전적으로 이 분야에서 오랫동안 쌓아온 학교의 명성 덕분이었다. 그런데도 그는 거절했다. 형제가 야에게 그의 일자리를 찾아달라고 부탁했기 때문이다. 발이 무척이나 넓은 야는 그에게 그 기업의 사보 편집 일을 소개해주었고, 그는 거의 주저 없이 그 박봉의 글쓰기 일자리를 덥석 받아들였다. 그는 감정이라고는 조금도 없는 그 무시무시한 컴퓨터 언어에서 벗어나고픈 마음이 간절했고, 실제로 숨 돌릴 필요가 있었다.

4

졸업을 하자 그는 학교 근처에 방을 얻어 월급의 3분의 1을 집세로 썼다. 몹시 낡은 데다가 있는 거라곤 침대 하나, 책상 하나, 의자 하나뿐이었다. 그래서 자주 보는 책 몇 권은 침대에 올려놓고 나머지는 일단 침대 밑 상자에 넣어둘 수밖에 없었다. 회사는 도시의 다른 구역에 있었다. 원래 회사에서 매우 가까운 숙소도 제공했지만 그는 이미 살 곳을 구했다며 거절했고, 지각하거나 업무에 지장 주는 일은 없을 거라고 장담했다. 어느 정도 자리를 잡자 형제가 찾아왔다. 형제는 고개를 절레절레 흔들며 정말 이해할 수 없다고, 이런 낡아빠진 데서 왜 사냐고, 돈만 많이 들고 장점은 하나도 없으며 번거로운 일만 잔뜩이겠다고 했다. 자신은 지금 단위에 있는 숙소에서 지내는데 아주 편안하다고, 수습 기간이 끝나면 푸징화위안富景花園 단지에 있는 복층 방을 빌릴 거라고 했다.

"조만간 집도 사지 않을까. 계약금부터 내고 매달 갚으면 되니까. 뷰익을 살지도 모르고. 집 사면 놀러 와라."

형제가 우쭐거리며 말했다. 하지만 그는 그 말을 형제의 정신적 삶이 끝났다는 징표로 이해했다.

자신에게 왜 물질적 욕구가 딱히 없는지는 그도 알 수가 없었다. 청빈하고 금욕적인 가정에서 자랐기에 물질 방면의 상상력을 잃어버린 걸까? 하지만 형제의 가정도 그와 별반 다르지 않았는데 형제는 그것 때문에 도리어 강렬한 물욕을 품게 됐다. 일찍이 형제는 분노에 차서 자신의 가난한 처지를 저주했고, 또 돈을 벌지 못하는 예술을 저주하며 그에게 말했다.

"예술은 병이야. 내가 보기에 넌 중증이다. 난 그런 괴상망측한 증상을 쭉 경계해왔어. 시를 쓰는 것도 여자 꼬시려는 거지 딴 이유는 없어. 낭만주의 시대 시인들의 그 미친 오만을 생각하면 웃음밖에 안 나온다니까. 우리 중국 역사의 문인들을 봐도 편안히 살다 간 사람이 몇이나 되냐? 인생을 즐기고 평범하게 사는 게 최고야."

그는 평범한 축에 못 드나? 버스를 타고 출퇴근할 때면 그는 굳은 표정과 바삐 움직이는 그림자 속에 파묻히곤 했다. 주말에 번화한 거리를 걸을 때면 크고 작은 쇼핑백을 들고 다니는, 카니발 인파 같은 군중 속에서 길을 잃었다. 그는 자신이 개미 떼 속 개미 같다는 생각이 들었다. 자신에게 눈길 주는 이는 아무도 없고, 특히 저 아름다운 여자들은 그를 거들떠보지도 않을 것만 같았다. 그가 느끼기에 그는 살짝 비천하면서 평범한 축이었다.

그가 다니는 회사 본사는 강변에 있는 35층짜리 진하이빌딩에서 세 층을 쓰고 있었다. 11층과 12층은 사무실, 21층은 식당이었다. 그는 임시로 11층 인사부에 배치됐다. 혼자 쓰는 사무용 책상이 있고 하늘색 칸막이가 쳐져 있어 아담한 개인 공간처럼 느껴졌다. 책상에는 컴퓨터와 함께 서류가 어수선하게 놓여 있었고, 옆에 있는 의자도 나쁘지 않았다. 검은색 가죽 쿠션이 있는 편안한 의자였다. 부서 책임자는 누나뻘인 리 선배였다. 리 선배는 그에게 자료 정리부터 시킨 다음 일상 업무를 넘겼다. 먼저 공용 메일함에 온 메일을 처리하고, 날마다 무슨 일이 있었는지 기록하고, 중요한 일을 추려 월말에 발행하는 사보에 넣고······.

"좀 이따 1108호에 가서 지난 분기 자료 모음 좀 받아와. 오늘 분류해서 정리하자."

리 선배가 그의 눈을 보며 말했다.

"잘해봐, 후배. 앞으로 발전 기회가 많을 거야."

회사에 좋은 인상을 주려고 그는 날마다 스스로를 다그쳤다. 출근을 일찍 했고, 그러려면 반드시 새벽 6시에 일어나야 했고, 빈속으로 버스를 타면 멀미를 할까봐 어젯밤에 산 빵을 허겁지겁 삼켜야 했다. 늘 만원 버스라 그는 뒤쪽 구석에 서서 한 시간을 흔들린 끝에 사무실에 도착했다. 그래도 벌써 많이들 와 있었다. 다들 자기 자리에 조용히 앉아 있을 뿐 주위를 두리번거리는 일은 거의 없었다. 그가 와도 아무도 신경 쓰지 않았다. 그는 금세 하루 업무를 마쳤지만 티를 낼 수는 없었다. 문학작품 몇 편을 다운로드해 컴퓨터로 읽다가 누군가 곁을 지나가면 바삐 일하는 척했다. 정오에 점심시간이 시작되면 그는 늘 자기 자리에서 참을성 있게 기다리다가 누가 부르러 오면 그제야 일어났고, 바로 식당으로 가지 않고 돌아서서 화장실부터 갔다. 식당 테이블에 반찬이 일인분씩 놓여 있는데 채소, 감자, 닭고기, 생선이 다닥다닥 붙어 있고 분량도 내용물도 완전히 똑같았다. 그는 보통 일인분이면 충분했다. 다른 직원들은 모여 앉아 이야기를 나누며 밥을 먹지만 그는 그런 적이 없었다. 그는 매번 상대적으로 외진 구석 자리를 골라 앉았다. 말하고 싶지 않은 것이 아니라 말할 수가 없었다. 다른 사람들은 모두 현지 사투리를 썼다. 그 지역에서는 그 말이 우월한 말이었지만 그는 일단 알아들을 수가 없었고 또 배울 마음도 없었다. 저녁 6시 퇴근 시간이 되면 그는 6시 15분까지 기다렸다가 리 선배에게 가서 인사를 하고 퇴근했다. 집에 도착하면 7시 30분이 다 되어 있었고, 그는 보통 조리된 음식을 사다가 저녁으로 먹었다.

하루하루 되풀이되는 자잘하고 번거로운 일상에 그는 몹시 지쳐버렸다. 퇴근하고 나면 고독과 적막이 마음속에 차가운 뱀처럼 똬리를 틀었다. 나약해진 그는 읽고 쓰는 상태에 들어갈 수가 없게 됐다. 지금 그가 가장 좋아하는 일은 바로 잠이었다. 그는 밤 9시도 안 되어 잠자리에 들었다. 어둠이 그의 외로움을 자극하긴 했지만 잠깐만 참으면 의식을 잃었다. 그러고 보니 늙으신 할머니가 매일 이쯤에 잠자리에 들었다. "이를 어쩐다냐, 너 대학 가는 것도 못 보고." 이미 여러 해 전에 돌아가신 할머니가 그에게 남긴 마지막 말이었다. 괴로워하는 할머니의 표정은 평생 잊을 수 없었지만, 그는 이미 대학을 졸업했다. 그래서 뭐 어쩌겠어? 그의 마음이 나직이 신음하고 있었다.

이른 아침에 갓 깨어난 도시의 거리를 걷노라면 자신의 외로움이 자동차 경적과 굉음 속에 뒤섞이는 느낌이 들었다. 차츰 자욱해지던 연기가 흩어지면서 공기를 살짝 혼탁하게 만드는 것과 비슷하달까. 한 걸음 한 걸음 뗄 때마다 몸이 뻣뻣해지고 마비되는 기분이었고, 어느 순간 확 늙어 죽음의 매캐한 숨결 속에 파묻혀버릴 것만 같았다. 그는 무너지기 일보 직전이었다. 예술은, 또는 정신적 삶은 그의 모든 격정과 숭고한 마음을 요구했다. 그것들은 그가 평범한 사람이 지닌 마음의 평화를 얻지 못하게 방해했다. 그러나 그것들은 바람처럼 제멋대로 움직이고 종잡을 수 없으며 뚜렷한 성질이라곤 아무것도 없었다.

5

웨이薇가 그의 시야에 들어온 것이 바로 그 무렵이었다. 그날 그가 회사에 도착해보니 유리문 뒤에 접수대가 하나 새로 생기고 또래로 보이는 여자가 접수대 뒤에 앉아 있었다. 그는 고개를 숙이고 곧장 자기 자리로 가려 했지만 그녀가 그를 불러 세우고서 미소 띤 얼굴로 말했다.

"앞으로 출퇴근할 때마다 여기서 카드를 찍어야 돼요. 내 이름은 웨이예요. 새로 왔어요."

그는 그녀의 천진한 미소에 마음이 흔들렸고, 몇 마디 이야기를 나누며 그녀가 역사를 전공한 사범대학 졸업생이라는 사실을 알게 됐다. 그런데 왜 이곳에 와서 이런 일을 하는 걸까? 의아해진 그는 왜 교사가 되지 않았냐고 그녀에게 물었다.

"교사가 되면 대도시에 머물기 힘들어져요."

그녀가 말했다.

"작은 지역에 가서 평생 훈장질이나 하면서 살고 싶진 않거든요. 아쉬운 대로 일단 여기서 일하다가 천천히 기회를 찾아보게요."

기회. 그가 느끼기에 이 단어는 신기한 마력에 물든 것처럼 사람들의 일상생활에 깊이 뿌리내려 있었다. 신이 주사위라도 굴리는 건가? 그 행운이 그에게는 언제 찾아올까? 아니면 기회라는 것 자체가 헛된 희망 아닐까? 특히나 이 무신론 국가에서 기회란 그저 살아가기 위한 믿음 또는 거짓말을 대체하는 말이 아닐지?

웨이는 남색 치마 정장 차림이었다. 긴 머리에 피부가 매우 희고 얼굴의 점은 고운 분으로 조심스레 가려져 있었다. 오뚝한 콧날로 미루어 그녀도 북방 출신 같았고, 웃을 때면 양 볼에 어린아이처럼 귀여운 보조개가 팼다. 그는 여자에 대한 환상을 품고 있었다. 오랫동안 억눌러온 성욕에서 비롯된 것인지는 몰라도 그의 이상형은 줄곧 신체 굴곡이 뚜렷하고 풍만한 여자였다. 그러나 웨이는 마르고 연약한 타입이었다. 그는 카드를 찍는 그녀의 창백하고 가냘픈 손을 한참 동안 응시했다.

둘 다 같은 신분(갓 입사한 사회 초년생)이다보니 그들은 서로에게 자연스러운 호감을 갖게 됐다. 그리고 그는 적어도 밥 먹을 때만큼은 더 이상 침묵하지 않아도 되었다. 그는 그녀에게 끊임없이 이야기를 늘어놓았다. 때로는 식사 시간이라는 것조차 잊어버릴 정도였다. 이는 아주 예의 없는 행동이었지만, 그녀는 조금씩 조금씩 음식을 입에 넣으며 조용히 그의 얘기를 들어주었고 적절한 타이밍에 웃어주기까지 했다. 그녀는 허베이河北 헝수이衡水 출신이었다. 그는 들어본 적도 없는 곳이지만 그가 견문이 얕아서 그런 거라고는 할 수 없었다. 그런 곳이 전국에 수백수천 곳은 될 텐데? 그가 나고 자란 도시를 들어본 사람은 몇이나 될까? 그와 그녀가 이곳에 머무는 데는 여러 이유가 있었지만, 하나는 똑같았다. 이곳은 중국인이라면 누구나 다 아는 대도시였다. 이들과 마찬가지로 운명을 바꿀 '기회'를 찾고 있는 수많은 노동자 형제가 짐을 싸들고 전국 방방곡곡에서 이 도시로 몰려왔다.

웨이에게 남자친구가 없다는 사실을 알게 되자 그는 굉장히 흐뭇해졌다. 어쩌면 그녀가 자신의 운명의 연인 아닐까? 그는 일하면서도 그녀를 생각했고, 화장실 간다는 핑계로 그녀 곁을 지나가며 그녀의 가냘픈 모습을 힐끔거리곤 했다. 가끔은 몇 마디 이야기를 나누었고, 대부분은 서로에게 살며시 웃음을 지어 보였다. 퇴근할 때면 그는 우연인 척 그녀와 함께 아래층으로 내려갔다. 그녀는 회사에서 제공하는 숙소에 살기 때문에 두 사람이 함께 가는 길은 아주 짧았다. 사실 대화 범위도 매우 좁았다. 주로 하는 얘기는 좋아하는 책, 영화, 드라마 등 업무와는 거의 무관한 화제였기에 회사 동료라서 알게 된 사이가 전혀 아닌 것 같았다. 옛일도 종종 입에 올랐지만 그는 대학 생활 얘기는 거의 하지 않았다. 자신이 그녀보다 좋은 대학을 나왔다고 과시하는 느낌을 주고 싶지 않아서였다. 그러면서 그는 자신의 조심성에 흠칫 놀랐다.

그는 형제에게 전화를 걸어 요즘 어떤 마음인지 털어놓았다. 얘기하느라 너무 신이 나서 형제의 걱정 가득한 목소리에 배어 있는 침울함은 알아차리지도 못했다. 통화가 끝날 무렵에야 형제가 말을 꺼냈다.

"저녁이나 같이 먹자."

그날 저녁, 식사를 하던 형제가 난데없이 울음을 터뜨렸다. 형제의 눈물이 밥그릇에 뚝뚝 떨어졌다. 남자가 이토록 슬퍼하는 모습을 처음 보는 그는 어쩔 줄 몰라 하며 이렇게 묻기만 했다.

"너 왜 그래? 무슨 일 있어?"

형제가 고개를 숙인 채 대답했다.

"야하고 헤어졌어."

그 긴긴밤, 그는 형제의 끝없는 하소연을 참을성 있게 들어주었다.

상처받은 남자가 하는 말은 더없이 감동적이고 서정적일 수밖에 없었고, 그도 감염된 것처럼 형제와 함께 한숨을 내쉬었다.

야의 아름다운 모습이 머릿속에 떠오르자 그는 새삼 깨달았다. 저도 모르게 야를 이상형으로 삼은 적이 많았던 것이다. 형제가 유머러스하면서도 츤데레처럼 굴면서 야의 환심을 산 뒤에도 그는 야에게 품은 호감을 버릴 수 없었다. 그는 줄곧 형제를 통해 묵묵히 야를 지켜보았다. 성적이 좋은 데다가 사회 실습 경험도 풍부했던 야는 추천으로 대학원에 진학하게 됐다. 그는 매우 부러웠다. 대학원 입학시험을 준비하고 있진 않았지만, 만약 자신에게 추천 기회가 온다면 놓치지 않을 테니까. 하지만 스스로 생각해도 정말 웃기는 얘기였다. 내 성적표를 보고도 나를 원할 교수가 어디 있겠어? 예술에 헌신하고픈 열망이 강하다고 나를 뽑겠어? 그는 야가 형제를 차버린 이유에는 딱히 관심이 없었다. 그는 야와 형제가 사귀었던 것도 청춘의 농담에 지나지 않는다고, 진지하게 여길 일이 아니라고 여겼다. 야는 온 힘을 다해 높이 날아오르려는 사람이었다. 그는 말할 것도 없고 형제 역시 그 아름다운 그림자를 따라갈 수 없었다.

몇 주가 지났다. 안타깝게도 그는 웨이와의 관계가 정체 상태라는 걸 깨달았다. 하지만 서로 좀더 가까워지고 마음을 긴밀히 연결할 방법이 좀처럼 떠오르지 않았다. 그에게 웨이는 여전히 신비롭고 낯선 사람이었다. 그는 마음속에서 희망이 새어나가는 것만 같아 서글퍼졌다. 과거에 그렇게 고지식하게 굴면서 여자한테 고백 한번 못 해본 자신이 너무나 미웠다. 그는 심지어 이런 생각까지 해봤다. 웨이에게 이 복잡한 심경을 털어놓을까, 그동안 쓴 글을 보여줄까, 감동적인 연애편지를 쓰는 건 어떨까. 하지만 그런 고리타분한 방식으로 그녀의 응답과 사랑을 얻을 수 있을까? 그녀는 자신을 글 좀 쓰는 말단 사원이라고 여길까, 아니면 살짝 정신 나간 '문학청년'이라고 여길까?

웨이가 처음 왔을 때의 신선한 느낌도, 서로에 대한 필요성도 시간이 갈수록 점점 희박해졌다. 이제 그들은 마주치면 정중한 미소를 지었다. 그는 뻗어나가지 못한 징그러운 문어발처럼 자신의 감정의 촉수가 슬그머니 움츠러드는 걸 느꼈다. 그러면서 열등감이나 무능하다는 생각 따위로 괴로워질 줄 알았지만, 그럴 겨를이 없었다. 마음속에서 더 깊숙한 본질을 건드리는 그림자가 엄습하고 있었던 것이다. 그는 이 위기의 거대한 형상을 감지했다. 그가 이 회사에 입사한 지도 어언 10개월, 시간이 믿기지 않을 만큼 쏜살같이 흘렀다. 두 번의 긴 연휴(노동절과 국경일) 덕분에 조금 편했을 뿐 다른 날들은 정신없이 바쁘게 지나갔다. 이제 장편 고전을 읽을 시간이 없다는 것은 그에게 긴요한 문제가 아니었다. 날마다 상투적인 말을 수천 자씩 써대느라 지긋지긋해 미칠 지경이었다. 마음을 가라앉히고 뭔가 자기 글을 쓰고 싶어질 때면 머릿속이 쓸데없는 잡동사니로 꽉 들어차 있다는 걸 깨닫곤 했다. 죽어가는 예술 세포를 살려내려면 몇 시간 동안 대가의 작품을 읽어야 했지만, 그런 마음 상태가 됐다 싶으면 과로 때문에 나른해지며 잠이 쏟아졌다. 아무래도 이대로는 안 되겠다 싶었다. 그리하여 그는 퇴사를 생각하게 됐다.

6

퇴사는, 어떤 의미로는 틀림없는 배신이다. 직장을 배신하는 것일 뿐만 아니라 자신의 과거를 배신하는 것이기도 하다. 또 달리 보면, 퇴사는 과거의 실패를 뜻하는 것이 아니라 미래의 새로운 삶을 예고

한다고도 할 수 있다. 그는 사흘을 애쓴 끝에 사직서에 적절한 내용을 채우는 데 성공했고, 완성한 사직서를 고이 접어 서류 가방 한 칸에 조심스레 집어넣었다. 이제 가방을 들고 출퇴근할 때 가방이 평소보다 훨씬 더 무겁게 느껴졌다. 어느 날 그는 충분히 용기가 생긴 듯하여 사직서를 들고 리 선배의 책상 앞으로 갔다. 그를 본 리 선배는 잠깐 멍한 표정이다가 웃으며 말했다.

"호랑이도 제 말 하면 온다더니, 마침 너한테 맡길 일이 생겼는데 딱 오네? 다음 달이 회사 창립 3주년인 거 알아? 사장님이 성대한 축하 행사를 계획 중이거든. 그때까지 많이 바쁠 거야. 이번 행사 홍보, 책임지고 제대로 해봐."

어차피 그만둘 생각이었던 그는 그 바쁜 일까지만 끝내기로 마음먹고 순순히 받아들였다.

회사에서는 3주년 기념일 밤에 전 직원이 함께하는 파티를 열기로 하고, 그와 웨이를 비롯한 젊은 직원 몇몇에게 축하 공연을 하라고 했다.

"잘 준비해봐, 보너스가 있으니까."

회사에서 단호하게 밀어붙이는 통에 그는 마다할 틈도 없었다. 그는 어쩌다 가끔 유행가를 들을 뿐 노래는 전혀 못 불렀고 춤은 말할 것도 없었다. 자신이 춤추는 모습을 상상하니 웃음이 났다. 그러나 사장에게 가서 아무것도 할 줄 모른다고 말할 수도 없는 노릇이었다. 그랬다간 남들 눈에 자신은 정말 재미없는 애늙은이 괴짜로 비칠 테니까. 이 사소한 일 때문에 그는 머리가 지끈거렸다. 저녁에 집에 돌아오자 퍼뜩 떠오르는 생각이 있었다. 시 낭송을 하면 되겠다. 현대시를 거의 안 읽은 동료들은 그가 뭘 읊는지도 모르겠지만, 고상한 예술 앞에서 열등감을 느끼게 되리라. 이 아이디어에 그는 잔뜩 신이 났다.

  기왕 시를 낭송하려면 좋아하는 작품을 택해야 한다. 릴케, 예이츠, 오든, 아니면 그 이스라엘 시인 예후다 아미차이? 아미차이는 어느 시에서 자신의 영혼을 바람에 날려 울타리에 걸린 신문에 비유했다. 바람이 그치면 영혼은 떨어져 내린다고. 아아, 그날 밤의 독서 그리고 그 깊은 울림을 그는 지금도 잊지 못했다. 그런데 술잔을 들고 음식을 바라보는 사람들에게 이 시를 낭송해준다면? 그들이 이해하려나? 아무래도 안 되겠다 싶었다. 많은 사람 앞에서 내면의 비밀이 잔혹하게 폭로되는 것만 같았다. 역시 중국 시인이 나을 듯했다. 같은 언어에 자연스러운 필치이니 외국 시보다는 다른 사람들에게나 자신에게나 한결 쉬울 것이다.

  말로는 설명하기 힘든 그 밤이 드디어 찾아왔다. 21층에 있는 널찍한 식당에 휘황찬란한 조명이 켜지고, 천장과 벽 곳곳에 형형색색 종이 리본과 빨간 풍선이 가득 드리워졌다. 어슴푸레한 불빛 아래 취할 듯 몽롱한 분홍빛과 술잔이 내뿜는 어지러운 반사광이 뒤섞이고, 사람들의 소음과 유희가 이에 맞장단을 쳤다. 그는 멀찌감치 구석 자리에 앉아 낯설거나 낯익은 얼굴들을 바라보고 있었다. 그 얼굴들이 꼭 혼탁한 강물에 떠다니는 꽃송이처럼 느껴졌다. 몇몇은 오늘 밤이 지나면 긴긴 일생 동안 다시는 볼 수 없을 테고, 마찬가지로 그 역시 그들의 시야에서 사라질 터였다. 오늘 보는 것이 마지막이 될 테니 좋은 인상을 남겨야 했다. 사람들이 갑자기 잠잠해지자 사장이 홀 중앙에 서서 연설을 하기 시작했다. 그가 오른쪽을 돌아보니 언제부터인지 웨이가 옆자리에 앉아 있었다. 눈이 마주친 그들은 서로를 향해 웃음 지었다. 느낌이 꽤 좋았다. 이런 분위기에서는 모든 것이 그렇게 애매모호하게 느껴졌고, 그는 그런 흐릿함이 좋았다.

"……다 같이 힘을 합쳐 회사와 함께 발전하고 전진하길 바랍니다!"

풍채 좋은 사장이 마침내 연설을 마무리하고는 좌중을 향해 미소 띤 얼굴로 고개를 끄덕였다. 그는 사장의 얼굴이 똑똑히 보이지도, 제대로 기억나지도 않았다. 머리에 잘 안 남는 흐리멍덩한 얼굴이었던가. 다만 사장의 광둥어식 표준어 말투만 머릿속에 메아리쳤. 이어 직원들의 축하 공연이 시작되었다. 처음에는 대규모 합창을 선보였고, 그다음에는 몇 사람이 간단한 공연을 했다. 이어지는 무대는 모두 독창으로 저마다 스크린에 뜬 가사를 보면서 노래를 불렀다. 우아한 어쿠스틱 사운드 속에서 흘러나오는 노랫소리가 더없이 서정적이고 감동적으로 들렸다. 웨이도 무대에 올라 「상처받기 쉬운 여자」를 열창했고, 그러면서 그에게 눈길을 몇 번 보내주었다.

그의 차례였다. 오래 기다리느라 긴장이 거의 풀려버린 그는 다른 사람들처럼 주위를 둘러보며 간식을 먹고 있었다. 웨이가 그를 일깨웠다.

"그쪽 차례잖아요, 얼른 나가요. 뭘 준비했을까 궁금하네."

그제야 정신이 든 그는 벌떡 일어나 앞으로 나갔다. 그는 잠깐 동안 말없이 서 있었고, 그러는 바람에 오히려 호기심 어린 눈길이 가득 쏟아져 좀 쑥스러워졌다. 그는 먼저 노래를 못한다고 어색하게 사과하고는 주머니에서 종이 한 장을 꺼내며 말했다.

"시를 한 수 낭송하겠습니다."

이유는 몰라도 다들 웃음을 터뜨리며 분위기가 확 달아올랐다. 그는 머릿속이 텅 빈 채 어둠 속에서 오로지 시구에 집중해 우렁차게 낭송을 시작했다. 그가 고른 시는 왕자신王家新의 「파스테르나크」•였

• 1958년 노벨문학상을 수상한 러시아 시인.

다. 그는 그 시의 구절들이 특히 낭송하기 좋다고 생각했다. 어딘지 비통한 느낌을 단번에 쏟아낼 수 있었고, 그는 사람들에게 고통스럽고도 고귀한 자신을 드러내고 싶었다. 그가 구사하는 표준어는 매우 깔끔했다. "마침내 내 마음이 이끄는 대로 글을 쓸 수 있게 되었네/ 그러나 한 사람의 마음이 이끄는 대로 살 수는 없네"라는 구절을 낭송할 때 장내는 쥐 죽은 듯 조용해졌고, 그의 목소리는 높아졌으며 그는 더 이상 위축되어 있지 않았다. "얼음과 눈으로 내 일생을 가득 채우리"라는 마지막 구절을 읊고 나자 온몸이 전율하는 느낌이었고, 사람들의 열렬한 박수가 쏟아지자 녹아내리는 느낌이었다. 무대에서 내려와 자기 자리로 돌아와 앉은 뒤에야 비로소 자신의 공연이 제법 괜찮았다는 생각이 들었다. 나이 많은 세대는 이 괴상한 제목의 시가 도대체 무얼 말하는지 모를 수도 있지만, 그의 시 낭송은 1980년대의 그들이 시를 사랑하던 아련한 기억을 건드리며 그때의 감동적인 정취와 이상주의를 소환했다! 그렇다면 젊은 세대는? 그도 알 수 없었다. 그가 아는 것은 그저 자신의 대학 동기들 사이에서 시적 정취란 것은 거의 존재하지 않았다는 사실뿐이었다.

웨이가 손가락으로 그의 팔을 톡톡 치면서 웃었다.

"우리 시인님을 몰라봤네요."

그는 민망한 웃음을 지으며 말했다.

"무슨 소리예요. 그 시는 내가 쓴 것도 아닌데."

웨이가 또 말했다.

"오늘 밤에 진짜 멋졌어요. 감동했다니까요."

그들 사이에 있던 울타리가 한순간 사라진 느낌이 들면서 그는 저도 모르게 말이 많아졌다. 11시가 되자 사장이 자리에서 일어나 사람들에게 소리쳤다.

"즐거운 밤입니다. 다들 끝까지 즐겨주세요!"

그러고 사장은 자리를 떴다. 그의 입에서 무심결에 이런 말이 흘러나왔다.

"사장님도 집에 가서 끝까지 즐기려나보네요."

뜻밖에도 웨이가 무슨 소린지 알아듣고 웃음을 터뜨렸다.

"그동안 몰라봤네요, 이렇게 응큼한 사람이었다니."

7

자정 무렵, 남아돌던 에너지를 발산하고 알 수 없는 불안감도 해소한 사람들은 술과 음식으로 배를 가득 채우고 만족스러워하며 하나둘 자리를 떴다. 웨이와 함께 술을 꽤 마신 그는 점점 말이 많아졌고 자제력도 약해졌다. 그는 불쌍하리만치 보잘것없는 자신의 연애담을 웨이에게 털어놓았고, 술기운으로 위장한 모습을 빌려 속내를 실컷 분출했다. 그는 웨이에게 왜 아직 남자친구가 없냐고, 마음에 둔 사람이 있는 거 아니냐고 캐물었다. 웨이는 내내 웃기만 했다.

"완전 취했네. 취하면 이렇게 재미난 사람이었어요?"

그가 경박하게 웃으며 말했다.

"엥, 내가 재밌어요? 내가 보기엔 전혀 아닌데. 나 자신한테 버림받은 바보, 미친놈 같잖아요. 나한테 무슨 즐거움이 있다고 그래요?"

이렇게 말하면서 그는 마음속의 무시무시한 적막감을 감지했다. 내면의 눈동자 하나가 그들을 의미심장하게 주시하는 것만 같았다.

"이제 그만 일어나십시다, 문 닫습니다!"

건물 관리인이 힘차게 문짝을 두드렸다. 어느덧 주위는 텅 비어 있었고, 흐트러진 탁자와 의자가 모두 떠나버린 빈자리의 외로움을 드러낼 뿐이었다. 두 사람은 밖으로 나가 엘리베이터 앞에 나란히 섰다. 그는 발바닥이 말랑말랑해진 느낌이었다.

"몇 시예요?"

웨이가 묻자 그가 손목시계를 보며 대답했다.

"한 시 반이요."

"너무 늦었네요. 차 끊겼죠?"

웨이가 걱정스레 물을 때 엘리베이터가 와서 함께 탔다. 두 사람만 있으니 텅 빈 금속성이 무시무시하게 들렸다. 그가 대답했다.

"알아서 할게요."

웨이는 잠자코 있다가 그의 눈을 보며 말했다.

"에이, 이렇게 늦었는데 위험해요. 내 숙소에서 자고 가요."

웨이의 방은 크진 않았지만 깨끗하고 단정했다. 한눈에 봐도 젊은 여성이 사는 방이었다. 그는 등불 아래 놓인 의자에 앉았다. 불빛이 너무 눈부셔 배 속에서 구토감이 치밀었다. 있는 힘껏 억누르다가 트림이 나왔다. 웨이가 차를 한 잔 따라 그의 앞에 놓아주며 말했다.

"얼른 마셔요. 술이 깰 거예요."

차를 한 모금 마신 그의 괴로운 몸뚱이에서 갑자기 사악함에 가까운 흥분이 일었다. 오늘 밤을 여기서 보내면 무슨 일이 벌어질까? 그는 답을 알고 싶었지만 더는 생각하길 거부했다. 어쩌면 임계의 순간에는 죽은 것도 산 것도 아닌 상태가 가장 아름다울지도. 그가 차 마시는 모습을 지켜보던 웨이가 말했다.

"그만 자요. 많이 늦었네. 정말 피곤한 하루였어요."

그는 하나밖에 없는 싱글 침대를 바라보며 말했다.

"그래요, 얼른 자요. 나는 책상에 엎드려 잘게요."

웨이가 그의 어깨에 손을 얹고 말했다.

"왜 엎드려 자요(아니면 왜 겁을 먹냐고 했나? 그는 제대로 못 알아들었다). 침대가 충분히 넓은데."

그는 웨이에게 닿지 않도록 최대한 몸을 움츠렸다. 숨소리가 좀 거칠어지자 얼른 심호흡을 몇 번 했다. 그는 눈을 질끈 감은 채 주위에서 요란하게 울려대는 침묵을 느꼈다. 웨이가 바로 오랫동안 기다려온 그 여인일까? 아니면 그저 긴긴 삶이 건네는 작은 시련이자 장난일 뿐일까? 그는 피카소나 로댕처럼 여자를 마음대로 지배하는 예술가들을 떠올리며 부러워했다. 그들의 마력은 곧 예술이었고, 여인들은 예술이 꾸며낸 격정과 불꽃으로 나방처럼 몸을 던졌다. 그러나 오늘 밤을 어떻게 설명한단 말인가. 그와 나이 차이도 거의 없는 이 여인은 무슨 생각을 하고 있을까? 웨이가 한숨을 쉬고 돌아누워 그를 마주 보았다. 그의 뺨에 그녀의 매혹적인 숨결이 와닿았다. 그는 천천히 그녀에게 다가가는 자신을 느꼈고, 그대로 나아갔다. 그런데 뜻밖에도 그녀가 몸을 바짝 움츠리는 것이 아닌가. 예상치 못한 좌절감에 그는 이성을 잃었고, 팔을 뻗어 그녀를 힘껏 끌어안았다. 그는 그렇게 꼼짝 않고 있으면서 이 여인의 품속에 고개를 파묻고픈 심정이었다. 조금 뒤, 웨이의 말소리가 들려왔다.

"팔 좀 풀어봐요. 옷 좀 벗게."

다음 날 아침 7시가 좀 넘어서 그는 웨이의 집을 나섰다. 밤새 한잠도 못 잤다. 몸이 몹시 피곤했지만 그는 존엄을 잃은 그 몸을 증오했다. 어질어질한 머리로 지금 상황을 생각해보려 했지만, 괴로움과 슬픔이 뒤섞인 깊은 좌절감 말고는 아무것도 떠오르지 않았고 분노할 힘조차 없었다. 그는 화장실에서 세수를 하고 거울에 비친 서글픈 자신을 바라보았다. 얼굴이 점점 더 추해지는 것만 같았다. 고통을 전환시키고 상처를 치유하고 추함을 아름다움으로 바꿀 수 있는 것은 오직 예술뿐이다. 갑자기 그의 마음이 남몰래 기운을 내고 있었다. 이 실패의 경험이 예술 속으로 들어가면 더러움과 수치스러움은 씻겨나가고 재생의 광채를 얻으리라. 마음속 고통이 한순간에 사그라들었고, 그런 생각 덕분에 영혼도 크나큰 위안을 얻은 듯했다. 문을 열고 떠나기 전에 그는 웨이를 돌아보았다. 그를 등진 채 웅크린 그녀는 단잠에 빠진 듯 보였다. S자 곡선이 너무나 섹시하고 매혹적이었다. 그는 수치심을 버리고 그녀를 깨워 한 번만 더 기회를 달라고 하고 싶었지만, 그럴 수 없다는 걸 잘 알았다. 설령 그런다 해도 그녀가 승낙할 리 없었다. 그녀는 이렇게 말할 것이다. "날 뭘로 보는 거야?" 그는 그녀가 지금 자는 척하고 있다고, 속으로는 이 실패한 남자를 비웃고 있을 것이 틀림없다고 생각했다. 난 아직도 어린애야! 큰 소리로 외치고픈 마음이 간절했지만 마음속으로만 연신 중얼거릴 뿐이었다. 그는 인생의 문을 닫듯이 밖에서 살며시 문을 닫았다. 거리는 여전히 시끌벅적했다. 그는 어디로 이끌려가는지도 모른 채 인파에 휩쓸려 무작정 걸어갔다. 갑자기 그의 위장이 있는 대로 인상을 쓰며 배고프다 아우성쳤다. 이리저리 두리번거리던 그는 길모퉁이에서 쌀국수 가게를 발견했다. 얼른 들어가서 얼큰한 국수 한 그릇을 시켰다. 그런데 너무나 맵지 않은가. 몇 입 먹었을 뿐인데 두 눈에 눈물이 그렁그렁 고였다. 그는 눈물이 천천히 흘러내리도록 놔두었다. 그때 카뮈가 한 말이 퍼뜩 떠올랐다. "눈물이 나도록 살아라." 그런데 도대체 왜 우는 거지? 이 세상에 살아남을 수 있다는 기적에 감사하느라? 아니면 살아남기 위해 어쩔 수 없이 겪어야 하는 무력감과 절망감 때문에? 알 수 없었다. 그가 아는 거라곤 그저 자신은 반드시 떠나야 한다는 것, 당장 이 회사를 떠나야 한다는 것뿐이었다. 설령 이것이 또 한 번의 실패한 선택이라 할지라도, 죽을 때까지 실패하게 놔두자. 죽음도 두려울 것 없다. 죽음이 오면 그는 세상 어느 한구석에서 조용히 사라질 수 있기를 바랐다, 한 줄기 바람이나 햇살처럼 한 오라기 흔적도 남기지 않은 채.

8

　……지금 이 순간, 내가 이 소설을 다 쓰고 잠자리에 들려는 이 순간, 당신이 그리 길지 않은 독서를 하고 나서 눈을 쉬려는 이 순간, 그는 여전히 정처 없이 거리를 배회하고 있다. 그는 당신과 내가 자신을 주시하고 있다는 사실도, 자신이 안이나 밖이나 하나같이 외롭고 처량해 보인다는 사실도 모른다. 그는 내가 본 모습 중 가장 깊이 가라앉은 표정을 짓고 생각에 잠긴 채 걷고 있다. 그런데 갑자기 매운 국수를 머금은 위장에서 충만하고도 뜨거운 행복감이 용솟음치고, 그는 그 느낌에 순간 당황해 어쩔 줄 모른다.
　그리고 바로 다음 순간, 고개를 들어 하늘을 바라보는 그의 눈에 공중으로 솟아오르는 비행기 한 대가 보인다. 비행기는 구름 위로 숨더니 오랫동안 모습을 드러내지 않는다.
　그의 청춘이 구름 위로 사라져버린 것처럼.

생활수업

나는 설거지를 좋아하지 않으며, 이 세상에 설거지를 좋아하는 남자는 몇 명 없을 거라고 생각한다. 그러나 여성의 지위가 나날이 높아지고 있으며 여성이 남성을 다루는 방법도 갈수록 능수능란해진다. 남자들이 모이면 이라크니 팔레스타인이니, 국가와 국방의 중대사를 놓고 밑도 끝도 없는 이야기를 나눈다. 대화가 끝나고 주위를 둘러보면 자신은 여전히 보잘것없는 인물이다. 여자들은 다르다. 여자들이 모이면 생활 속에서 벌어지는 자질구레한 일을 이야기하고, 서로의 경험과 통찰을 생활에 응용한다. 그러면서 여자들은 점점 더 똑똑해진다. 아내가 바로 이런 식으로 나를 다루었다. 원래 아내는 밥도 하고 설거지도 했으며 내가 현모양처라고 칭찬하면 겸손하게 말했다. "별일 아니야. 그냥 소소한 부엌일인데 뭐." 그러나 몇몇 여자와 어울리고부터 아내가 달라졌다. 그들이 자꾸만 아내를 일깨웠던 것이다. "남편 버릇을 잘못 들였어!" 보아하니 나는 좋은 날이 얼마 남지 않은 늦가을 메뚜기 신세였다. 예상대로 어느 날 밥을 먹고 나자 아내가 대뜸 말했다.

"오늘 설거지는 당신이 해."

나는 스스로에게 당부했다. 시련의 때가 닥쳤구나, 굴복하지 마! 그러고는 얼른 핑계를 댔다.

"상사가 급히 요구하는 서류가 있어서 말이야. 지금 당장 써야 되는데."

화가 치민 아내는 머리를 다친 나귀처럼 불쾌한 표정을 지으며 나를 거들떠보지도 않았다. 아무래도 단단히 화가 난 것 같아서 나는 단번에 마음이 약해졌다. 어쩔 수 없다. 내가 그런 소소한 일을 못 하는 것도 아니고, 이번 한 번만 하자. 어쩌면 아내가 오늘 너무너무 피곤해서 그러는지도 모른다.

그런데 이게 웬걸, 이튿날 아내가 또다시 낡은 수법을 재연하는 것이 아닌가. 이번에는 나도 그리 쉽게 넘어가지 않고 단도직입적으로 말했다.

"나한테 설거지를 시키는 거야 아무 문제도 아냐. 그런데 내 생각엔 당신 진심이 아닌 것 같아. 허영심 때문에 나한테 설거지를 시키는 거잖아, 당신 친구들 앞에서 허영심을 채우려고. 그럴 필요는 없지 않을까?"

이 말은 줄곧 온화하고 우아하던 아내를 길길이 날뛰게 만들고 말았다. 아내가 말했다.

"날 그렇게 보는구나? 내가 그렇게 허영심이 많은 사람이야? 그냥 가사 분담 좀 하자는 건데, 그게 뭐 잘못됐어?"

"아니, 아니지."

나는 또다시 고분고분 설거지를 하러 갔다.

그러나 이렇게 날마다 화를 낸다고 내가 굴복할리가. 사흘째가 되자 나는 밥을 먹자마자 할 일이 있다고 하고는 얼른 입을 닦고 서재로 갔다. 뭘 하는지 보러 온 아내에게 나는 진지한 얼굴로 말했다.

"요즘 정말 정신없이 바빴어. 서류를 여태 못 끝내니까 상사가 뭐라고 하더라고!"

아내는 말없이 나가버렸다. 하하, 나는 속으로 뿌듯하게 웃고는 아내의 뒷모습을 바라보며 가만히 혼잣말을 했다.

"설거지는 당신 몫."

밤에 사과를 씻으러 부엌에 들어간 나는 무시무시한 광경을 마주했다. 아내가 파업을 하다니! 내가 설거지를 안 하니까 아내도 안 하고 더러운 그릇과 젓가락을 그대로 놔둔 것이다. 곰팡이가 슬어도 상관하지 않을 기세였다. 나는 생각했다. 우리 둘 중 누가 부엌에 더 자주 들어가지? 어디 한번 해보자고. 나도 결심했다. 이번에는 타협하지 않겠다. 설거지를 하기 싫은 게 아니다. 설거지야 간단하기 짝이 없는 일이다. 다만 이번 일은 그렇게 간단해 보이지 않는다. 만약 내가 설거지 문제에서 아내에게 철저히 굴복한다면 앞으로 더 많은 일이 줄줄이 이어질 텐데, 그건 너무 참담하다. 어쩌면 발언권마저 다 잃어버릴지도 모른다.

며칠도 안 되어 부엌에 그릇과 젓가락이 산더미처럼 쌓였다. 우리 집에 냄비니 프라이팬이니 그릇이 저렇게 많은 줄은 미처 몰랐다. 게다가 끔찍하게도 그 무더기에 진짜로 곰팡이가 슬어 악취가 온 집안을 가득 채웠다. 나는 미치고 팔짝 뛸 지경인데 아내는 아무렇지 않은 듯 그 속에서 바삐 움직였다. 그런 냄새를 즐기는 건지, 요리를 하면서 콧노래까지 흥얼거리는 게 아닌가. 식사가 준비되자 아내가 말했다.

"다 됐다, 와서 식탁에 좀 내가."

부엌으로 간 나는 그릇과 젓가락 더미 속에서 돌아다니는 바퀴벌레 한 마리를 목격하고 말았다. 갈색 인조가죽 같은 그놈, 너무나 역겨운 그놈이 두 개의 긴 더듬이로 그릇 가장자리를 신경질적으로 건드렸다.

"이게 대체 무슨 꼴이야! 설거지만 하면 되는 걸 갖고. 내가 한다, 내가 해!"

내가 소리쳤다. 나는 결국 무기를 버리고 투항하고 말았다.

그날은 주말이었다. 날짜를 헤아려보니 꼬박 일주일 치 그릇이 쌓여 있었다. 나는 부엌에 서서 수세미에 서투르게 세정제를 짜낸 다음 기나긴 설거지를 시작했다. 그 기름투성이 그릇과 젓가락 앞에 서자 방금 전의 맛있는 음식도 싹 잊었다. 일주일 동안 설거짓거리가 얼마나 잔뜩 쌓였던지 손이 아플 지경이었다. 식당 아르바이트는 하루에 이렇게 어마어마한 설거지를 해야 할 텐데, 나는 도저히 못 하겠다 싶었다. 호주에서 유학 중인 동창 하나가 바로 중국 음식점 설거지 아르바이트를 한다던데 도대체 어떻게 버틸까. 나보다 더 게으른 녀석인데.

설거지를 마치고 몸을 쭉 펴니 목과 허리가 시큰시큰했다. 내가 투덜투덜거렸다.

"다신 안 할 거야. 설거지하느라 손이 다 아프네."

"그럼 누가 해? 나더러 밥도 하고 설거지도 하라고? 나 지쳐 쓰러지는 꼴 보고 싶어?"

아내는 승리의 웃음이 넘쳐흐르는 얼굴로 자신의 속셈을 적절히 드러냈다.

"밥 먹고 바로바로 하면 그렇게 안 힘들 거야."

그런 아내를 보니 끓어오르는 분노를 내비칠 수가 없었다. 생각 끝에 나는 이렇게 제안했다.

"아니면 우리, 평일엔 설거지를 하지 말고 그냥 놔두는 게 어때? 주말에 시간제 가사도우미를 부르는 거야. 겸사겸사 빨래나 청소도 부탁하고. 그럼 우린 해방이잖아?"

정말 괜찮은 방법 같아서 나는 하하, 웃음을 터뜨렸다.

아내의 입이 쩍 벌어졌다. 아내가 눈을 깜빡이며 말했다.

"돈이 그렇게 많아? 우리 두 사람 월급을 합쳐도 라오왕老王 한 사람 월급도 안 될 텐데!"

라오왕은 내 절친으로 세무서에서 일한다.

"그렇게 비하하진 말자. 우리 두 사람 월급을 합치면 그것보단 많아. 도우미 쓸 여력은 된다고."

사실 라오왕 월급이 정확히 얼마인지는 나도 몰랐지만, 그래도 라오왕 아내를 빼면 2대1인데 자신감을 가져야 했다.

아내가 고개를 절레절레 흔들며 웃기 시작했다.

"아이고, 되긴 뭐가 돼? 도우미 한 번 부르면 최소 200위안이야. 한 달에 네 번이면 800위안. 집 대출금도 갚아야 하고, 아이 가지려면 저축도 해야지. 어디 계산해봐, 감당이 되나."

"그럼 식기세척기 하나 살까? 쓸 만하다던데. 그렇게 비싸지도 않고 깨끗이 잘한대. 아마 나보다 나을걸."

나는 또 한 가지 묘책을 생각해냈다.

"그래, 그게 비싼지 그렇지 않은지는 둘째 치고, 사서 어디다 놔? 우리 부엌 좀 봐, 한 사람만 들어가도 꽉 차잖아. 할 수 없이 쌀자루도 침실에 놔뒀는데, 식기세척기도 침실에 둘까?"

나는 웃음이 터졌다. 아내는 유머 감각이 꽤 훌륭하다. 그러나 그 말이 유머 감각을 발휘한 게 아니라 심각한 질문이라는 사실을 깨닫자 웃음이 쑥 들어갔다. 아무래도 오늘 내가 말을 너무 많이 한 것 같았다. 좀 쉬어야 했다. 나는 소파에 앉아서 TV를 보기 시작했다. CCTV 앵커의 또렷한 발음과 유창한 말투를 들으니 또다시 회의실에 앉아 있는 기분이 들었다. 오늘 온종일 회의를 했는데, 회의 주제가 글쎄 규모가 더 큰 전국적 회의를 준비하는 것이었으며 그 회의는 바로 다음 달에 일주일 동안 열린다는 것이었다. 생각만 해도 극심한 피로가 덮쳐왔다.

아내는 멀찍이 떨어진 의자에 앉아 TV를 볼 뿐 입을 열지 않았다. 내가 말을 건넸다.

"요즘 많이 바빠? 난 정말 피곤해 미치겠어. 매일매일 회의인데, 글쎄 다음 달에 또 대규모 회의가 있다니까."

평소에 아내는 회의할 때 무슨 얘길 하느냐는 둥 상사는 허풍 떠는 스타일이냐는 둥 이것저것 물어왔다. 그러면 나는 회의장에서 보고 들은 바를 생생히 묘사해주었다. 꾸벅꾸벅 조는 사람, 눈이 풀린 사람, 귀를 꼬집고 턱을 긁는 사람, 무심결에 코를 파는 사람…… 이렇게 세세하게 말해주면 아내는 깔깔대며 웃곤 했다. 그러나 오늘 아내는 아무 말도 없었고, 마치 중앙위원회*의 최신 기조를 파악하겠다는 듯 진지하게 TV를 보고 있었다.

"오늘 뉴스가 그렇게 재밌어? 너무 흥미진진하게 보네. 알아낸 거 있으면 나한테도 좀 전해줘. 거기서 그렇게 혼자 고뇌하고 있지 말고."

내가 농담조로 말했다. 농담조차 회의실 스타일에 물들고 있었다.

그러자 아내가 입을 열었지만, 혼자 딴 세상에 가 있었다.

• 중국 공산당의 최고 권력기관.

"식기세척기를 어디다 두지?"

나는 얼떨떨해 있다가 얼른 아내의 안색을 살폈다. 아내는 여전히 TV만 쳐다볼 뿐 나는 보지도 않았다. 지금 나는 난관에 봉착해 있었다. 말을 해도 안 해도 다 좋지 않았다. 그러나 보통 나는 내 혓바닥을 통제하지 못했고, 뭐든 말하는 것이 좋다고 여겼다. 내가 보기엔 말을 해야만 우리에게 벌어진 불쾌한 문제를 해소할 수 있었다. 뜻대로 풀리지 않을 때도 종종 있었지만, 그래도 나는 아름다운 소망을 품은 채 그렇게 행동했다.

"안 살게. 식기세척기는 무슨, 사지 말자. 됐지?"

"됐냐고?"

아내는 내 마지막 말을 잘근잘근 씹듯이 되풀이하며 내 의도를 쥐어짜보려고 했다. 사실 나는 아무런 감정도 없었고, 그저 아내 마음을 진정시키고 싶을 뿐이었다.

"그래, TV나 보자."

내가 웃으며 말했다. 나는 되도록 빨리 이 화제에서 벗어나고 싶었다.

"그래."

아내는 이 두 글자를 곱씹으면서 고개를 돌려 나를 똑바로 쳐다보았다.

"당신은 '됐지' '그래' 이런 말을 달고 사는데, 대체 무슨 뜻이야? 그래그래그래, 뭐가 그렇다는 건데? 당신이 대단히 귀찮아한다는 건 똑똑히 알겠네."

"귀찮은 게 아니고, 당신이 화낼까봐 걱정돼서 그러지. 화가 얼마나 안 좋은 건데."

나는 웃는 얼굴로 참을성 있게 변명했다.

아내가 나를 쓱 보고 말했다.

"웃기만 하면 다 되는 줄 알아? 조만간 해결해야지, 안 그랬다간 엄청 큰일이 될 문제라고."

"사소한 일을 괜히 크게 만드는 거 아냐? 뭐가 그리 큰 문젠데? 설거지만 하면 되는 거 아냐."

나는 내 혀를 통제하지 못하고 속으로 생각했던 것보다 일을 크게 만들고 말았다. 뭐 어쩌겠나? 나는 이 문제가 도무지 큰일로 여겨지지 않았다. 아내가 아무리 정색하고 말해도 나에게는 사소하고 지루한 문제일 뿐이었다. 그러나 입 밖에 낸 이상, 일이 커질 것은 불 보듯 뻔했다. 속으로 후회해봤자 소용없었다.

예상대로 아내는 벌떡 일어나 내 앞으로 다가오더니 엄숙한 눈길로 나를 쏘아봤다.

"알고 있나 몰라? 그게 바로 당신 문제야. 생활 문제를 꺼내면 늘 하찮게 여겨. 잘 들어, 생활이란 바로 차미유염茶米油鹽•이야, 그것도 몰라? 중문학을 전공해놓고. 『닭털 같은 나날』••을 안 읽은 것도 아닐 텐데, 류전윈劉震雲이 소설을 아주 기가 막히게 썼다며? 생활이란 바로 그런 모습이야. 다 잊으셨나? 당신이 뭐 그렇게 고결하다고 그딴 소릴 해?"

"이게 고결한 거랑 무슨 상관인데? 그런 식으로 말하면 나도 좀 불쾌하지. 그래, 나 중문학 전공 맞아. 그러는 당신은? 닭털로 산다는 건 비극이잖아. 내가 보기에 당신은 가장 중요한 이 점을 잊었다고! 설마 닭털로 살고 싶은 거야?"

• 일상생활에 꼭 필요한 차, 쌀, 기름, 소금을 가리킨다. 서민은 이걸 얻고자 안간힘 쓰며 살아간다는 의미도 담겨 있다.
•• 온갖 사소한 일상의 압박에 꿈을 잃어가는 소시민의 삶을 생생히 묘사한 소설. 닭털은 서민의 고단한 일상을 채우는 자질구레한 것들을 상징한다.

나도 벌떡 일어섰지만 싸우려는 게 아니라 찻잔을 가지러 가려는 것이었다. 차를 우리면서 공격을 멈추고, 검사검사 답답한 마음도 좀 풀 생각이었다.

"닭털이 바로 생활의 본질이야. 그걸 여태 이해를 못 할 줄이야. 당신은 조금도 현실적이지 않고 붕 떠 있어. 매일매일 진공 상태에 있는 사람 같다고."

아내는 계속 물고 늘어지면서 생활의 본질 문제를 토론하려 했다. 평소 우리가 한가할 때 내가 생활의 본질을 이야기하고 싶어하면 아내는 조금도 흥미를 보이지 않았다. 아내는 늘 이런 말을 했다. "그런 헛소리 말고 실속 있는 얘기를 해. 당신 고과는 왜 맨날 그대로야?" 그러면 나는 크나큰 타격을 입었고, 객관적인 이유를 줄줄이 늘어놓으며 노력을 해도 삶은 불공평하다는 사실을 증명하는 수밖에 없었다. 그러면 아내는 나와 함께 온갖 부조리를 탓하고 부서의 상사를 욕했다. 그렇게 한바탕 한탄을 늘어놓고 나면 눈물은 어느새 웃음이 되었다. 나는 이런 희극적인 결말을 좋아했다. 우리 다툼은 대부분 이렇게 코미디처럼 마무리되곤 했으며 오늘도 예외가 아닐 줄 알았다.

"닭털이 생활의 본모습이라고 말할 수는 있지만, 그렇다고 생활의 본질이라고는 할 수 없지."

장난기가 살짝 발동한 나는 아내와 말싸움을 벌이기 시작했다.

"그럼 생활의 본질이 뭔지 말해보시지. 고견을 듣고 싶네."

아내가 의자에 기대앉아 다리를 꼬자 위쪽에 걸쳐진 오른쪽 종아리가 흔들거렸다.

"생활의 본질은 닭털을 뛰어넘으려는 노력이지."

내가 웃으며 말했다. 아내의 놀란 얼굴을 보자 좀 우쭐해졌다. 나는 정말로 그렇게 생각했다. 생활이란 그런 자질구레한 것들에서 끊임없이 벗어나려 애쓰는 거라고. 그 속에 완전히 파묻혀버린다면 그건 작은 타락이라 일컬을 수 있지 않을까?

"입만 살았구나?"

"그럴 리가, 아니라는 거 알잖아. 만약 꿈이 없다면 우린 바닥에 널린 닭털에 빠져 죽고 말걸."

"그러니까 당신 말은, 내가 꿈이 없는 사람이란 뜻이구나? 생활 속에 있는 이런 일들을 얘기하면 나는 꿈이 없는 거야? 이 사람이 왜 말을 그딴 식으로 할까?"

아내가 TV에서 내게로 고개를 돌렸다.

내 입에 지퍼를 달지 못한 것이 한스러웠다. 내가 왜 또 '꿈'이라는 단어를 입에 올렸을까? 그런 허무맹랑한 것은 나 역시 거의 생각도 안 하고 사는 주제에, 그저 아름다운 한마디를 위해서 꿈이란 말이 터져나오고 말았다. 옥처럼 영롱하고 투명한 그 말은 고결한 색깔로 빛나며 닭털 위로 눈부시게 쏟아졌다. 그러나 그것은 아무것도 장식하지 못한 채 오히려 평범하게 보였으며, 매섭게 뽑히고 버려져 철저히 잊힐 수밖에 없었다. 확실히 그 말은 너무나 물색없이 등장했다.

"당신이 꿈이 없단 말을 내가 언제 했어? 도대체 언제 했는지 좀 말해줄래? 어떻게 이렇게 은근슬쩍 딴소리를 하지?"

나는 몹시 억울했다.

"어차피 그런 뜻이었으면서."

아내는 변명은 집어치우라는 듯 나를 노려보았다.

"그런 뜻 아니었어."

내가 단호히 말했다.

"그런 뜻이었어!"

아내의 말투가 더 확고해졌다.

"정말 아니라니까, 대체 왜 이러는데."

나는 살짝 안달이 나면서 등에 열이 나기 시작했다. 그건 대단히 불길한 느낌, 폭풍전야의 느낌이었다. 스스로를 잘 통제해야 했다. 아내에게 패하기 전에 나 자신의 분노에 패할 수는 없었다. 그건 결단코 안 될 일이었다.

"당신이 날 꿈도 없는 속물로 보는 줄은 몰랐네. 하긴, 난 원래 속물이지. 당신만큼 고결하지 않지."

아내가 리모컨을 들고 채널을 이리저리 돌렸다. 모두 뉴스 방송이었다. 그러다 고개를 들어 벽에 걸린 시계를 보는데 아직 7시 30분도 안 된 시각이었다. 아내는 뜬금없이 혼자 웃음을 지었다. 매우 기괴해 보이는 웃음이었다. 아까 그 말을 하면서 아내는 뭔가 뿌듯해 보였다. 자기 비하가 그렇게 즐거운 일인가? 정말 이상하기 짝이 없었다. 아무래도 그 비하는 아내 자신이 아니라 모조리 나에게 퍼부어진 것만 같았다.

나는 한숨을 푹 쉬었다. 이 지경에 이르니 우리 대화는 아무 의미도 없다는 생각이 들었다. 저의만 있을 뿐 재미는 없는 말대꾸가 되어 있었다. 내가 참을성 있게 말했다.

"당신은 속물이고 나는 속물이 아니라고? 오늘 저녁에 우리가 뭘 하고 있는지 좀 봐봐. 설거지에서 난데없이 꿈을 갖고 싸우고 있잖아. 이런 식으로 싸우다 어디 끝이 나겠어? 할 말 있으면 하고, 없으면 그냥 TV나 보자."

이렇게 말하고 나는 소파에 편안히 앉아 부드러운 등받이에 머리를 기댔다. 눈을 감고 몇 번 심호흡을 하니까 아주 편안해졌다.

"그래, 그럼 얘기하지 뭐. 설거지 얘기를 해보자고."

아내는 공중에서 흔들리던 다리를 내리고 의자 등받이에 편히 기댔다. 내가 편하게 있는 모습이 눈꼴시어 자신도 편안한 자세로 싸우겠다는 모양새였다.

"그래, 그럼 말해봐, 잘 들을게."

맥이 쭉 빠졌다. 귓가에 울리는 아나운서의 단호한 말소리를 들으며 나는 생각했다. 저런 투로 아내에게 말하면 효과가 좀 있을까? 조리 있고 날카로운 말에 부르르 떨까? 나는 그런 효과가 필요했다. 그러나 그보다는, 아내는 내가 그런 목소리로 사과의 뜻을 표현하기를 바랄 가능성이 컸다. 그건, 미안하지만 아직은 아니다. 아직까지는 내가 그렇게 심한 잘못을 했다는 생각이 들지 않았다.

"나는 이게 단지 설거지라는 사소한 문제가 아니라고 생각하는데."

아내가 천천히 입을 열었다. 여전히 케케묵은 방식이었다. 별것도 아닌 일을 잔뜩 과장하는, 길 건너는 할머니 좀 도와드리고는 착한 일 했다고 엄청나게 떠벌리는 초등학생 글짓기 방식. 나는 마음속으로 한바탕 조롱을 퍼부었다. 그러나 입 밖에 냈다가는 큰일 날 말이었다. 나는 남몰래 나 자신을 타일렀다. 이건 다 푸념이다. 아내가 나에게 푸념을 늘어놓으니 나도 나 자신에게 푸념이나 늘어놓는 거다.

"그럼 그게 왜 큰일이지?"

나는 조롱하는 투를 억누르고 진지하게 조언을 구하는 척했다.

"지금 나는, 당신이 왜 이런 사소한 일로 나랑 논쟁을 하는지 생각 중이야."

"내가 당신하고 무슨 논쟁을 해? 당신이 설거지하라고 시키면 바로 하잖아."

"태도가 문제지. 당신이 감정적으로 나온다는 건 귀신도 알아."

'귀신'이라고 말하면서 아내는 내가 말 안 듣는 꼬마 귀신이라도 되는 양 이를 악물었다.

"난 털끝만큼도 감정적이지 않다고. 난 당신을 겨냥한 게 아니라 설거지 자체를 겨냥한 거야. 설거지하고 나선 싹 잊었어."

등이 점점 뜨거워지는 느낌이었다. 등받이와 밀착된 부분에서 벌써 땀이 나는 듯했다.

아내는 의자에서 몸을 내밀어 내가 우려낸 차를 들고 몇 모금 마셨다. 아내는 편안히 앉아서 성과를 즐기는 데 능했다. 찻물이 아내의 지친 입술을 촉촉이 적셔주자 아내는 싸움을 이어갈 수 있게 됐다. 아내가 말했다.

"당신은 금세 잊을지 몰라도 난 절대 못 잊어. 그런 당신 태도를 보면 뚜껑이 열린다고."

"그렇게 자세히 관찰하지 마, 알았지? 사소한 표정 하나하나가 당신 맘에 안 든다고 가만두지 않겠다는 거야? 이제 독재자가 돼서 안팎으로 감시하려들겠네."

나는 몸을 똑바로 폈다. 등에 정말로 땀이 나서 옷이 몸에 착 달라붙어 몹시 불편했다. 나는 손을 뒤로 뻗어 살갗에서 옷을 떼어내고는 옷자락을 들썩거려 부채질을 하면서 열기를 식혔다.

뉴스가 끝나자 유쾌한 광고가 시작됐다. "올해 설엔 선물 안 받아요, 나오바이진腦白金만 받아요."• 예전이라면 나는 이 광고를 재밌게 보면서 아내까지 끌어들여 웃게 만들었을 거다. "당신도 니오바이진 먹을 때가 됐는데." 이런 농담을 하면서. 그러나 오늘 우리는 조금도 웃지 않았다. 웃음이 나질 않았다. 공기 중에 묘하게 불안한 냄새가 떠다니고 있었다.

아내는 차를 마시다 말고 찻잔을 내 앞으로 밀어놓더니, 한숨을

• 노부부 캐릭터가 나오는 유명한 광고. 나오바이진은 중노년층을 겨냥한 건강보조식품 브랜드다.

푹 쉬고 목청을 가다듬었다.

"예전부터 마음에 담아둔 말이 있는데, 오늘 해버려야겠어."

"그래, 말해. 잘 들을게."

"당신이 날 충분히 사랑하지 않는 것 같아."

"엥?"

"진짜야. 나를 사랑하는 남자라면 당신처럼 행동할 리가 없어."

그 말이 비수처럼 나를 찔렀다. 그건 정말이지 너무 심한 말이었다. 나는 벌떡 일어났고 목소리도 높아졌다.

"어떻게 그런 말을 해? 내가 진짜 다른 말은 다 참고 넘어갔는데, 내가 당신을 사랑하지 않는다고? 너무하다, 정말."

"너무해? 전혀 그렇지 않다고 생각하는데. 만약 당신이 류샤오위劉小雨랑 결혼했으면, 그 여자가 해달라는 건 뭐든 다 해줬을걸?"

말을 마친 아내 입가에 한 가닥 비웃음이 걸려 있었다.

류샤오위는 회사 동료였다. 언젠가 함께 출장 가서 산둥의 주요 도시를 보름 넘게 돌아다닌 적이 있었다. 솔직히 말해 샤오위는 아주 예쁘고 성격도 밝아서 대화가 끝도 없이 이어졌고, 그녀와 함께 있는 동안 나는 정말 즐거웠다. 아무래도 통화하면서 아내가 그 즐거움을 포착한 것이 틀림없었다. 아내는 종종 불안한 말투로 물었다. "언제 와?" 내가 대답했다. "벌써 몇 번을 말했잖아." 아내가 말했다. "어떻게 그렇게 오래 있지." 게다가 공교롭게도 돌아오는 길에 샤오위가 갑자기 병이 났는데 병원에서는 신종 인플루엔자 증상이 의심되므로 반드시 격리해야 한다고 했다. 신종 인플루엔자, 신종 인플루엔자, 그때는 이 병으로 사망자가 나올 정도로 심각한 상황이었기에 샤오위뿐만 아니라 나까지 격리 관찰되었다. 나는 며칠 동안 죄수처럼 병실에 갇혀 있었는데, 정확히 며칠인지는 기억나지 않고 자유를 되찾자마자 샤오위를 돌봤다는 것만 기억난다. 샤오위 아버지가 몇 년째 중풍으로 몸져누운 상태라 샤오위 어머니는 자리를 비울 수 없었고, 샤오위는 결혼도 안 했고 남자친구도 없었다. 아내가 전화로 물었다. "설마 친척 하나 없다고?" 내가 대답했다. "외지에 있잖아. 정말 의지할 만한 사람이 아무도 없어. 어쩌겠어, 나는 동료로서 돌볼 의무가 있어." 그렇게 샤오위가 완쾌되어 퇴원하고서야 나는 그녀와 함께 돌아왔다. 그동안 내 정신 상태가 좀 황홀했다는 사실은 인정한다. 아마 병약하다는 것은 연민을 불러일으키기에 가장 좋은 조건일 터. 내 머릿속에는 샤오위의 아픈 모습이 늘 맴돌고 있었다. 내가 그런 혼란스러운 감정을 조심스레 숨겨왔다고는 해도 여전히 숨길 수 없는 실마리가 남아 있었겠지. 게다가 감정의 세계란 참으로 예민한지라 조금의 불순물도 용납하지 않는다. 아내는 말은 안 해도 속으로는 분명 똑똑히 알고 있었을 것이다. 그러나 아내는 정말 놀라운 인내심을 발휘하며 아무 말도 하지 않았다. 함께 샤오위의 결혼식에 참석하고 집에 돌아오자 아내가 비로소 말했다. "이제 포기가 되니?" 사실 그때는 샤오위를 떨쳐버린 지 오래였다. "무슨 말도 안 되는 소리야, 실체도 없는 일 가지고. 당신 이제야 마음이 놓이는구나." 아내가 웃음을 터뜨렸다. "그래, 마음이 놓인다, 어쩔래?" 나도 웃으며 말했다. "다음에 당신이 아플 때 남자 동료가 돌봐주면 되겠네. 그러면 진짜로 비긴 기분이 들 거야." 아내가 말했다. "헛소리는! 당신이 돌봐줘야지!"

나는 다 지나간 일이라고 생각했다. 벌써 2년 전 일이었다. 그런데 아내가 지금 그 일을 다시 꺼낼 줄은 생각지도 못했다. 그걸 여태껏 마음에 두고 있었단 말인가. 가장 성질나는 건 아내가 '만약'이라는 표현을 썼다는 거다. 즉 일어나지도 않은 일을 가정해서 우리 현실과 비교하다니, 그건 정말로 무시무시한 일이었다.

나는 화가 치밀어 목소리의 강도가 두 배로 세졌다.

"그 말은 또 왜 꺼내? 그게 언제 적 일이야, 벌써 썩어 문드러졌겠다!"

"과거 얘기가 아니야. 난 현재를 말하는 거야. 당신이 원하는 사람이 샤오위라면 당신은 샤오위를 위해 무슨 일이든 할 게 틀림없어. 설거지라는 이 사소한 일 때문에 그 여자랑 시시콜콜 따지지는 않을 거라고, 안 그래?"

아내는 진실을 손에 쥔 것처럼 당당하기 짝이 없었다.

내 예상이 맞았다. 아내는 바로 '만약'을 가지고 꼬투리를 잡고 있었다.

"아니야!"

나는 고함을 질렀다.

"그렇게 멋대로 꼬리표를 만들어 붙이지 말라고!"

"차라리 귀신을 속여라!"

아내는 씩씩거리며 침실로 들어가더니 문을 쾅 닫고 잠가버렸.

나만 혼자 소파에 앉아 있었다. TV 소리가 점점 시끄럽게 들려 꺼버릴 수밖에 없었다. 그러자 침묵이 소란을 떨기 시작하면서 마치 버저처럼 달팽이관을 괴롭혔다. 머리가 어지럽고 방금 먹은 저녁밥도 횡격막 부근에 얹혀 가뜩이나 혼잡한 곳을 차지하겠다고 울분과 싸우고 있었다. 나는 소파에서 일어나 늙은 퇴직 간부처럼 뒷짐을 지고 거실을 이리저리 서성이며 이 문제를 곰곰이 생각해보았다. 침실 문 앞에 가서 살그머니 귀를 대봤지만 안에서는 아무 소리도 나지 않았다. 몸을 수그려 문틈으로 들여다봐도 불빛 하나 비치지 않았다. 보아하니 아내는 단단히 화가 나 있었다.

생활수업 133

나는 바닥에 엎드려 문틈에 대고 소리쳤다.

"할 말 있으면 얼마든지 해. 문 좀 열어봐."

안에서는 아무런 기척이 없었다. 나는 전쟁터에서 확성기를 들고 투항을 권하듯 연거푸 소리쳤다. 여전히 아무 기척도 없었다. 집이 텅 비어버린 듯했다. 아내가 안에 있다는 건 나만의 착각인 것만 같았다. 아내의 인내심은 내가 가장 존경하는 품성이지만, 이럴 때는 내가 가장 두려워하는 무기로 변했다. 내가 주동적으로 이 얼음을 깨뜨리지 않는다면 이 전투가 언제까지 계속될까? 나는 오늘 저녁에 소파에서 자야 하나, 드라마 속 그 찌질한 남자들처럼? 정말 어처구니가 없었다.

나는 훔쳐보는 놈처럼 문틈 앞에 엎드려 안쪽을 향해 소리쳤다.

"왜 내가 류샤오위하고 결혼하면 설거지를 할 거라고 생각하는데? 잘 들어, 당신이 틀렸어! 우선 나는 그 여자랑 결혼할 생각이 없고, 만약에 내가 샤오위랑 결혼하더라도 설거지는 한 번도 안 할 거라고."

"설거지가 문제가 아니지. 그 여자 옷, 다 당신이 빨아준 거 아니었어?"

마침내 아내가 입을 열었다.

나는 아내가 대답할 줄 알고 있었다. 반드시 답해야 하는 시험 문제처럼, 아내는 방금 전에 말한 '만약'을 계속 진행해야만 했다. 내가 답하지 않으면 아내는 본인 생각을 쭉 밀고 나갈 것이다. 그런고로 나는 반드시 아내와 함께 이 '만약'이라는 것을 이어가야 했다.

"당신 말은 불합리해. 샤오위가 아파서 어쩔 수 없었잖아. 누구라도 그렇게 했을 거야."

"그럼 내가 아플 땐 왜 빨래를 안 했어? 옷이 산더미처럼 쌓여 있었는데. 다 낫고 나서 내 손으로 빨았다고!"

아내가 생생한 증거를 내놓았다.

"우린 가족이잖아, 그렇게 분명하게 나눌 필요가 있어?"

내가 짜증스레 말했다.

"바로 한 가족이기 때문에 나는 너라는 작자가 진심인지 아닌지 알 수 있다고!"

아내의 목소리가 갈수록 높아졌다.

"내가 진심이 아니라고?"

나는 정말 절망스러웠다.

"아니지."

"내가 진심이 아니야?"

"아니야!"

아내가 히스테릭하게 소리쳤다.

"말도 안 돼!"

나는 손바닥으로 문을 힘껏 쳤다. 폭탄이 터진 것처럼 어마어마한 소리가 났다. 더 이상 아내와 말다툼하고 싶지 않았다. 나는 잔뜩 성이 난 채 현관문을 열고 나가 쾅 닫고는, 텅 빈 복도에서 어쩔 줄 모른 채 한참을 서 있었다. 그러고 있다가 엘리베이터로 걸어가는데 하필 귀가하는 이웃과 마주쳤다. 키가 작고 구부정한 그 남자였다. 어디서 일하는지는 몰라도 날마다 퇴근이 상당히 늦었다. 그는 대개 우리가 저녁을 다 먹은 시간에 찬거리를 들고 돌아와서 밥을 했다. 오늘도 예외는 아니었다. 그는 미나리 한 단과 뽀얀 비계가 많이 붙은 돼지고기 한 덩이를 들고 있었다. 서로 미소를 지어 보이며 인사를 나눈 셈 치고, 나는 엘리베이터를 타고 꼭대기인 20층 버튼을 눌렀다. 20층에 이르자 계단을 올라가 옥상으로 나갔다. 거친 손가락으로 내 머리카락을 비벼대듯 바람이 강하게 불었고, 내 귓가에서 휘익휘익 세차게 휘파람을 불어댔다. 건물 가장자리로 걸어가자 바람이 더 거세게 휘몰아쳤다. 몸이 흔들리는 바람에 나도 모르게 손을 뻗어 시멘트 보호벽을 붙들었다.

사방이 고층 건물이었다. 수많은 창문에 불이 켜진 모습이 마치 기관총구가 빽빽이 들어찬 보루 같았다. 나는 처음으로 모종의 공포를, 생활 자체에서 생겨난 어떤 잠재적인 위협 같은 것을 느꼈다. 그것은 도대체 어떤 종류일까? 움직임이 없는 연노랑 빛 창문에서 그 안에 가득한 외로움이 느껴졌다. 사람 그림자가 많이 보이는 창문 안에서는 성대한 잔치가 쉼 없이 이어지고 있겠지. 커튼이 드리워진 창문은 외부에서 엿보는 눈을 서둘러 막으려는 듯 보였다. 이 세상은 무한히 넓지만 사람의 생활은 고작 창문 크기다. 내 창문은 어떨까? 아내가 창가에 외로이 서서 슬피 울고 있을지도 모른다는 생각이 들면서 문득 나 자신이 너무나 우습게 느껴졌다. 가정에서의 지위를 놓고 아내와 이렇게 힘겨루기를 하는 것은 아무짝에도 쓸모없는 에너지 소모였다. 나는 먼 곳을 바라보았다. 멀리 보이는 저 창문들 안에는 제각기 다른 위치에서 힘겨루기를 하는 누군가가 있을 테고, 그들은 내 생활 위에서 자신들의 생활을 다지고 있을 것이다. 그리고 내 생활, 즉 아내가 그 속에 들어와 있는 생활이란 그녀가 누리고 견디는 제한된 삶이며, 아내와 나 두 사람만의 작은 세계였다.

바람은 처음에는 나를 스쳐가더니 그다음엔 내 몸을 통과해 지나갔다. 그러자 횡격막에 뭉쳐 있던 그 공기 덩어리도 차츰 흩어지는 느낌이었다. 나는 돌아서서 아래층으로 걸어 내려갔다. 우리 층에 이르자 구부정한 그 이웃 남자가 요리하는 모습이 보였다. 그 집에 여자가 드나드는 모습은 한 번도 보지 못했다. 이따금 노인이 와서 한

동안 지내는 모습은 본 적이 있는데 그의 늙은 아버지 같았다. 요리하는 연기가 자욱하게 나고 냄새도 풍겼다. 돼지기름으로 볶는 거라 냄새가 몹시 강렬했고, 그는 사레가 들려 연거푸 재채기를 하느라 내가 지나가는 걸 보지 못했다. 그렇지 않으면 우리는 또 한 차례 미소를 지어야 했을 것이다. 나는 열쇠를 꺼내 문을 열고 집으로 들어갔다. 침실 문이 열려 있고 아내는 거실 소파에 앉아 있었다.

나는 할 말을 찾다가 이렇게 말했다.

"TV 안 보고 있었어? 당신이 매일 보는 그 홍콩 드라마, 벌써 시작했을 텐데."

아내는 아무 대꾸도 없이 정교한 백자 조각상처럼 그 자리에 가만히 앉아 있었다. 나는 좀 어색하게 그대로 서 있었다. 사과하고 싶었지만 어떻게 말해야 할지 알 수 없었다. 직접적으로 "좋아, 앞으로 설거지는 다 내가 할게"라고 말해야 할까? 그러면 아내는 내가 또 '감정적'으로 나온다고 여기지 않을까? 게다가 이제는 나도 당혹스러웠다. 이번 싸움이 도대체 설거지와 상관이 있기나 한 걸까?

몇 분 뒤, 아내가 마침내 입을 열고 밑도 끝도 없이 말했다.

"난 생각 다 했어."

나는 얼른 말했다.

"나도야."

"당신은 무슨 생각을 했는데?"

아내가 나를 힐끗 봤다.

"당신이 말 안 해도 앞으로 설거지는 내가 다 할게."

"내가 말하려는 건 그게 아닌데."

"그럼 뭔데?"

먼길을 찾아온 귀한 손님 앞에서도 얼마든지 거짓말을 할 수 있다는 결연한 표정으로 아내가 말했다.
"우리 이혼해."

침묵천사

1

 아침에 눈을 떠보니 창밖의 햇빛이 어느새 응고되어 기이하게 변해 있었다. 그걸 보며 나는 절망을 느꼈다. 그 황금 같은 순수함 속에서 내가 호박琥珀으로 변할 수 있다면 얼마나 좋을까. 샤오이小盒는 벌써 깨어나 있었다. 그 애는 내 곁에 가만히 누운 채 눈을 커다랗게 뜨고 하얀 천장을 바라보았다. 천장에 있는 연노란색 얼룩이 꼭 엎드린 개구리 같았다. 언젠가 위층에서 집을 수리할 때 물이 샌 흔적이었다. 지진이 일어난다면 미미한 진동 한 번으로도 그 부분의 판자가 조각조각 떨어지며 내 몸을 가루로 만들어버릴 것만 같았다. 그렇게 되면 나야 오히려 해탈하는 셈이지만, 샤오이는 어쩐다? 샤오이는 겨우 여덟 살이다. 매우 똘똘하고 새끼 양처럼 귀여운 녀석이지만 샤오이는 여태껏 한마디 말도 한 적이 없다. 그 애의 세상은 남극처럼 고요하다. 이런 생각을 하다보니 절로 한숨이 나왔다. 또 하루가 시작되었다. 나는 돌아누워 샤오이를 끌어안았다. 샤오이는 아침에 내가 안아주는 걸 좋아했다. 그러고 나면 스스로 옷을 챙겨 입고 일어나

이불을 갰다. 샤오이가 이불 개는 모습을 보노라면 마음속 절망이 확 줄어들었다.

음악을 틀었다. 베토벤의 「운명」. 운명이 사납게 문 두드리는 소리에 잠이 싹 달아났다. 음악을 좋아하는 샤오이는 조그만 머리를 리듬에 맞춰 까딱까딱 흔든다. 숱한 실험을 거친 끝에 나는 뜻밖의 사실을 발견했다. 샤오이는 베토벤의 교향곡을 좋아한다! 어린아이의 연약한 마음에 베토벤은 좀 위압적인 음악이 아닐 수 없다. 그래도 샤오이는 베토벤을 좋아했다. 어쩌면 침묵의 극치는 폭발하려는 갈망인지도 모른다. 그래서 나는 샤오이가 하고픈 대로 내버려두면서 그 애가 폭발하기를 남몰래 바라고 있었다.

침실을 나서자 어제 소파에 팽개쳐놓은 통장이 눈에 들어왔다. 통장 속 그 가련한 숫자들은 내 절망의 극치였다. 삶이란 것이 어느덧 낯설게 느껴졌고 썩은 내마저 풍기기 시작한 것만 같았다. 이런 흐름을 오늘은 어떻게든 막아야 했다. 수레바퀴에 덤비는 사마귀 꼴일지라도.

나는 한숨을 쉬며 화장실로 들어가 세수를 했다. 샤오이는 거실에서 내가 나오기를 기다렸다.

샤오이는 나와 함께 화장실을 쓴 적이 없는 까탈스러운 아이였다. 사춘기 소녀처럼 조심스러운 그 애는 내가 정리까지 마친 다음에야 화장실에 들어왔다. 샤오이는 초등학교에 다닐 나이인도 줄곧 집에 있었고, 내가 출근하고 나면 집에 갇혀 있었다. 내가 강압적인 아빠라서가 아니라 샤오이 스스로 문을 단단히 걸어 잠그라고 요구한 것이었다. 그 애에게는 더 안전한 느낌이 필요했다. 잠긴 문 덕분에 밖에서 바삐 일하는 나는 마음이 많이 놓였지만, 그건 샤오이가 광활한 바깥세계로 나아가지 못하게 막는 장애물이었다. 나는 여러 학교

선생님들을 알고 있었다. 예전에는 샤오이를 학교에 직접 데려다 줬고, 그 애가 교실에 바른 자세로 앉아 있는 모습을 보고서야 그 애를 두고 떠났다. 그러나 하교 시간이 되기도 전에 샤오이는 아무 소리 없이 집으로 달려가곤 했다. 샤오이의 기억력은 대단히 놀라워서 거미줄 같은 도시에서도 길을 잃는 법이 없었다. 샤오이의 고요하고 평온한 모습을 보노라면 울고 싶은 충동이 치밀어 올랐다. 나는 그런 충동을 비웃으며 속으로 생각했다. 샤오이가 학교에 가기 싫어하면 보내지 말자, 다시 가고 싶어할 때까지 기다리자. 내가 샤오이에게 마지못해 손을 흔들면 그 애는 웃었다. 온 세상 사내아이들과 똑같이 개구진 웃음이었다.

사실 이상스러운 건 내 행동이었다. 나는 왜 샤오이에게 말을 걸지 않지? 왜 인내심 많은 부모들처럼 내 입술로 온갖 모양을 만들어 보이지 않을까? 의사는 나에게 샤오이의 청각 기관은 아무 문제 없고 완벽하다고, 아이가 차츰 언어 기능을 회복하도록 아버지인 내가 늘 말을 걸면서 도와줘야 한다고 거듭 말했다. 하지만 나는 언제나 잊고 있었다. 샤오이는 소리 없이 나를 대하고 나도 소리 없이 그 애를 대했다. 이런 방식이야말로 우리에게 가장 적합한 소통 방식이라는 듯이 말이다.

아침을 먹을 때면 벽에 걸린 여인이 다정한 눈으로 우리를 지켜보았다. 나는 그녀와 내가 함께 찍은 사진을 떼고 그녀의 독사진만 남겨놓았다. 샤오이에게는 엄마가 필요했다. 비록 벽에 걸린 엄마라 할지라도 말이다. 그 사진 아래쪽에는 글귀 한 줄이 작지만 또렷하게 적혀 있었다. "너는 달만 보고 나는 해만 보지. 너는 해를 그리워하고 나는 달을 그리워하지. 등을 맞대고 서면 우리의 뼈는 오래전부터 이어져 있지."• 이 따스한 시는 사진을 인화할 때 나도 모르게 적어놓은 것이었다. 그때 그녀는 이 시를 보고 무척 좋아했고, 나도 기분이 참 좋았다.

하지만, 다 지나갔다. 나와 샤오이 둘만 남아 이 소리 없는 세상을 지키고 있다—소리가 없으면 세상은 더 외로워진다. 이는 나의 뼈저린 체험이었다.

2

"농담하는 거 아니지? 어떻게 그렇게 어처구니없는 방법을 생각해 낼 수가 있나!"

나는 수화기 너머 덩이밍鄧一銘에게 소리쳤다.

덩이밍은 내 가장 친한 친구다. 나는 무슨 일이 있을 때마다 그에게 하소연을 늘어놓는데, 오늘도 내가 처한 곤경을 모조리 털어놓았다. 오랫동안 침묵하던 나는 내 언어 체계가 제대로 작동하는지 검증이라도 하려는 듯 줄줄이 말을 쏟아냈다. 이렇게 나는 두 극단의 세계에서 살아가며 정적과 소란, 얼음과 불, 삶과 죽음 사이에서 고통스럽게 찢어지는 가운데 균형을 찾고 있었다. 자칫했다가는 다오랑刀郎의 노래처럼 되어버릴지도 모르겠다 싶었다. "산산이 부서져 바람에 날려가리라."••

"난 충분히 가능한 방법이라고 생각하는데."

덩이밍이 수화기 너머에서 참을성 있게 말했다.

• 독재 정권에 저항했던 루마니아 문학가 아나 블란디아나의 시 「커플Cuplu」의 한 구절.
•• 쓰촨성 출신의 개성파 싱어송라이터 다오랑의 노래 「더링하에서의 하룻밤德令哈一夜」의 한 구절.

덩이밍은 이 도시의 어느 대학에서 강의를 한다. 언뜻 화려해 보이지만 마흔이 다 되어가는 남자가 여태 시간강사에 결혼도 안 하고 집도 없으니 그리 좋은 상황은 아니었다. 이따금 덩이밍을 떠올리면 사는 게 다들 쉽지 않구나 하는 생각이 들면서 내 마음속 불평의 거품도 적지 않게 터져버렸다.

그녀가 떠나자 집 대출금은 오롯이 내 몫이 되었으나 보잘것없는 내 수입으로는 도저히 감당이 안 되었다. 집을 팔고 나가서 세 들어 살까도 생각했지만 지금 또 집값이 급등한 상황이었다. 이 집을 나가면 작은 집밖에 구할 수 없는데 그건 아이의 성장에 그리 좋지 않은 환경이었고, 특히나 이렇게 날마다 집에 틀어박혀 있는 '집돌이'에게는 더더욱 좋지 않았다. 그래서 그 생각은 버리고, 빈털터리가 되는 한이 있어도 어떻게든 해내기로 마음먹었다.

오늘, 또다시 은행 대출금 상환일이 돌아왔다. 원래 덩이밍에게 돈을 좀 빌려서 한동안 버텨볼 생각이었는데, 덩이밍도 주머니 사정이 빠듯해 500위안밖에 내놓지 못했다. 그야말로 새 발의 피였다.

"계속 이러다간 못 버틸 것 같아."

나는 마음속에 품고 있던 의구심을 고스란히 내보였다.

잠자코 있던 덩이밍이 느닷없이 소리쳤다.

"방을 하나 세놓자. 그러면 부담이 훨씬 줄어들 거야!"

"뭐?"

나는 한동안 대답할 말을 찾지 못했다.

"방 두 개에 거실 하나잖아. 빈방 하나를 세놓는 거야."

그가 참을성 있게 설명했다.

"너하고 같이 대출금을 갚을 사람을 찾는 것과 같은 일이지."

"그치만……."

"그 방은 샤오이 거라고 말하려고? 그치만 지금은 둘 다 안방에서 지내잖아?"

이 녀석은 내 사정을 훤히 꿰고 있다. 그녀가 떠나자 나는 샤오이가 외로워할까봐 걱정스러웠다. 사실은 내가 외로워서 샤오이에게 같이 자자고 한 것이지만 말이다. 샤오이는 처음에는 싫다고 했다. 그 애는 이미 혼자 방을 쓰는 데 익숙해져 있었고, 숲속의 어린 짐승처럼 자기 영역을 차지할 줄 알았다. 그러나 누가 뭐래도 나는 그 애 아빠 아닌가? 마구잡이로 윽박도 지르고 회유도 한 끝에, 마침내 입술을 삐죽 내민 샤오이를 안방으로 옮겨오게 만들었다. 사흘이 지나자 샤오이는 내 곁에 눌러앉았고, 일찍일찍 침대에 누워 나에게 이야기를 해달라고 조르게 됐다.

"세입자를 들이는 건 마음이 안 놓여. 너도 알다시피 샤오이는 매일 집에서만 지내잖아."

"여러 사람을 대하는 게 샤오이 성장에도 좋아. 계속 지금처럼 지내다간 너희 둘 다 문제가 생길걸. 세입자 문제야 보증하는 사람만 있으면 해결돼. 네가 원한다면 내가 찾아줄 수도 있고."

"그래, 그럼 해보자."

3

이렇게 해서 나는 샤오징小靜을 알게 됐다.

처음 만난 날, 샤오징은 화장기 없는 맨얼굴에 포니테일로 적당히 머리를 묶고 캐주얼한 티셔츠와 청바지를 입고 나타났다. 처음엔 졸업하지 않은 대학생인 줄 알았는데 몇 번 더 보니 성숙한 분위기를 알아볼 수 있었다. 사회생활을 하면서 마모된 그런 미세한 상처는 아무리 뛰어난 메이크업 아티스트라 해도 가릴 수 없다. 그 상처는 친근감과 함께 우리가 똑같이 하늘가를 떠도는 몰락한 사람이라는 느낌을 주었다. 억지스러운 생각일 수도 있지만 진실이었다. 세상 물정을 하나도 모르는 청춘은 오히려 마뜩잖았다. 나는 후대 사람이 새겨보는 실패한 견본이 되고 싶지도 않았고, 내가 나 자신의 청춘 시절을 자꾸만 그리워하는 것은 더더욱 원치 않았다. 지나간 아름다움에 빠져드는 것은 독약보다 더 끔찍했다.

 샤오징이 미소 지으며 나에게 고개를 끄덕였다. 나는 이미 그녀의 모습을 다 봤는데 아주 예쁘다고는 할 수 없는 얼굴이었다. 하지만 자유자재로 웃음을 지으며 딱 알맞게 내보이는 그 웃는 얼굴에는 남다른 매력이 있었다. 웃음을 거둔 그녀는 노련한 세입자처럼 집을 보기 시작했다. 집 안을 이리저리 둘러보며 종알거리는 그녀를 보니 지칠 줄 모르는 부동산 중개업자가 연상되었다. 샤오이는 거실 한구석에 서서 조금 의아한 표정으로 그녀를 지켜보고 있었다. 샤오이에게 이미 세입자란 어떤 사람이며 우리에게 왜 세입자가 필요한지 한참 동안 설명해준 뒤였지만, 그 애는 우리 집에 온 또 다른 성숙한 여인에게 여전히 민감하게 반응했고 경계심을 가득 품고 있었다.

 덩이밍에게 샤오이의 증세를 들어 알고 있으면서도 샤오징은 매우 자연스럽게 행동했다. 샤오이를 바라보는 눈빛은 부드럽기만 할 뿐 뭔가 떠보려는 기색은 조금도 없었다. 그녀는 이따금씩 웃는 얼굴로 샤오이를 돌아보았다.

 엄마 같은 웃음.

 나는 샤오징이 엄마가 된 모습을 충분히 그려볼 수 있었다.

 샤오징을 따라다니며 새로운 눈으로 우리 집을 살펴보는데, 갑자기 그녀가 멈춰 서더니 벽에 걸린 그 여인의 사진을 물끄러미 바라보다가 물었다.

"저분이 다시 돌아올까요?"

그게 얼마나 골치 아픈 문제인데! 샤오징은 놀랍도록 직설적이었다. 샤오이까지 곁에 있는데, 대답할 수 없는 질문이었다. 나는 못 들은 척 말을 돌렸다.

"솔직히 말해, 제가 제시한 집세가 좀 비쌀지도 모르겠어요. 괜찮아요?"

"안 괜찮으면 안 왔겠죠."

그녀는 또다시 사진을 보고 한숨을 쉬더니 이렇게 말했다.

"그럼 적어도 저분 이름이라도 말해줘요."

정말 이상한 여자였다. 나는 잠시 침묵하다가 어쩔 수 없이 대답했다.

"샤잉夏瑛."

"샤잉, 샤잉."

그녀는 사탕 한 알을 음미하듯 그 이름을 되풀이해 불러보았다. 아니, 나를 겁주려는 어떤 주문으로 삼는 것인지도.

다음 날, 샤오징은 삼륜차를 끄는 남자 몇 명을 고용해 우리 집으로 짐을 옮겼다. 짐이 정말 많았다. 쇼핑몰에 상품을 들이는 것처럼 상자가 줄줄이 들어왔다. 보다 못한 내가 그녀에게 이게 다 뭐냐고 묻자, 그녀는 웃으며 대답했다.

"옷인데요."

"옷 장사 하세요?"

"아니요, 다 제 옷이에요."

샤오징을 보노라니 샤잉이 떠올랐다. 두 사람 모두 삶을 꾸미는 이

대규모 프로젝트에 무한한 열정을 보였다. 샤잉이 몇 년 동안 귀걸이에 푹 빠져 있는 바람에 꿈과 청춘의 파편 같은 반짝이는 작은 물건이 집 안 곳곳에 널려 있었다. 유감스럽게도 나는 그것들을 붙여놓을 능력이 없었다. 지금 샤오징의 상자를 보며 그 안에 겹겹이 쌓여 있을 옷을 생각하니, 삶이 그렇게 겹겹이 나뉜 모습이 보이는 듯했고 나도 샌드위치 쿠키처럼 그중 어느 한 층에 끼여 있는 기분이었다.

그런데 그게 도대체 어느 층일까? 또 무엇을 의미할까?

샤오징은 상자를 열고 잠옷을 꺼내 갈아입고서 짐을 정리하기 시작했다. 그렇게 많은 옷을 정리하려면 며칠은 걸릴 성싶었다. 그녀의 모습을 보며 나는 살짝 어질어질했다. 여름이라 날씨가 더우니 잠옷으로 갈아입으면 훨씬 더 시원하겠지만, 나는 그녀의 이런 행동을 일종의 상징으로 여겼다. 이 집을 금세 인정했다는 상징으로.

이런 인정에 나는 마음이 놓였다. 나는 그녀와 인사를 나누고 출근했다.

내가 일하러 나와도 누군가가 샤오이와 함께 있다고 생각하니 오랫동안 느끼지 못했던 안정감이 마음을 채웠다. 이제 샤오이가 장난으로 가스불을 켜거나 무의식중에 병마개를 삼킬까봐 걱정할 필요가 없었다. 물론 샤오이는 이미 어린아이가 아니었지만, 내 걱정은 관성이 되어 제동을 걸 수가 없었다.

저녁에 집에 돌아오자 놀랍게도 식탁에 음식이 차려져 있었다. 부엌에서 바삐 움직이던 샤오징이 문소리를 듣고 고개를 내밀며 말했다.

"손부터 씻어요, 거의 다 됐어요."

나는 샤오징을 보면서 어색하게 웃었다. 이런 가정적인 장면에 나는 또다시 어질어질해졌다.

샤오이는 내가 생각했던 것보다 훨씬 더 활기찼다. 부엌에 서서 샤오징의 지휘 아래 이것저것 거드는 모습을 보니 벌써 둘이 친해진 모양이었다. 나는 두 사람이 친해진 과정이 매우 궁금했다. 내 기억 속에서 샤오이는 언제나 자기 세상에 빠져 타인을 거부했다. 적어도 내 눈에는 그렇게 보였다. 나와 함께 있을 때 샤오이는 기본적으로 늘 혼자 놀 뿐 나는 잘 보지도 않았고, 뭔가 필요할 때만 나를 쳐다보며 손짓과 눈빛으로 설명하곤 했다. 그런데 지금의 샤오이를 보니 심한 자책감이 들었다. 어쩌면 내 관심이 너무 부족했는지도 모른다. 내 편견에 빠져 그런 샤오이의 모습을 본연의 성격이라고 간주했는지도 모른다.

내가 좋은 아빠가 아니라는 죄책감이 들었다.

나는 거실 소파에 앉아 부엌에 있는 두 사람을 지켜보았다. 샤오징의 부드러운 목소리, 그 시시콜콜한 잔소리는 엄마의 소리였다. 얼굴에 웃음이 걸린 채 샤오징 주위를 신나게 뛰어다니는 샤오이는 건강하고 활기찬 아이의 모습이었다. 이 집에는 가족에 대한 환상이 있었다. 그러나 이런 환상은 나를 위로해주는 것이 아니라 반대로 고통스럽고 불안하게 만들었다. 지금 이 순간의 허상은 자꾸만 나를 과거의 현실로 돌아가게 만들었지만, 그 현실은 이미 시간의 흐름 속에서 소멸되고 흩어졌으며 기억에 의해 끊임없이 조작되고 있었다. 나는 버림받아 텅 비었고, 끝없는 추락으로 심장이 잔뜩 움츠러들었다. 이른바 진퇴유곡이 바로 지금의 내 처지였다.

나는 방에 들어가 몰래 덩이밍에게 전화를 걸었다. 그에게 내 속을 한바탕 쏟아놓고 싶었다. 그렇지만 지금의 복잡한 심경을 묘사하기 힘들었고, 이런저런 말을 하다보니 또다시 샤오징 이야기로 돌아왔다. 나는 샤오징에 대해 더 자세히 알고 싶었지만 덩이밍은 한참을 했던 얘길 또 할 뿐이었다. 보아하니 덩이밍은 샤오징에 대해 아는 것이 나보다 많지 않은 듯했다.

샤오징은 매우 평범하게 살아왔다. 그녀는 고등학교를 마치지 않고 일자리를 찾아 남쪽으로 왔다. 둥관과 선전의 장난감 공장과 인쇄 공장에서 일하다가 지금은 광저우의 작은 회사에 다니는데 훈련이나 판매 같은 일을 하는 모양이었다. 그녀는 출퇴근 시간이 불규칙하고 종종 늦게까지 야근을 했다. 그녀가 많고 많은 사람 속에서 나와 연결되고 나아가 한집에서 살게 된 것은 모두 덩이밍 덕분이었다. 그날 덩이밍이 전화를 걸어오더니 나에게 거의 딱 맞는 세입자를 찾았다고, 자기 고향 어느 먼 친척 아주머니의 딸이라고 흥분한 목소리로 외쳤다. 덩이밍은 샤오징을 어떤 호칭으로 불러야 하는지는 전혀 모르면서도 한 가지만큼은 장담했다. 그는 이 먼 친척관계가 집주인으로서의 내 권익을 보장해줄 거라고 했다.

이렇게 비닐랩처럼 약하디약한 보장이 이 시대의 사람과 사람 사이의 마지막 한 조각 신뢰를 지켜주었다.

4

샤오징이 나타나자 내 생활 방식도 어느 정도 바꿔야만 했다. 나는 더 이상 냄새나는 양말과 더러운 옷을 거실에 마구 팽개쳐둘 수 없었고, 샤워를 마치고 팬티 바람으로 집 안을 돌아다닐 수도 없었다. 문어가 촉수를 움츠려 안전한 부위에 숨겨놓듯이 내 행동을 단속해야 했다. 나에겐 유익한 일이었다. 이렇게 강제로 나 자신을 단속한 덕에 나는 적어도 정상적으로 사는 사람처럼 보이게 됐으니 말이다. 정상인이 되는 것, 이것은 내가 마음속에 은밀히 품은 갈망이었다. 목욕하고 나온 사람이 치부만큼은 목욕 수건으로 가리는 것처럼, 겉으로만 정상으로 보인다 해도 상관없었다. 그렇기에 나는 남몰래 샤오징에게 고마움을 느꼈다. 그녀로서는 이해하지 못할 고마움이겠지만 말이다.

물론 샤오징의 면전에서 이런 심정을 드러낼 수는 없었다. 그저 날마다 최선을 다해 적절히 처신하고, 다 같이 쭉 화목하게 지내기를 바랄 뿐이었다.

가장 염려되는 것은 샤오이였다. 낯선 사람이 나타난 환경에 샤오이가 적응하지 못할까봐, 즐거움도 잠시뿐 그 신선함이 지나가면 또다시 고립될까봐 몹시 걱정스러웠다. 정말 그렇게 되면 나는 이러지도 저러지도 못하는 처지가 될 것이다. 그러나 지금으로서는 충분히 만족스러웠다.

샤오이는 이미 샤오징을 자기편으로 여기고 있었다. 내가 사과를 사오면 샤오이는 샤오징을 위해 꼭 하나를 남겨두었다. 이 아이는 천사의 마음을 가지고 있지만 천사의 목소리는 내지 못한다. 그 어떤 날렵한 손가락으로도 아까워서 차마 소리를 낼 수 없는 최고의 칠현금 같다고나 할까. 다른 아이들은 말주변이 좋아서 귀여움을 받지만, 나의 샤오이는 한마디도 하지 않아 더 안쓰럽고 마음이 갔다. 심지어 나는 샤오이의 침묵에서 감동마저 느꼈다. 그 애의 침묵이 내 마음속의 부드럽고 연약한 곳을 무의식중에 건드리는 것만 같았다.

하아, 내가 보기에도 이런 생각은 너무나 병적이었다.

샤오징의 마음은 유난히 부드러웠겠지. 그녀의 마음은 너무 빨리 감동받았고, 그녀는 점점 더 역할에 빠져들었다. 자기 때문에 샤오이가 웃을 때마다 그녀는 두 사람의 겹쳐진 행복을 만끽하는 양 함박웃음을 지었다. 그리고 샤오이가 조용할 때는 자기도 조용해져서는 한마디도 하지 않고 샤오이 곁을 지켰다. 때로 나는 엉뚱한 생각이 들었다. 그녀는 샤잉보다 더 기꺼이 샤오이의 엄마가 되어주지 않을까? 이 생각은 나를 아프게 했다. 1분 뒤, 나는 이 생각을 거부했다. 어쩌면 그녀는 샤오이보다 더 어린아이 '같은' 것인지도 모른다. 이는 그녀가 꼭 어린아이처럼 순수하다는 뜻은 아니다. 그저 새로운 역할극에 기꺼이 참여하고 있다는 걸 설명할 수 있을 뿐이다.

그녀가 온 뒤로 처음으로 나와 의견이 충돌한 것도 바로 샤오이 때문이었다.

샤오이는 베란다에 있는 작은 걸상에 앉아 하루 종일 책 읽는 걸 좋아했다. 나는 샤오이가 내 책을 마음대로 꺼내 읽게 내버려두었고 함부로 간섭한 적도 없었다. 웰스의 공상과학소설 『투명 인간』부터 『서유기』나 『수호전』 같은 중국 고전소설까지, 샤오이가 이해를 하든 말든 다 읽게 놔두었다. 다만 샤오이가 책을 읽은 느낌을 들을 수 없다는 사실이 괴로울 따름이었다. 한 생명이 최초로 세상을 만날 때의 느낌은 얼마나 소중한가. 하지만 샤오이는 그 설레는 마음을 자유로이 표현할 수 없었다. 몇 년 뒤에는 글로 써낼지도 모르지만, 거기에는 필연적으로 기억의 조작이 섞여들 수밖에 없다. 샤오이가 그런 느낌을 말로 표현할 수 없다면, 차라리 영혼의 친밀한 대화에 완전히 빠져들게 놔두자. 그런 대화를 방해할 이유가 뭐가 있단 말인가?

그러나 샤오징은 내 행동이 무책임하다고 여러 차례 말했다.

샤오징은 찡그린 얼굴로, 매우 신경 써서 고른 말을 꺼냈다.

"샤오이처럼 연약한 마음이 어두운 것에 너무 일찍 노출되면, 감당이 안 될 수도 있어요."

"예를 들면요?"

나는 생각해본 적도 없는 문제였다.

"예를 들면, 『수호전』 드라마를 본 적이 있는데요. 싸우고 죽이는 장면뿐만 아니라 야한 장면도 많다고요……. 내 말이 틀려요?"

나는 잠깐 얼어붙었지만, 샤오이의 천성을 생각하자 금세 평정을 되찾고 샤오징에게 말했다.

"샤오이 눈을 봐요. 그게 그 애의 언어예요, 천사의 언어. 나는 그 애 눈을 똑바로 볼 수가 없어요. 너무나 깊숙하거든요. 샤오이는 굉장히 특이한 아이라서 천성에 따라 자유로이 자라도록 해야 해요."

샤오징의 입이 벌어졌지만 아무 말도 나오지 않았다. 그녀는 어쩔 수 없이 고개를 절레절레 흔들며 자리를 떴다. 그녀는 말로는 나를 이기지 못하기에 이런 식으로 내 견해에 반대할 수밖에 없었다.

"샤오이는 베토벤을 좋아해요!"

나는 이 사실이 강력한 증거인 양 그녀를 뒤쫓아가며 소리쳤다.

"그치만 샤오이는 어린애예요."

샤오징이 대꾸했다.

우리는 서로를 설득할 수 없었다.

사실 나도 은연중에 그런 생각이 들긴 했다. 샤오징 말에도 어느 정도 일리가 있다고, 샤오이가 아무리 남다르고 아무리 조숙하다 해도 아이일 뿐이고, 어른(예를 들면 나)의 인도가 필요하다고. 그러나 다시 생각하니, 샤오이에게는 내가 이해할 수 없는 자신만의 조용한 세계가 있었다. 하물며 그 애의 침묵은 실패한 내 생활에 대한 일종의 반발일 텐데 내가 왜 그걸 방해해야 하나? 혈연관계라는 것 말고는 나에게 정말 그 애를 인도할 자격이 있나?

만약 샤오징이 그 애를 이끌어주려 한다면 나는 매우 기쁠 것이다. 아이를 인도하고 싶은 사람이라면, 올바른 길에 금세 다다르지 못한다 해도 깨달음의 이정표쯤은 가져다주지 않을까?

"그렇지만 당신이 바로 샤오이 아빠잖아요!"

샤오징이 고개를 흔들며 나에게 소리치는 듯했다. 나는 눈을 감았다. 내가 무책임한 걸까?

나는 마음속 깊은 곳에서 괴로워하고 있었다. 나는 상상 속의 샤오징에게 말했다.

"난 무책임한 게 아니라 책임질 능력이 없어요. 샤오이에 대한 책임 자체가 내 죄에 대한 형벌이라고요."

"변명하고 있네요."

"아니에요."

샤잉과 여러 해를 함께 보내며 말다툼은 갑자기 단조로운 메뉴의 신선한 요리가 되었다. 생활의 모든 맛이 그 안에 다 들어 있었다. 덜 자란 짐승 새끼처럼 살육의 분노로 가득한 채 우리는 서로를 물고 뜯었다. 바로 이런 분위기 속에서 우리는 섹스, 임신, 출산을 했고 샤오이가 태어났다. 샤오이는 건강하게 자랐지만 집요하게 입을 다물고 있었다. 마치 시간의 벽을 사이에 두고 우리의 히스테리한 고성을 들은 것처럼.

나는 면목이 없었다. 남은 건 파편뿐이었다. 산산이 부서진 파편만이 여기저기 널려 있었다.

이튿날, 나는 샤오징을 찾아가 진심 어린 어조로 내 생각을 전했다.

"아마 당신 말이 맞을 거예요. 샤오이를 이끌어줘야 해요. 당신이 좋다고 생각하는 책을 그 애한테 추천해줘요."

샤오징은 또 고개를 저었다. 내 예상과는 다른 상황이었다.

"말도 안 되는 일을 억지로 강요하고 있네요. 내가 고등학교도 못 마친 걸 알면서……."

알고 보니 그녀가 고개를 저은 것은 나에게 반대하려는 게 아니라 내가 팽개친 책임을 피하려는 것이었다. 내가 미소 지으며 말했다.

"샤오이는 그저 어린애라면서요. 그냥 그 애를 이끌어주는 건데 고등학교 졸업장이 무슨 상관이에요."

샤오징은 소파에 앉아 TV를 켜고는 낙담스럽게 말했다.

"당신한테 샤오이를 많이 챙기라고 한 건, 그 애가 커서 나 같은 사람이 되지 않았으면 해서예요. 나는 그 애의 반면교사라고요."

그 말을 듣자 나는 가슴이 쿵 내려앉았다.

"그런 말은 꺼내지도 말아요. 그게 무슨 소리예요? 사람은 다 각자 살아가는 방식이 있어요. 게다가 당신은 지금 잘 살고 있는데!"

샤오징이 옅은 미소를 지었지만 그 속에는 슬픔이 가득 깃들어 있었다.

"진심이에요. 다른 부모들 좀 봐요. 다들 아이를 데리고 다니면서 이것저것 가르치잖아요. 당신도 샤오이를 잘 키워야 해요."

다른 부모들처럼? 예전에 샤오이를 학교에 데려다줄 때 교문 앞에서 만났던 부모들이 떠올랐다. 그들은 땡볕에도 아랑곳없이 말린 생선처럼 입을 쩍 벌리고 끈적한 숨을 헐떡이며 아이의 뒷모습을 지켜보고 있었다…….

나는 샤오이를 사랑한다. 나도 그 애를 위해 소금에 절인 생선이 될 의향이 있다. 하지만 사실 그건 내가 좋아하는 방식이 아니었다.

나는 샤오징에게 고개를 끄덕였지만 속마음은 그녀 말대로 하겠다는 게 아니었다. 이 화제가 마무리됐다는 표현일 뿐이었다.

샤오징에게 희망을 걸어보려는 생각이 이렇게 빨리 깨져버릴 줄은 몰랐다. 그녀의 태도에 나는 상심했다. 동시에 뭐라 말할 수 없는 황당한 기분도 들었다. 역시 샤오이를 자유롭게 자라게 하자. 내가 가장 먼저 해야 할 일은 물질적으로 좋은 환경을 갖추고자 최선을 다

하는 것이다. 이것조차 제대로 못 한다면(예컨대 세입자와 장기간 함께 지내야 한다면) 그건 실패다. 그래, 나는 내 실패를 인정한다.

5

나는 샤오이를 사랑하나? 다른 사람이 나에게 이렇게 묻는다면 물론 내 대답은 아주 분명하다. 샤오이는 내 아이다, 당연히 사랑한다. 그러나 내가 나에게 이렇게 묻는다면, 대답의 결론은 달라지지 않을 테지만 결론에 이르는 과정은 그리 쉽지 않을 수도 있다.

샤오이의 세계는 내가 이해할 수 없는 세계였다. 나는 샤오이가 조금씩 성장하며 차츰차츰 독립적인 생명체로 변하는 모습을 지켜봐왔지만, 그 애는 한결같이 침묵을 지켰다. 그 침묵이 나는 두려웠다. 샤오이는 애초부터 삶을 향해 냉담한 적의를 가득 품은 것 같았고, 그런 삶은 바로 내가 제공한 것이었다.

나는 돌이킬 수 없는 죄책감을 느꼈다.

이는 누구에게도 말한 적 없는 나 혼자만의 비밀이었다. 나는 샤잉에게조차 아무 말 하지 않았다. 사실 샤오이의 문제를 알게 된 뒤로 우리는 그 문제를 놓고 진지한 대화를 나눈 적이 한 번도 없었다. 샤오이의 증상에 대해 이야기하는 것은 일종의 금기였다. 이따금 샤잉과 대화해보려고 마음먹었지만, 말이 입술까지 올라온 순간에 말문이 막히곤 했다. 이로 인해 나는 슬프게도 다음과 같은 사실을 깨달았다. 금기는 언제나 존재하고, 그것은 윤리를 초월하는 본성이라 할 수 있으며, 언어 너머의 어두운 영역이라는 것을. 그 뒤로 나는 그 금기를 건드리지 않았고 생각조차 하지 않게 됐다. 낡은 것을 깨부숴야만 새것을 세울 수 있다는 말은 듣기 좋은 표현에 지나지 않았다. 금기를 건드렸다간 균열이 더 빠르게 퍼질 뿐임을, 나는 말은 안 해도 분명히 알고 있었다.

그래서 샤잉이 떠나겠다고 했을 때 나는 특별히 놀라지 않았다. 어떤 예감이 마침내 현실이 되었다고 느낄 따름이었다. 나는 샤오이와 그 애의 고요한 세계를 홀로 짊어지고 돌볼 준비가 되어 있었다. 내가 두려워하는 것은 침묵의 억압이 아니라 나 자신의 연약함이었다. 생활의 조수 속에서 사람들은 서로서로 견고한 삼각형을 이루지만, 나와 샤오이는 선 하나도 이루지 못했다. 우리는 두 개의 외로운 점에 불과했다. 파도가 왔다 간 뒤 제방에 남아 있는 두 개의 조개껍데기와 같은 점.

그리고 지금, 샤오징이 왔다. 그녀는 세 번째 점이라고 할 수 있었다. 아직 불확실한 점, 무슨 성격인지 단정할 수 없는 점이지만 말이다. 우리 세 사람이 가상의 삼각형을 이루어 안정을 찾을 수 있을까? 이걸 새로운 생활의 출발점이라고 봐도 될까? 아니면 나 혼자만 품고 있는 환상인 걸까?

6

샤오징은 확실히 부지런한 사람이라고는 할 수 없었다. 청소에 적극적이고 주동적으로 나서는 일은 거의 없었으며 빨래조차 일주일에 한 번씩 몰아서 했다. 하지만 샤오이에게는 정말 잘해주었고, 퇴근길에 샤오이에게 소소한 간식이나 장난감 따위를 사다주는 것을 잊지 않았다. 한참 동안 이런 생활이 이어지자 나조차 미안한 마음이 들었다. 나는 지금껏 밥은 해본 적이 없어서 밖에서 식사를 대접하기로 했다.

식사 초대를 받자 샤오징은 예의상 몇 번 사양하다 그러마고 했다. 셋이서 함께 집을 나서서 아래층으로 내려가다가 이웃집 황黃아주머니와 마주쳤다. 아주머니는 나하고 열심히 대화를 나누면서 줄곧 샤오징을 곁눈질했다. 설명은 잘 못 하겠는데, 아무튼 이런 일은 해명하려 할수록 의심을 사는지라 그냥 신경 쓰지 않는 척하게 된다. 한쪽에 서 있던 샤오징은 그런 모호하게 탐색하는 곁눈질에 마음이 불편한지 고개를 돌려 동네 화원에 막 피어난 노란 장미꽃을 바라보았다. 그녀의 옆얼굴은 콧날이 곧고 강단 있어 보였다. 그것은 여인의 강단이었고, 거기에는 뭐라 말하기 힘든 아름다움이 깃들어 있었다. 다시 다 같이 걸어가면서 나는 살짝 민망한 기분이었다. 외부인이 보기에 확실히 우리는 세 식구였다. 이는 샤오징 같은 결혼 안 한 여성에게는 아무래도 좀 억울한 일이지 싶었다.

우리 세 사람은 '푸완런자福滿人家'로 줄지어 들어갔다. 이곳은 내가 고른 광둥 음식점으로 좀 호기를 부린 것이었다. 예전에 한 친구가 이 집 식재료가 신선하고 요리가 담백하며 맛있다고 했는데, 그 맛을 보기에 오늘이 딱 좋은 날이었다. 자리에 앉아 요리 가격을 살펴보니 여느 음식점의 두 배였다. 확실히 만만치 않은 가격이었지만 나는 침착하게 행동했다. 메뉴판을 샤오징에게 건네주며 먹고 싶은 대로 시키라고 하자 샤오징이 웃으며 말했다.

"대접하는 쪽에서 주문해야죠."

나는 그녀가 최우선이라는 원칙을 고수했지만 그녀는 대단한 고집쟁이였다. 나중에는 아예 나를 무시한 채 샤오이와 손바닥 치기 놀이를 했다.

음식을 주문하고 나서도 아까의 그 민망함이 가시지 않았다. 나는 화장실에 가는 척하면서 덩이밍에게 전화를 걸어 밥 먹으러 오라고 했다. 마침 아무 일도 없었던 그는 기쁘게 승낙했다.

덩이밍을 본 샤오징은 순간 어리둥절한 얼굴이 되었다. 가까스로 이 상황을 받아들였는데 덩이밍이 나타나는 바람에 심리적 예측이 또다시 깨진 듯했다.

"당신도 왔어요?"

샤오징은 얼른 웃는 얼굴로 덩이밍에게 인사를 건넸다.

"둘이 도대체 무슨 사이야? 서로 호칭도 없고."

내가 농담을 던졌다.

"제대로 따져보면, 저 사람이 나를 고모라고 불러야 할 것 같아요."

샤오징이 어린아이처럼 손가락을 꼽아 헤아려보면서 말했다.

"말도 안 돼, 농담하지 말아요."

덩이밍이 고개를 가로저었다.

"못 믿겠어요?"

샤오징은 복잡한 중국식 관계를 끈질기게 벗겨내는 일련의 추론을 거쳐 그 결론을 도출해냈다.

"이제 할 말 없지, 얼른 고모라고 불러!"

나는 신이 나서 하하 웃음을 터뜨렸다. 샤오이도 무슨 말인지 알아듣고 소리 없이 웃었다. 조그맣고 새하얀 이를 드러낸 모습이 쓸쓸하면서도 사랑스러워 보였다.

덩이밍도 아이를 좋아했다. 그가 샤오이에게 말했다.

"넌 왜 웃는데? 설마 너를 삼촌이라고 부르라고? 어림없다."

샤오이는 작은 손을 휘두르며 덩이밍에게 짓궂은 표정을 지어 보였고, 그 모습에 샤오징도 웃음이 터졌다. 그녀가 샤오이를 다정하게 바라보며 말했다.

"귀여운 녀석."

그 말을 듣자 내 마음에 온기가 돌았다. 아버지와 아들은 한마음이라고 하니 샤오이도 행복하겠지. 나는 샤오이가 영원토록 따뜻한 환경에서 지내기를 진정으로 바랐다.

무척 즐거운 식사 자리였다. 다들 이 얘기 저 얘기 신나게 늘어놓다 이따금 썰렁해지기도 했지만, 심리적 거리는 상당히 가까워졌다. 나는 샤오징에게 하는 일은 어떠냐고 물었다. 샤오징은 에어컨이 주력 상품인 판매 업체에서 일하는데 아직 알려지지 않은 브랜드라면서, 판로를 넓히기 위해 다양한 전자제품 상가나 마트에 다니느라 늘 바쁘다고 했다.

딱 봐도 몹시 힘든 일이었다. 게다가 샤오징은 나에게 집세까지 내야 한다. 나는 갑자기 마음이 불편해져 우물쭈물 말했다.

"집세가 부담되면 솔직히 말해요. 우린 친구잖아요."

샤오징이 웃으며 말했다.

"오해하지 마요. 나 월급 많이 받거든요. 당신이 생각하는 것보다 훨씬 더 많을걸요."

이 말을 듣고 나는 더는 집세 얘기를 꺼내지 않았다. 어쩌면 방금 내가 한 말이 자존심을 상하게 했을지도 모르고, 그래서 그녀가 어쩔 수 없이 자존심을 세운 것일 수도 있다. 역시 내 잘못이었다. 내가 너무 무모했다.

식사를 마치자 샤오징은 샤오이를 데리고 먼저 집으로 돌아갔고, 덩이밍과 나는 이과두주 한 병을 시켜 술자리를 벌였다. 나는 이과두주뿐 아니라 어떤 백주도 좋아하지 않지만 술 마시는 분위기는 좋아한다.

내가 덩이밍에게 농담을 던졌다.

"네 고모 참 괜찮은 사람인데, 한번 생각해봐."

덩이밍이 인상을 쓰며 말했다.

"무슨 헛소리야? 우린 친척이라고."

"친척은 무슨? 피 한 방울 안 섞인 것 같은데."

"날 걸고넘어지지 말고, 가까이 있는 사람은 너 아냐. 네가 기회를 잡아야지. 진지하게 말하는데, 너는 나보다 더 여자가 필요한 놈이야. 샤오징이 애한테 잘해주는 거 알아. 가방끈이 짧다고 싫은 게 아니라면, 잘 생각해봐."

나와 샤오징이 함께한다면 어떻게 될까? 샤오징의 모습은 언제나 내 머릿속을 맴돌고 있었다. 그녀에게 호감이 있다는 사실을 인정해야 했다. 하지만 혼자 산 지 오래다보니 이성에게 유난히 민감해진 건지, 아니면 샤오징이라는 사람에게만 민감해진 건지는 분명치 않았다. 보편적인 여성과 개별적인 여성, 분간하기 어렵지만 나에게는 매우 중요한 문제였다. 감정의 아픔을 한 차례 겪고 나자 나는 다음과 같은 사실을 분명히 깨달았다. 시간이 흐를수록 저마다의 특성이 점점 더 뚜렷해져 칼날 같은 모습이 된다. 만약 양측의 칼과 칼집이 완벽하게 들어맞지 않는다면 부상은 불가피하다.

"생각 좀 해봐, 친구야."

덩이밍이 내 어깨를 두드리며 말했다.

"우리끼리 여기서 무슨 헛소리냐. 모든 건 인연에 맡기자."

내가 웃으며 말했다.

7

샤오징이 목욕을 하고 있다. 욕실이 마침 내 침실 바로 옆이라 그녀가 목욕할 때면 나는 벽 하나를 사이에 두고서 물소리를 듣는다. 이 끊임없는 물소리가 어떻게 내 신경을 파괴하는지 이해할 수 있는 이는 아무도 없을 것이다. 나는 더 이상 누군가를 사랑할 수 없다. 그러나 그것이 내가 여전히 남자라는 사실, 욕망을 지닌 육체라는 사실까지 가로막진 못한다. 달라지는 물소리의 리듬에 따라 나는 알몸의 여인이 샤워기의 눈개 속에서 어떻게 허리를 비틀지 상상할 수 있다. 그런 장면은 나에게서 얼마나 멀어져 있나? 그런 장면이 삶에서 어떤 의미가 있나? 심지어 이 모든 것은 더 이상 현실이 아니라고, 어떤 매혹적인 영화가 내 현실을 대체한 거라고 느껴질 지경이었다.

더군다나 샤오징은 밤늦게 돌아오는 일이 잦았다. 나는 이미 침대에 누워 잠이 들락 말락 할 때 그녀는 부스럭부스럭 가방을 내려놓고 신발을 갈아 신고 외투를 벗고는 욕실에 들어가 수도꼭지를 틀었다. 그 소리를 들으면 갑자기 피로가 싹 사라졌다. 마치 그녀가 내 몸속에 있는 어떤 파이프를 조종하는 것만 같았다. 내 상념은 물소리가 이끄는 대로 제멋대로 흘러가고, 하체에서 아주 오랜만에 충동이 느껴졌다. 내 곁에서 잠든 샤오이를 보자 죄책감이 밀려들었다. 나는 어쩔 수 없이 일어나서 옷을 걸치고 베란다로 달려갔고, 오랫동안 피우지 않은 담배를 다시 입에 물었다. 모든 것이 진정되면, 샤오징이 나오기 전에 방으로 슬그머니 돌아가 잠자리에 들었다. 도둑이 된 기분이지만 뭘 훔쳐야 할지 알 수가 없었다.

사람이 본래 자족하는 존재라면, 욕망이 가져다주는 만족은 실제로는 일종의 결핍이다. 욕망은 무를 유로 바꾸고 또 유를 무로 바꿔놓는다. 섹스를 도대체 언제 했는지 기억도 나지 않는다. 심지어 몇 년 동안 나는 그걸 잊고 있다시피 했다. 그렇다고 내가 건강하게 살아가는 데 방해가 되지는 않았으며 내 생활에서 뭔가 부족하다는 생각도 들지 않았다. 그런데 샤오징이 우리 집에 왔다. 그녀는 분명히 신선한 욕망을 가져왔고, 끝내는 나를 결핍된 사람으로 만들었다. 사람이 일단 결핍을 느끼면 삶의 균형이 깨진다. 시소 맞은편에 앉아 있던 아이가 갑작스레 내려버린 것처럼, 나는 보이지 않는 방향으로 떨어지고 말았다. 소리치려 해도 소리가 나오지 않았고 주위에는 나를 구해줄 지푸라기 하나 없었다.

덩이밍과 이야기를 나누고 싶어졌다. 너무 애가 탄 나머지 연락도 없이 곧장 그의 숙소로 달려갔다. 나는 무작정 문을 두드리고는 손잡이를 돌려 문을 열고 안으로 들어갔다. 덩이밍은 나른한 모습으로 침대에 누워 있었다. 침대 옆 바닥에 화장지 뭉치가 버려져 있고 공기 중에 옅은 밤꽃 냄새가 풍겼다. 나는 아무것도 모르는 척 그의 맞은편에 앉아 아무 얘기나 지껄였다. 그가 일어나서 휴지 뭉치를 치웠으면 했지만 그는 여전히 그런 나른한 편안함에 젖어 있는지 꼼짝도 하려들지 않았다. 나는 덩이밍과 못 할 말이 없는 절친한 사이였지만, 그래도 그의 프라이버시를 지켜주고 싶어서 잠자코 기다렸다. 심지어 그 휴지 뭉치를 발로 걷어차봐도 그는 아무런 반응도 없었다.

더는 도저히 참을 수가 없었다. 그러나 그건 경멸도 아니고 분개는 더더욱 아닌, 나 자신도 이해하기 어려운 감정이었다. 그 감정에 이끌려 나는 결국 몽땅 깨뜨리고 들춰내고 말았다.

"이밍, 너 방금 딸딸이 쳤냐?"

다들 알다시피 '딸딸이'는 자위의 가장 저속한 표현이다. 내가 이렇게 노골적으로 이 문제를 꺼낸 데에는 한판 붙어보자는 뜻도 살짝 담겨 있었다. 나는 그가 난감해서 어쩔 줄 모르길, 얼굴에 부끄러운 빛이 가득하길 바랐다. 그래야만 그 지루하고 무기력해 보이는 나른함을 없앨 수 있을 테니까.

나를 쓱 쳐다보는 덩이밍의 눈빛에는 부끄러운 기색이 전혀 없었다. 그가 말했다.

"그래, 할 일 없을 때 딸딸이 친다. 안 그러면 이런 나날을 어떻게 보내겠냐?"

그가 마치 밥 먹는 얘기를 하듯 이 얘기를 하는 바람에 오히려 내가 난감해졌다. 친구의 딸딸이도 못 참는 내가 나쁜 사람 같았다.

"여자친구를 찾아."

나는 한숨을 쉬며 말했다.

"됐어. 딸딸이가 얼마나 빠르고 편하냐. 여자친구는 너무 귀찮아."

그는 자기 처지에 만족하는 표정으로 나른하게 눈을 감았다.

"딸딸이가 아무리 좋아도 섹스만큼 끝내주진 않잖아?"

나도 직설적이고 저속하게 나가기로 했다.

"여자 대하느라 피곤해 죽느니 차라리 쾌감을 좀 낮추겠어."

덩이밍이 고개를 살짝 흔들며 말했다. 계산이 철저한 장사꾼처럼 원가와 이익을 따지는 그의 말에 나는 할 말을 잃었다.

"그러는 너는 왜 여자가 없는데?"

덩이밍이 느닷없이 물었다. 나는 멍하니 있다가 대답했다.

"샤오이를 돌봐야지."

"샤오이는 샤오이고 너는 너지. 그럼 넌 생리적 욕구를 어떻게 해결하냐?"

기회를 잡은 그가 나에게 반문했다.

"난 지금 그럴 기분도 안 들어."

"웃기고 있네. 너도 딸딸이 덕을 보고 있겠지."

그가 히죽거렸다. 나는 그 웃음이 매우 저속하다고 생각했지만, 우리는 좋은 친구였고 그런 저속함에서 오히려 친밀함이 느껴졌다. 나도 웃는 수밖에 없었고, 웃으니까 나도 저속해진 기분이었다.

어차피 저속해졌으니 나를 괴롭히는 그 문제는 꺼내지 않기로 했다. 무슨 얘길 하겠나? 덩이밍이 나에게 딸딸이를 치라고 할까? 그건 그에게는 효과가 뚜렷할지 몰라도 나한테는 그렇지 않을 수도 있다. 나는 육체적 욕망이 강한 사람이 전혀 아니다. 샤오징이 불러일으킨 그 동요는 포르노 영화를 보고 난 덩이밍의 충동과는 달랐다. 그건 어떤 깃털처럼 가벼운 손길이었고, 지치고 상처받은 내 영혼을 소생시켜 생명의 원천에 도달하게 만들려는 시도였다. 에잇, 나는 시인이 아니다. 내가 이렇게 조금은 시적인 하소연을 늘어놓는 것은, 생활에서 얻은 마모를 통해 시적 정취가 부족하다는 것이 무얼 의미하는지 깨달았기 때문이다. 지금 내 꼴이 어떤가. 열정도 없고 낯빛은 창백하고 눈은 붓고, 꼭 유령 같지 않나. 내 존재감은 어디에 있지? 내 가치와 의미는 어디에 있을까?

8

샤오징이 가져온 그 깃털은 어디에나 있었고, 심지어 그녀가 없을 때조차 공기 속에서 나풀거리며 나를 불안하고 초조하게 만들었다.

그녀가 집에 없을 때 나는 그녀의 방에 들어가지 않았고, 때때로 그녀가 문 닫는 것을 잊었으면 내가 닫아주었다. 그러면 그녀의 숨결을 가둬놓을 수 있다는 듯이. 샤오이는 가끔 샤오징의 방에 가서 놀았다. 그곳은 원래 그 애의 방이었으니까. 그런데 샤오이가 샤오징이 벗어놓은 분홍색 브래지어를 들고 있는 것을 보자 어쩔 수가 없었다. 나는 샤오이에게 앞으로는 누나 방에 가지 말라고, 다른 사람의 공간을 존중해야 한다고 말했다. 무슨 뜻인지 알아들었는지 모르겠지만 샤오이는 순순히 고개를 끄덕였다.

그 애의 순진무구한 눈빛과 마주치자 나는 눈길을 피했다.

그날 밤, 샤오징이 목욕하는 동안 나는 또 베란다에 나와 있었다. 머릿속이 어둑하고 마음도 착 가라앉아 있었다. 바로 그때 뒤에서 문득 인기척이 났다. 샤오징이었다. 이렇게 빨리 나오다니, 돌발 사태였다. 그녀가 이쪽으로 걸어왔지만 나는 어찌 할 겨를이 없었다. 이미 나를 본 그녀가 물었다.

"여태 안 자고 뭐 해요?"

이렇게 당황한 상태로 대응했다가는 말이 꼬이고 말 텐데. 나는 태연한 척 말했다.

"웬일인지 잠이 안 오더라고요. 계속 뒤척이다가 바람이나 쐬려고 나왔어요."

샤오징의 얼굴이 살짝 창백해 보이기에 나는 아버지처럼 걱정스레 물었다.

"왜 이렇게 늦게 들어와요?"

그녀는 대수롭지 않게 말했다.

"바빠요, 야근해야 돼요."

"그렇게 매일 야근하는데, 몸이 견뎌내겠어요?"

샤오징은 한숨을 내쉬고는 수건으로 젖은 머리카락을 닦으며 말했다.

"어쩌겠어요? 돈을 충분히 모으면 고향으로 돌아갈 거예요."

그녀가 고향으로 돌아간다는 말을 듣자, 그건 아주 먼 미래의 일인데도 내 마음에는 벌써부터 이별의 슬픔이, 미리부터 생겨난 슬픔이 북받쳤다. 내가 왜 이럴까? 버림받는 외로움이 두렵나? 아니면 정말 샤오징에게 어떤 감정이 싹트기 시작한 걸까?

"정말 돌아가려고요? 사실 대도시에서 발전해나가는 것도 아주 좋잖아요."

내 격려에 샤오징은 쓸쓸하게 웃으며 말했다.

"우리처럼 젊음이 무기인 사람은요, 젊음이 끝나면 여정도 끝나요."

"너무 잔인한 말인데요."

"현실이 그런 걸 어쩌겠어요."

샤오징의 말이 맞을지도 모르지만, 나로서는 인정할 수 없는 말이었다. 내가 또 말했다.

"현실은 사람이 만드는 거예요. 분투라는 건 절대로 빈말이 아니라고요!"

"음, 내가 남자라면 어떻게든 세상을 헤쳐나가보겠죠. 그치만 난 여자예요. 조만간 결혼해서 정착해야죠."

"결혼은 도시에서도 할 수 있잖아요."

"부모님이 벌써 여러 사람 소개해주셨어요. 내가 계속 미루지 않았으면 진작에 돌아가서 결혼했을걸요. 지금쯤 애도 있겠네."

"그럼…… 왜 미루는데요?"

"소개받은 남자들이 하나같이 매가리가 없더라고요. 정말 맘에 안 들어요."

샤오징은 씩씩거리며 이렇게 말하고 나서 또 혼자 웃기 시작했.

나도 따라 웃으며 말했다.

"그런데도 돌아가겠다는 거예요?"

샤오징이 소파에 털썩 주저앉았다.

"안 돌아가면 무슨 방법이 있나요? 이런 게 운명이에요."

"누가 그래요?"

"운명이라니까요. 아이고, 나중 일은 나중에 얘기해요."

머리를 다 말린 샤오징이 고개를 젖혀 머리카락을 뒤로 넘기자 샴푸 냄새가 풍겼다. 그 냄새가 그녀 몸의 온기와 뒤섞이며 내 마음을 한바탕 뒤흔들었다.

나는 베란다 밖에서 가물거리는 불빛들을 바라보며 한숨을 내쉬었다.

"아직 젊은데 운명을 인정한다고요? 운명을 인정하는 건 나 같은 사람이죠."

샤오징은 내 말에 충격받은 듯 잠시 침묵하다가 진지하게 말했다.

"많이 힘들죠. 샤오이, 그렇게 귀여운 아이가 안타깝게도……"

"안타까울 거 없어요."

거의 아무 생각도 거치지 않고, 나 자신조차 예상 못 한 속도로 튀어나온 말이었다. 아무래도 나는 이미 샤오이의 세상을 완전히 인정한 듯싶었다. 이 말에 샤오징은 퍽 놀란 기색이었다. 그녀는 멍하니 있다가 내 말을 중얼중얼 되풀이했다.

"안타까울 거 없다…… 안타까울 거 없다고?"

고개를 든 샤오징이 넋 나간 표정으로 나를 바라보았다. 내가 얼마나 무책임한 아버지인지 똑똑히 봐두려는 것처럼.

"그 애한테는 그 애가 완벽하잖아요. 안 그래요?"

나는 머릿속이 갈팡질팡 혼란스러웠다. 샤오이의 맑은 눈빛을 떠올리면 그 무엇도 그 애의 존재를 대체할 수 없을 것 같았다. 심지어 샤오이가 있기만 해도 온 세상이 자신의 중심을 찾은 듯했다. 그것은 은하계의 중심처럼 깊고 고요하고 어두운 중심이었다.

"당신은 개의치 않을지도 모르지만, 말 못 하는 샤오이를 보면 나는 너무너무 괴롭다고요."

샤오징이 자기 명치에 손을 올렸다.

나는 무슨 말로 그녀를 위로해야 할지 몰랐다. 나 자신도 위로가 필요했지만 지금껏 아무에게도 위로받지 못했기 때문이었다. 나는 위로를 배제한 생활에 익숙해진 지 오래였다. 사람에게 아직도 위로가 필요할까? 신 말고 누가 누구를 위로할 수 있을까?

"당신은 내 심정을 이해 못 할 거예요. 나는 어렸을 때 말이 어눌하고 발음이 부정확했어요. 남들이 비웃을까봐 말을 거의 안 했죠. 사실 좀 천천히 말하기만 하면 내 문제를 알아차리는 사람은 거의 없었을 거고 아무도 비웃지 않았을 텐데. 그런데 이상하게도 바로 그것 때문에 오히려 더 겁이 나는 거예요. 까딱 잘못하는 바람에 다들 비웃으면 어쩌나, 수습이 안 될 텐데, 그게 늘 걱정이었어요. 그 설명할 수 없는 감정 때문에 오랫동안 힘들었거든요……."

"그래서요?"

무척 흥미로운 이야기였다.

"나중에 중학교 3학년 때 왕王 선생님을 만났어요. 상냥한 할머니 선생님이셨는데, 사실은 한 50대? 어렸을 땐 쉰 살이면 정말 늙은 줄 알잖아요. 선생님은 나한테 정말 잘해주셨어요. 여러 활동이나 노래 경연, 낭송 대회 같은 데 참가하라고 격려도 해주셨고요. 작은 동네였는데 그런 활동은 꽤 많았거든요. 뜻밖에도 낭송 대회에 나갔다가 2등상을 받았고, 그 뒤로는 말할 때 다시는 겁이 안 났어요."

샤오징이 봇물 터지듯 단숨에 이야기를 쏟아내자 나는 한순간 당황했다. 이런 말을 하는 의도는 잘 몰라도, 지금 그녀가 퍼부은 폭풍

우는 나를 완전히 몰입 상태에 빠뜨렸다. 나는 나 자신을 내려놓고 그녀의 삶의 온도를 느끼고 있었다.

"듣고 있어요?"

샤오징의 눈이 숲속에 숨어 있는 새처럼 어둠 속에서 반짝 빛났다.

"아, 그럼요. 계속 얘기해요."

나는 그녀가 말을 이어가기를 진심으로 기대하고 있었다.

"다 했는데요."

샤오징이 가볍게 한숨을 내쉬었다. 그러고는 몸을 기울여 깊고 커다란 눈으로 나를 바라보며 물었다.

"무슨 생각 해요?"

"당신이 한 말을 생각하고 있어요. 사실 무슨 뜻인지 제대로 이해는 못 했어요."

나는 사실대로 말했다.

"나는 당신네들처럼 그렇게 심오하지 않아요. 내가 하는 말은 다 아주 평범하다고요."

샤오징의 얼굴이 너무 가까이 있어서 좀 압박당하는 기분이었지만, 동시에 어떤 억제할 수 없는 매력도 느껴졌다.

"샤오이가 말을 하게끔 내가 더 격려하면 좋겠어요?"

나는 그녀를 넌지시 떠보았다.

샤오징은 고개를 돌려 침실 쪽을 바라보았다. 그 안에 지금 샤오이가 곤히 잠들어 있다. 그녀는 내 물음에 답하는 대신 이렇게 말했다.

"샤오이는 특이한 아이예요. 시골에서 벙어리 아이들을 많이 봤어요. 아, 이렇게 직설적으로 말해서 미안해요. 그 아이들은 말을 할 줄 모르지만 하나같이 말을 하고 싶어했어요. 목구멍에서 꺽꺽거리는 듣기 싫은 소리를 내고 손짓까지 하면 바보처럼 보였어요. 나는 그 애들을 좋아하지 않았어요. 하지만 난 샤오이가 정말 좋아요. 그 애는 당신 말대로 조용한 천사 같아요. 말은 안 하지만 눈빛은 말보다 더 풍부해요. 가끔씩 샤오이가 당신을 보기만 해도 당신은 그 애가 뭘 원하는지 알잖아요."

"그래요, 샤오이는 천사예요. 나는 그 애를 사랑해요. 두렵기도 하고요."

나는 샤오이가 깨어 있기라도 하다는 듯 아주 조그맣게 말했다.

"두렵다고요?"

샤오징이 다시 고개를 돌리자 아까보다 얼굴이 더 가까워졌다.

"네, 너무너무 두려워요. 샤오이도 조만간 말 못 하는 괴로움을 알게 되겠죠. 그때가 되면 그 애는 이 세상을 어떻게 대할까요? 나는 아빠로서 그 애를 어떻게 대해야 하죠?"

내 말에 샤오징은 소스라치게 놀랐다. 이 문제는 생각해본 적이 없는 것이 분명했다. 그녀의 손이 내 무릎에 살며시 올라왔고, 나는 그녀의 손을 잡았다. 가벼운 떨림이 느껴졌다.

"그럼 어떡하죠?"

샤오징이 고개를 숙인 채 목멘 소리로 말했다.

나는 몇 년 전부터 생각해온 답을 말했다.

"무슨 일이 있어도 내가 함께해줄 거예요. 내가 그 애 목소리가 되어줄 거예요."

샤오징은 내 어깨에 기대어 흐느끼기 시작했다. 내 마음속 욕망의 갈등은 이미 사라지고, 비 온 뒤 들판과 같은 고요함만 남아 있었다. 그동안 예상치 못한 순간을 너무 많이 겪어왔지만, 지금 이 순간 나는 더할 나위 없이 행복했다. 나는 샤오징의 등을 가볍게 토닥였다. 너무나 야윈 몸이었다. 나는 참지 못하고 그녀의 뾰족한 어깨뼈를 가만히 어루만졌다. 그것은 마치 그녀가 자신을 둘러싼 모든 장애물을 뚫기 위해 감춰놓은 두 개의 날카로운 칼날 같았다.

나는 눈물 한 방울 흘리지 않았다. 나중에 이 눈물 없는 밤을 돌이키며 후회할지도 모른다. 하지만 지금은 정말이지 나약함에 굴복하고 싶지 않았다. 황홀감 속에서, 나는 샤잉이 돌아왔다고 느꼈다. 우리는 이 산산이 부서지다시피 한 세계에서 다시 서로에게 익숙한 온기를 주었다. 이 온기는 우리에게 용기를 주었고, 침묵의 세계를 참회하게끔 해주었다.

하지만 나는 곧 황홀경에서 깨어났다. 내가 만난 것은 단지 저 건너편의 또 다른 세계에 있는 머나먼 위로일 뿐이었다. 내가 나 자신의 세계에서 겪은 실패는 결코 구원을 얻지 못했다.

9

그날 밤 우리는 포옹을 나눈 뒤 각자 방으로 돌아갔다. 아무 일도 일어나지 않았다. 그날 밤, 나는 아주 깊이 잠들어 꿈도 꾸지 않았다. 알다시피 몇 년 동안 밤마다 기묘한 꿈이 나를 찾아왔다. 나는 언제나 황량한 들판에서 자는 기분이었고, 정글 속에서 호랑이가 어슬렁어슬렁 다가오고 있었다. 달려들진 않는다 해도 호랑이가 곁에서 노려보고 있는데 어떻게 단잠을 자겠나? 나는 늘 한밤중에 놀라 깨어났고, 내가 바위가 아니라 침실의 침대에 있다는 사실을 확인하고서야 다시 잠들 수 있었다.

샤오징과 나눈 포옹이 악몽을 날려버린 것을 보니, 나는 머나먼 곳의 위로에서도 감동을 받은 모양이었다.

다음 날 샤오징과 마주치자 그녀는 나를 똑바로 보지 못하고 애써 피했다. 우리는 전보다 더 정중한 사이가 되었으며 동시에 샤오이에게는 더 열정을 쏟았다. 샤오이는 우리 외로운 세 점의 교차점이 되었다. 그 애는 순수한 눈을 커다랗게 뜬 채 우리가 넘치는 열정으로 자신을 살뜰히 보살피는 모습을 지켜봤고, 다 이해한다는 듯이 살그머니 미소를 지었다.

출근하면서 샤오징을 생각하면 마음이 푹 놓였고, 퇴근해서 샤오징을 보면 마음이 따스해졌다. 샤오이는 때때로 샤오징의 방에서 그녀가 들려주는 이야기를 들으며 한참을 머물렀다. 나는 혼자 있었지만 조금도 외롭지 않았다. 나는 스스로에게 물었다. 샤오징을 사랑하게 된 거 아니야? 그리고 밤새 곰곰이 생각한 끝에 스스로에게 답했다. 아니, 이건 사랑의 시작이 아니야. 나는 그저 온정에 연연하고 있는 거라고. 지금 나에게는 사랑보다 온정이 더 매혹적이었다. 그것은 폐허의 허물어진 담장을 비추는 한 줄기 빛과 같았고, 태양은 어김없이 떠오른다는 사실을 알려주었다.

나는 이런 온정 속에서 조용히 살아가는 것으로 만족해야 마땅했다.

며칠간 만족한 듯 조용히 지내던 나는 아무래도 참을 수가 없어서 덩이밍에게 전화를 걸었고, 그날 밤 샤오징과 나눴던 대화를 털어놓았다. 다만 대화 내용만 이야기하고 포옹에 관한 부분은 조심스레 감추었다.

"샤오징을 사랑하게 됐냐?"

덩이밍이 단도직입적으로 물었다.

"사랑은 너무 과장된 말 같지 않냐?"

나는 일부러 농담조로 대답했다.

"어라, 뭐가 있는데? 둘이 잘 어울려 보이는데 그냥 합쳐."

덩이밍의 경박한 말투에 나는 짜증이 치밀었다. 감정에 관한 일은 세상에서 가장 복잡한 것이다. 어찌 그리 간단할 수가?

"이게 무슨 회사냐? 그럼 너도 합병하지 그러냐."

내가 장난스레 말했다.

"만약 그런 여자가, 그렇게 몸매도 얼굴도 괜찮은 여자가 하루 종일 눈앞에서 어슬렁거리면 나는 바로 항복했을걸."

덩이밍도 장난스레 받아치고는 다시 물었다.

"솔직히 말해. 샤오징한테 아무 느낌 없어?"

"호감이야 당연히 있지. 근데 거기까지야."

나는 솔직하게 말했다.

"호감이 생기면 나머지는 순리대로 흘러가는 거지. 너에게도 다시 봄날이 찾아왔구나."

아무리 진지한 말도 덩이밍 입에서 나오면 반어적인 기운이 풍겼다. 나는 그걸 익히 아는지라 그의 말 속에 담긴 온갖 의도를 분별할 수 있었다. 이 순간 덩이밍은 진심이었다.

"순리대로, 그게 좋지."

내가 맞장구를 쳤다.

"네가 만약 샤오징하고 잘되면, 우린 친척이 되는 거잖아! 그거 괜찮은데!"

여기에 생각이 미친 덩이밍이 신나게 웃어댔다.

이렇게 흥분한 말투로 미루어 그는 미리부터 전개 방향을 정해놓고 있었다. 하지만 나는 그런 게 못마땅했다. 보이지 않는 외부 힘이나 자신조차 파악할 수 없는 가장 은밀한 부분에 개입하는 것이 싫었다. 나는 어쩔 수 없이 그의 열정에 찬물을 끼얹었다.

"아이고, 이밍, 전에도 말했잖아. 사실상 샤오징하고 나는 잘될 가능성이 없다고."

 내 느닷없는 말에 덩이밍은 충격받은 기색이 역력했다. 잠시 침묵하던 그가 매섭게 반격했다.

 "실은 나도 이해한다. 네가 왜 샤오징이 싫다는 건지. 시골 출신에 대학도 안 나왔으니 너랑 안 어울린다는 거지."

 "이밍!"

 내가 소리쳤다.

 우리끼리 나누는 이야기에는 아무런 금기도 없었지만, 이런 도덕주의적 비난은 너무 심했다. 나는 좀 화가 날 수밖에 없었다.

 "아픈 곳을 찔렀지?"

 그는 여전히 고소하다는 듯 말했다.

 "정말 싫은 게 뭐냐면, 내 상황은 너도 알잖아. 샤오이를 받아들여 줄 사람이 거의 없다는 거야. 그런데도 그렇게 비꼬아야겠냐?"

 "그치만 샤오징은 샤오이한테 아주 잘하잖아!"

 나는 한숨을 쉬고 말했다.

 "사실 우린 샤오징에 대해 아무것도 몰라. 갑자기 우렁각시처럼 나타났잖아. 꿈이 아닌가 싶다니까."

 "너 의심이 많구나! 왜 아무것도 몰라? 샤오징은 내 친척이야. 내 고모잖아!"

 그렇게 말하면서 덩이밍은 스스로도 웃긴 모양이었다.

 "네가 아는 것도 그게 다잖아."

 나는 풀이 죽었다. 내가 왜 이 녀석에게 전화를 했을까, 자문하지 않을 수 없었다. 이 통화로 내 마음속에 있던 자족감은 깨져버렸고, 미묘한 감정들이 입 밖으로 새어나가고 말았다. 내 마음속 감정은 변질될 위기에 직면했다.

10

샤오징과 나는 더 이상은 깊은 이야기를 나누지 않았다. 하지만 그녀는 몇 가지 구체적인 행동으로 그날 밤의 교류를 이어가고 있었다. 샤오징은 다짜고짜 내 옷을 가져가서 빨았고, 샤오이의 옷은 당연히 그녀의 감독 아래 들어갔다. 깨끗이 빤 옷으로 갈아입히고, 벗어놓은 옷을 깨끗이 빨고. 나는 말없는 고마움을 품은 채 그 모습을 지켜보았다. 그러나 내 마음속에서는 또 하나의 어두운 목소리가 끊임없이 맴돌고 있었다. 그녀는 도대체 누구지? 정말로 하늘이 내게 보내준 우렁각시일까?

샤오징의 옷차림은 매우 수수했다. 대개 캐주얼한 반팔 티셔츠에 물 빠진 청바지를 입고 있었다. 그러니까 그녀는 수수하게 입을 뿐만 아니라 보수적으로 입었다. 지금은 한여름이었다. 출근길이나 사무실에서 짧은 치마를 입은 젊은 여성을 숱하게 봤고, 내 생각에 맨다리를 내놓는 것은 이미 트렌드였다. 그러나 샤오징의 맨다리는 여태껏 본 적이 없었으며 잠옷조차 보통 여자들이 즐겨 입는 스타일이 아니라 위아래 세트로 된 것이었다. 혹시 다리에 보기 싫은 흉터 같은 거라도 있나? 이런 엉뚱한 생각이 나를 어떤 경계로 몰아갔다. 나는 엿보고 선을 넘고픈 충동과 불안감에 번갈아 시달리고 있었다.

어느 날 저녁, 샤오이가 잠자리에 들자 나는 거실로 나와 책을 읽었다. 샤오징은 아직 돌아오지 않았다. 그녀의 방문이 살짝 열려 있어 어두운 틈새가 드러났다. 아침에 너무 서둘러 나가느라 닫는 걸 잊어버린 모양이었다. 샤오징은 이미 방어를 포기했고 우리를 신뢰했다. 그러나 나는 이런 신뢰를 얻고 나자 점점 더 불안해졌고, 그 어두운 틈새는 앞으로 나아가 끝까지 알아내라고 나를 유혹하고 있었다. 한바탕 발버둥친 끝에 나는 항복하고 말았다. 나는 두근두근한 마음으로 문 앞까지 걸어가 방문을 살며시 열었다. 한 여자의 모든 냄새가 뒤섞인 기운이 얼굴을 덮쳤다. 너무나 독특하고 확실한 기운이었다. 나는 짐승처럼 몇 번 힘껏 냄새를 들이마셨고, 공허한 반격을 당한 양 나도 모르게 몇 번 재채기를 했다.

나는 여전히 안으로 발을 들일 수가 없었다. 그냥 그 기운이 나를 감싸 내가 더 이상 냄새를 느끼지 못할 때까지 가만히 문 앞에 서 있었다. 내 후각이 마비된 것이 아니라 그 숨결에 녹아든 것이었다. 나는 살며시 문을 닫고 거실 소파에 도로 앉았지만 손에 펴든 책이 도무지 눈에 들어오지 않았다. 베란다에서 시원한 바람이 불어오는데도 샤오징의 기운은 아직도 흩어지지 않고 한참을 콧속에 머물고 있었다.

그날 밤 나는 꿈을 꾸었다. 꿈속에도 그 특별한 기운이 감돌았는데, 따뜻하고 끊임없이 흘러가는 느낌까지 들었다. 아침에 일어나 보니 팬티가 젖어 있었다. 이런 사춘기 같은 일에 울어야 할까, 웃어야 할까. 마지막이 언제였지? 눈을 감고 곰곰이 헤아려보니 적어도 15년 전이었다. 시간을 초월한 이런 연결 덕분에 나는 갑자기 젊어진 느낌이었다. 고단한 생활을 헤쳐나가느라 그런 젊은 느낌은 잊은 지 오래였다. 덩이밍이 "너는 노인의 마음을 가지고 있어"라고 말한 적이 있다. 나는 아무 대꾸 안 했지만 속으로는 그 말을 인정했다.

내 아이가 말을 못한다는 사실을 알자, 나는 한순간에 늙어버렸다.

일어나 화장실에 가면서 보니까 샤오이는 식탁 앞에 얌전히 앉아 책을 읽고 있었다. 몇 년 뒤면 내 아이도 사춘기에 접어들겠구나. 여기에 생각이 미치자 부끄러움과 막막함이 밀려들었다. 나는 샤워를 하고 거울에 비친 벌거벗은 내 몸을 관찰했다. 살짝 튀어나온 배 말고는 모두 힘차고 튼튼해 보였다. 주름도 없고 창백하지도 않고 갈색 검버섯도 없었다. 마음속에서 이런 목소리가 들려왔다. 몇 년만 지나면 정말로 늙을 거야. 너 자신에게 좀더 잘해야 해.

자신에게 좀더 잘하라고? 갑자기 서글퍼졌다. 그 말은 샤잉이 떠나기 전에 나에게 한 말이었다. 지금 내가 나 자신에게 이 말을 하니 왠지 조롱처럼 느껴졌다.

거울 속의 나를 다시 한번 제대로 살펴본다. 이 정교한 육신에는 무엇이 필요하지? 근시가 오지 않은 두 눈에는 무엇이 필요할까? 까마득한 기분이다. 새로운 감정의 여행, 아니면 그저 욕망의 여행을 시작하는 것도 나 자신에게 좀더 잘하는 걸까? 자신에게 좀더 잘해, 이 말에는 낯선 여인의 숨결을 들이마시도록 내버려두라는 뜻도 들어 있나?

어쩌면 나에게는 더 많은 것이, 묘사할 수 없을 만큼 더 많은 것이 필요한지도 모른다. 어쩌면 나의 필요는 아주 간단한지도 모른다. 샤오징의 방에 잠시 가만히 앉아서 온천처럼 따뜻한 꿈을 기다리기만 하면 되는지도 모른다.

11

날마다 샤오이와 함께 밥을 먹다보니 나도 밥 먹을 때 유난히 조용해졌다. 어느샌가 먹으면서 큰 소리로 얘기하는 일이 어색하게 느껴졌고, 먹을 때면 어떤 자리에서든 나도 모르게 조용한 상태에 빠져

들었다. 씹고, 천천히 삼키고, 뭔가 생각하는 듯하지만 사실은 아무 생각 없었다. 음식의 무게가 그 공허함을 가득 채우고 나서야 나는 마멋처럼 고개를 들고 사방을 둘러보았다.

샤오이는 이미 샤오징에게 매우 의존하고 있었다. 저녁 식사 시간에 샤오징이 없으면 샤오이는 늘 벽에 걸린 시계를 보며 말없이 기다렸고, 샤오징이 야근한다는 말을 듣고서 나서야 조용히 밥을 먹기 시작했다.

샤잉이 떠나자 샤오이는 헤아릴 수 없을 만큼 크나큰 충격을 받았다. 그 애의 마음은 그토록 어리고 무력했다. 그런데 어떻게 이토록 빠르게 새로운 모성을 받아들였을까?

나는 잠깐 망설였지만, 그래도 물어봤다.

"샤오이, 너 샤오징 누나 좋아하지?"

샤오이는 고개를 끄덕이지도 가로젓지도 않은 채 나를 바라보았다. 의외였다. 나는 샤오이가 시원스레 고개를 끄덕일 줄 알았는데 그 애는 아무 소리도 내지 않고 나를 빤히 보고만 있었다. 그 눈빛은 물처럼 맑았지만 무슨 뜻인지 이해하기 어려웠다.

"좋아, 싫어?"

내가 몇 번 더 부드럽게 물었지만 샤오이는 여전히 고개를 끄덕이지 않았다. 어쩌면 질문이 너무 직접적이었는지도, 샤오이는 이렇게 직접적인 답을 할 준비가 안 됐는지도 모른다. 나는 어쩔 수 없이 종이 한 장과 펜을 샤오이에게 가져다주며 마음을 알려달라고 했다.

평소에는 이렇게까지 하는 일이 거의 없었다. 여기에는 강요의 뜻이 담겨 있으며 심지어 자백하는 죄수가 연상되었기 때문이다. 그래서 나는 차라리 눈빛과 손짓을 택했고, 기본적으로는 이걸로도 샤오이와 충분히 소통할 수 있었다. 그러나 오늘, 나는 샤오이의 태도를 이해할 길이 없었다. 샤오징에 대한 그 애의 애착은 진실했다. 그런데 그 애는 이 사실을 선뜻 인정하려들지 않았다. 샤오이의 진짜 생각은 무엇일까? 그 애의 마음속에 어떤 응어리가 있지? 나는 몹시 궁금했다.

종이와 펜을 든 샤오이는 주저하는 기색이 역력했다. 내가 눈빛으로 격려를 보내자, 마침내 샤오이는 펜을 쥐고 이렇게 썼다.

"누나는 엄마랑 많이 비슷한데, 목소리가 달라."

애티가 확 나는 샤오이의 글씨체를 보자 마음속에 담아둔 말 못할 고통이 또다시 발작하기 시작했다. 나는 샤오이의 머리를 쓰다듬어주고는 아무 말 없이 그 애를 부드럽게 안아주었다.

샤오징과 샤잉이 닮았나? 나는 알 수 없었지만 샤오이의 시각에서 본다면 둘이 비슷하다는 것은 분명한 사실일 테고, 그런 유사성이 샤오이에게 크나큰 위안을 주었기 때문에 그 애는 샤오징에게 애착을 느꼈으리라. 그러나 동시에 샤오이는 목소리에 유난히 민감했다. 샤오징의 목소리는 그 애에게 샤오징은 엄마와 아무 관련 없는 다른 사람임을 늘 일깨워주었다. 이런 감정의 소용돌이 속에서 샤오이의 마음은 마구 요동치고 딜레마에 빠졌다. 이것은 가라앉힐 방법이 없는 통증이었고, 아버지로서 내가 할 수 있는 일은 아무것도 없었다. 그뿐만 아니라 나 자신의 통증마저 조심스레 감춰야 했다.

나는 장벽을 둘러치듯 샤오이를 감싸안았다. 하지만 이 장벽에는 이미 구멍이 뺑뺑 뚫려 있었다.

샤오이를 안아준 것이 언제인지도 까맣게 잊었다. 안기지 못하는 어린 시절이라니, 처참한 비극이 아닌가? 이런 생각이 들자 나는 아무 말 없이 샤오이를 계속 안고 있었다. 샤오이에게는 내 말이 필요 없다는 걸 잘 알았다. 이렇게 아련하게 있는데 갑자기 문소리가 났다. 샤오징이 돌아왔다는 걸 알았지만 나는 그대로 샤오이를 끌어안은 채 움직이지 않았다. 샤오이가 쓴 쪽지를 동그랗게 구겨서 꽉 쥐었을 뿐이었다.

안으로 들어선 샤오징은 이러고 있는 우리를 보자 잔뜩 긴장한 얼굴로 다급하게 물었다.

"두 사람…… 괜찮아요?"

"괜찮아요."

나는 웃음을 지어 보이며 대답했다.

샤오징의 목소리가 내 머릿속에서 메아리쳤다. 그래, 그 목소리는 샤잉의 음색보다 조금 낮았고, 부드럽고 감미로운 느낌도 좀 부족했다. 판매란 매우 힘든 일이라는 걸 잘 안다. 고객 한 사람 한 사람에게 제품을 계속 소개해야 하고, 입이 바싹 말라도 게을리할 수가 없다. 인파가 넘실대는 백화점에 가면 입술이 바싹 마른 점원을 자주 보는데, 샤오징이 바로 그들 중 한 사람이었다. 이렇게 생각하니 샤오징의 살짝 탁한 목소리는 그녀가 살아가는 바쁜 삶의 메아리일 뿐이었다.

예전에 나는 이런 목소리를 이해하지 못했다. 왜 그런지 관심도 없었다. 하지만 지금 내 마음은 이미 샤오징의 목소리처럼 거칠게 마모되었기에 그녀의 그런 목소리도 아름답게 느껴졌다. 그것은 거친 아름다움이었다.

"괜찮으면 됐어요. 간 떨어질 뻔했네."

샤오징은 가슴에 손을 얹고 웃기 시작했다. 그녀의 숨결이 얼굴을 덮치며 나를 설레게 했다. 참으로 신비로운 경험이었다. 과거에 누구를 사귀든 상관없이 내 후각은 휴면 상태인 듯 전혀 작동하지 않았다. 어쩌면 나는 이제 눈에 보이는 것 대신 코를 믿게 된 걸까?

샤오이가 내 팔에서 빠져나가 샤오징에게 달려가더니 그녀를 식탁 앞으로 잡아끌었다.

"밥 먹어요. 내가 대충 반찬 두 가지 만들었어요."

내가 말했다. 나는 요리 실력이 변변찮았다. 샤오이가 아니었다면 아마 평생 밥도 할 줄 몰랐겠지.

샤오징이 말했다.

"내가 한 가지 더 할게요."

괜찮다고 하려 했지만 샤오징은 벌써 부엌으로 들어가 바삐 움직이기 시작했고, 얼마 지나지 않아 여주달걀볶음이 식탁에 올랐다. 한 입 맛보는 순간 알았다. 샤오징은 요리에 정말 천부적인 재능이 있었다. 단 한 가지 음식만으로도 내가 만든 다른 음식들을 모조리 무색하게 만들었다.

찬탄하는 눈빛으로 샤오징을 보는데 그녀와 눈이 딱 마주쳤다. 그녀는 수줍어하며 고개를 숙이고는 입가에 옅은 웃음을 머금은 채 밥을 먹기 시작했다. 순간 내 마음속에 샤잉의 고운 모습이 떠올랐다. 샤오징이 샤잉을 닮았다고? 나는 몰래 샤오징을 힐끗거렸지만 새로운 면은 찾지 못했다. 그런데 불현듯, 우리가 세 개의 조개껍질처럼 외로운 점이라는 그 비유가 떠올랐다. 지금 이 세 점이 하나의 식탁을 둘러싸고 있다. 이 점들은 정말 튼튼한 삼각형으로 이어질 수 있을까?

12

10월 말의 어느 날, 기온이 15도나 뚝 떨어져버려 날이 밝자마자 추워서 깼다. 몸이 성게처럼 움츠러들어서 스트레칭을 하니까 근육

통이 느껴졌다. 일어나 앉아서 샤오이를 보니 아직 곤히 자고 있었다. 담요 한 장을 가져다 살포시 덮어주었다. 원래는 침대에 좀더 누워 있으려 했는데, 잠이 하나도 오지 않아서 아예 옷을 입고 일어났다.

거실로 나가자 샤오징의 방문이 어젯밤에 봤던 그대로 열려 있었다. 아무래도 샤오징이 밤새 돌아오지 않은 모양이었다. 우리 집에 온 뒤로 처음 외박한 거라 걱정스러워졌다. 아무 일 없겠지? 그런데 또 다른 생각이 파도처럼 밀어닥쳤다. 샤오징은 성인이다. 어쩌면…… 어쩌면 다른 사람과 함께 있을지도? 오랜만에 질투가 가슴에서 불꽃처럼 터져나오자 나는 당황해 어쩔 줄 몰랐다.

아침을 먹고도 시간이 너무 일렀다. 우두커니 앉아 있었지만 괜스레 마음이 불편했다. 아예 운동화를 신고 나가 달리기 시작했다. 얼마나 오랫동안 달리지 않았는지도 다 잊어버렸다. 나는 점점 속도를 높이다가, 끝내는 길가 돌의자에 주저앉아 가쁜 숨을 몰아쉬었다. 내 꼴이 꼭 추격을 피해 달아나는 도망자 같았다.

집으로 돌아가자 아래층 게시판에 사람 찾는 공고가 붙어 있었다. 위쪽에 젊은 여자 사진이 있고 아래쪽에 실종된 지 사흘째라고 적혀 있었다. 두려움이 더 커졌다. 가뜩이나 요즘 치안도 불안하지 않나. 야근을 자주 하는 연약한 여자에겐 너무 위험하다. 샤오징이 정말로 일이 있어서 돌아오지 않은 거라면 나에게 문자 메시지로 알려줬을 것이다.

아까는 그렇게 한참을 뛰고도 날씨가 추워서 그런지 땀이 별로 안 나더니, 지금은 생각만 하는데도 진땀이 났다.

휴대폰에서 샤오징의 번호를 찾아봤다. 그제야 우리가 번호를 교환한 뒤로 휴대폰으로 연락한 적이 한 번도 없다는 사실을 깨달았다. 이상하긴 했지만, 우리는 매일같이 보는 셈이라 할 말이 있으면 면전에서 하면 되니 분명 통화가 필요 없었다. 오늘처럼 특별히 걱정스럽지 않았다면 샤오징에게 전화하는 일은 없었을 것이다. 우리는 줄곧 적극적으로 서로를 차단해왔다.

번호를 누르자 이름 모를 노래 한 곡이 흘러나왔다. 기다리는 내 초조한 심정이 노래의 읊조림과 함께 자꾸만 짙어졌다. 나는 어쩔 수 없이 잠깐 고개를 돌리고 두어 번 심호흡을 했다. 그러나 노래가 다 끝나도 샤오징은 전화를 받지 않았고, 여자 목소리 기계음만 되풀이해 들려왔다. "지금 거신 전화는 받는 사람이 없으니 잠시 후에 다시 걸어주십시오……." 차갑고 기계적이며 인정머리 없는 느낌이 강하게 드는 말소리였다.

집에 돌아와 보니 샤오이는 여태 자고 있었다. 간단히 아침을 먹고 샤오징에게 또 전화를 걸었지만 여전히 받지 않았다. 조금 뒤 또 걸고, 또 걸고, 그렇게 연달아 열댓 번이나 통화를 시도했다. 경찰에 신고해야 하나? 절망감이 슬그머니 밀려왔다. 아니, 아직 그 정도까지는 아닐 것이다.

더 기다려보자. 그러면서 아침을 먹는데 입맛이 하나도 없었다.

오전 10시가 좀 넘었을 무렵, 회사에서 회의를 하는데 휴대폰이 울렸다. 샤오징이었다. 허둥지둥 회의실을 빠져나가는 나에게 상사가 의아한 눈빛을 보냈다.

"어젯밤에 어디 있었어요? 괜찮은 거예요?"

나는 복도 모퉁이에 서서 다급하게 물었다. 내 목소리에는 그 어떤 위장도 억제도 없었다.

"괜찮아요. 회사에서 야근했는데, 너무 늦어서 동료 집에 가서 잤어요."

내 초조한 말투에 샤오징이 머뭇거리며 설명했다.

"아무 일 없으면 됐어요……."

내 입에서 흘러나오는 말이 지루하고도 기묘하게 느껴졌다.

"미안해요. 일이 끝나고 보니까 자정이 다 됐더라고요. 벌써 잠들었을 것 같아서 전화 안 했어요."

샤오징의 목소리는 왠지 주저하는 듯 들렸고, 무미건조한 느낌마저 들었다.

"괜찮으면 됐어요, 괜찮으면 됐어요."

나는 사탕수수 찌꺼기를 씹듯이 이 재미없고 짧은 말을 되풀이했다.

전화를 끊자 표현하기 힘든 실망감이 마음 가득 차올랐다. 이렇게 간단한 사정이었다니. 아무 일도 아니었다. 샤오징은 무사했지만, 도리어 나는 어떤 억측 같은 걱정에 시달리고 있었다. 전화기 너머로 들려오던 주저하는 목소리가 떠올랐다. 설마 그녀에게 내가 줄곧 알지 못하던 다른 면이 있단 말인가?

어쩌면 샤오징이 밤새 돌아오지 않은 것은 이번이 처음이 아닐지도 모른다. 단지 내가 이번에 처음으로 알아차렸을 뿐. 찜찜한 기분이었다. 내 관심은 탐침이 되어 그녀가 감춰놓은 부분을 탐지하려 했다.

이렇게 질척질척한 기분으로 집에 돌아와 보니, 샤오이는 아직까지도 침대에 누워 자고 있었다. 평소엔 이런 적이 전혀 없는데 급히 다가가 살펴보니 샤오이는 이불로 온몸을 꽁꽁 싸맨 채 새빨개진 얼굴로 가쁜 숨을 몰아쉬고 있었다. 이마를 짚어보니 불타는 듯 뜨거웠다. 열이 나잖아! 나는 샤오이를 들쳐 안고 집에서 가장 가까운 병원으로 부랴부랴 달려갔다.

의사는 샤오이를 병상에 잘 눕히고 체온을 재더니 나에게 아이를 돌볼 줄도 모른다며 훈계를 늘어놓기 시작했다. 날씨가 이렇게 추운데 옷을 이렇게 얇게 입히니 어떻게 병이 안 나겠나? 그 말을 듣고서야 깨달았다. 너무 급하게 달려오느라 아이에게 옷을 두껍게 입히는 것도 잊었다니. 나는 샤오이가 의사의 아들인 것처럼 절절매며 사과했다.

내 곤경을 알아차린 것처럼 샤오이가 천천히 눈을 뜨고 의사를 바라보았다. 말없는 탄원이 병실에 퍼져나갔다. 의사는 한숨을 쉬며 훈계를 멈추고는 간호사에게 링거를 놔주라고 했다. 샤오이의 몸 상태는 나쁘지 않아서 링거를 맞고 세 시간쯤 자고 나니 체온이 조금씩 떨어지기 시작했다. 그러나 의사는 집에 가지 말고 하룻밤 입원해서 지켜보는 편이 안전하겠다고 했다. 나는 고개를 끄덕였다. 내가 병상 곁에서 밤새 샤오이를 지켜주리라.

나는 침대 옆에 앉아 샤오이가 곤히 자는 모습을 지켜보았다. 갑자기 뼈에 사무친 피로가 몸속에서 솟아올랐다. 그러고 보니 여태 저녁도 안 먹고 있었다. 뭘 먹을까 생각하는데 휴대폰이 울렸다. 샤오징이었다. 나는 내가 무슨 잘못이라도 저지른 양 허둥거렸다.

"어디예요?"

샤오징이 물었다. 너무나 따스한 목소리였다.

나는 잠시 망설이다가 말했다.

"샤오이가 아파요."

"아프다고요! 많이 아파요?"

샤오징은 거의 고함치다시피 말했다.

"별일 아니에요. 감기 걸려서 열이 좀 나요."

"당장 갈게요!"

"괜찮아요. 샤오이는 벌써 잠들었어요. 열도 내려가고 있고요."

"무슨 소리예요! 어느 병원이에요? 금방 갈게요!"

샤오징이 이렇게 끈질기게 고집을 부리자 나는 감동하고 말았고,

정확한 위치를 알려줄 수밖에 없었다. 휴대폰을 내려놓은 나는 사실 그녀가 오기를 고대하고 있다는 걸 깨달았다. 그녀가 온다는 사실을 아는 것만으로도 온몸에 가득하던 피로가 많이 줄어들었다. 나는 문득 깨달았다. 나에겐 그녀가 필요하다. 그렇다, 샤오이에게만 그녀가 필요한 것이 아니라 나에게도 그녀가 필요하다.

우리에겐 그녀가 필요하다.

13

샤오징이 병실에 나타났다. 고작 하루를 못 봤을 뿐인데도 한 세대는 흐른 듯 낯선 느낌이었다. 하루 동안의 질투로 말미암아 그녀의 낯선 부분이 눈에 들어왔고, 그 불순물들이 마음속에 가라앉으며 나를 불편하고 고통스럽게 만들었다. 나는 남몰래 자문했다. 내가 절실히 필요로 하는 그 사람이 바로 샤오징일까? 순간 들어맞지 않는 느낌이 들었다.

우리는 마주 보며 짧게 웃었다. 샤오징은 샤오이의 침대로 다가가 그 애의 이마를 부드럽게 쓰다듬었다. 샤오이는 깊은 잠에 빠져 있었다. 조그만 코에서 묵직한 숨소리가 났다. 그녀가 나를 돌아보며 나지막이 물었다.

"심각한 거 아니죠?"

나는 고개를 끄덕이며 대답했다.

"다행히 큰 병은 아니에요. 열도 거의 다 내렸고요."

"밥 먹었어요?"

나는 고개를 저었다.

샤오징이 내 곁으로 다가오더니 내 팔을 잡아당기며 다짜고짜 나를 밖으로 끌고 나갔다. 복도에 이르러서야 그녀가 웃으며 말했다.

"나도 아직 안 먹었거든요. 잘됐네, 같이 먹어요."

"밥도 안 먹고 뭐 했어요?"

나는 뻔히 알면서도 이렇게 물었다. 퇴근하자마자 헐레벌떡 달려온 그녀가 밥 먹을 시간이 어디 있다고? 내가 곁눈질하니 그녀는 고개를 숙인 채 빙긋 웃고 있었다.

"이따 앉아서 천천히 말해줄게요. 지금은 나랑 밥 먹으러 가야 돼요."

샤오징은 밥 먹기 싫다는 아이를 데려가는 양 또다시 나를 잡아끌고 엘리베이터로 향했다.

우리는 병원 근처 패스트푸드점으로 갔다. 많이 늦은 시간이라 하품하는 남자 요리사 한 명만 보일 뿐 다른 종업원들은 모두 퇴근하고 없었다. 그가 졸린 눈꺼풀을 치켜올리며 우리를 노려보았다. 이 시간에 들이닥친 사람들이 대체 누군지 똑똑히 봐두겠다는 눈빛이었다. 우리는 창가 구석 자리에 마주 앉았다. 한동안 침묵이 흐르다, 갑자기 샤오징이 고개를 들고 미안한 표정으로 나를 보며 머뭇머뭇 말했다.

"미안…… 미안해요. 내가 일이 너무 바빠서 샤오이를 제대로 보살펴주지 못했어요……."

샤오징이 이런 말을 할 줄은 꿈에도 몰랐다. 그녀는 세입자일 뿐, 아이를 돌볼 책임과 의무가 없다. 나는 황급히 손사래를 치며 말했다.

"그게 무슨 소리예요! 그런 말은 하지도 마요. 이미 많은 걸 해줬잖아요. 내가 속으로 얼마나 고마워하는데……."

"에휴, 요즘 정말 너무너무 바빠서요."

샤오징이 한숨을 쉬었다.

훈툰餛飩 두 그릇이 나왔는데 옥수수 전병 두 개가 곁들여져 있었다. 요리사가 나른한 목소리로 말했다.

"오늘의 마지막 옥수수 전병인데요. 두 분께 드리겠습니다."

그의 낮은 목소리에는 은은한 친절이 담겨 있었다. 우리는 고맙다고 하고는 고개를 숙이고 말없이 먹기 시작했다. 모락모락 솟아오르는 김 때문에 한동안 서로의 모습이 제대로 보이지 않았다.

"야근 좀 조금만 해요. 몸 상해요."

나는 그녀를 보지 않고 계속 훈툰을 먹으며 말했다.

"네, 사장님한테 얘기할게요. 앞으로 야근할 때 나 찾지 말라고!"

샤오징이 또랑또랑한 말투로 말했다. 그러더니 그 말이 우스운지 못 참고 웃음을 터뜨렸다.

나도 따라 웃었다.

이 추운 밤에 분위기가 따스해졌다. 내가 녹고 있는 기분이었다. 눈앞에서 피어오르는 김 때문일까, 술기운의 쾌감 같은 어질어질한 느낌이 들었다. 내가 대뜸 말했다.

"샤오징, 우리 그냥 같이 살아요!"

샤오징은 잠깐 멍해 있다가 말했다.

"이미 같이 살잖아요?"

그때 손님이 한 명 들어왔다. 요리사가 그에게 말했다.

"문 닫을 시간입니다. 내일 와주세요."

손님은 문을 열고 도로 나갔다. 그가 들어오고 나가는 사이에 문 밖에서 살을 에는 찬바람이 휘몰아쳐 들어와 곧장 우리를 덮쳤다. 내 몸의 온기가 사라졌다. 내 마음속 온기가 사라졌다. 샤오징의 대답은 그 차디찬 바람보다 더 매서웠다. 샤오징이 내 뜻을 못 알아들었을 리 없었다. 일부러 애매하게 위장하고 있는 것이 틀림없었다. 나는 너무나 민망해졌다. 그녀를 바라보는 순간, 마음속에 가시덤불이 가득 들어찬 기분이었다.

내 낯빛이 달라지자 샤오징은 애써 미소 지으며 말했다.

"이렇게 사는 거, 참 좋잖아요?"

이유는 모르겠지만 그 미소가 나를 짜증 나게 했다. 지금은 그녀의 웃음을 보고 싶지 않았다. 만약 샤오징이 긴장하고 괴로워했다면 내 고통도 대등하게 위로받았을 것이다. 하지만 그녀의 웃음은 나를 멀리 있게끔 가로막는 부드러운 벽이었다. 이런 복잡한 감정이 쌓이고 쌓여 끝내는 표현하려는 용기로 전환되었다. 나는 그녀를 바라보며 나직이 물었다.

"우리가 좀더 가까워지는 걸 바라지 않아요?"

샤오징은 이번에는 직접적으로 입장을 밝히지 않은 채 두 손으로 턱을 괴고 침묵에 빠졌다.

나는 조용히 기다리고 있었다.

나는 내가 매우 침착한 사람인 줄 알았건만, 내 다리는 점점 빨라지는 진자처럼 통제력을 잃고 탁자 밑에서 마구 흔들리고 있었다. 나는 버릇없는 강아지를 제지하듯 다리를 힘껏 눌렀다.

"당신…… 괜찮아요?"

샤오징이 의아한 듯 나를 쳐다봤다.

당황한 마음을 그녀에게 들키고 말았다. 게다가 그녀는 그걸 무대에 올려놓아 나를 몹시 민망하게 만들었다. 숨길 수 없는 처지가 된 나는 너무나 당황스러웠지만, 스스로를 방어할 방패를 찾을 길이 없었다. 궁지에 몰린 기분이었다. 나는 이별을 고하는 심정으로 승부수를 던졌다.

"샤오징, 당신이 뭣 때문에 망설이는지 알아요. 말 못 하는 아이, 상처받고 나약한 남자가 당신을 좋아하는 게 가당키나 해요? 당신이 우리에게 베푼 호의는 친절과 연민일 뿐인데. 내가 그런 과욕을 품어서는 안 되는데…… 미안해요."

그 순간, 나를 바라보는 샤오징의 눈에서 눈물이 흘러내렸다. 갑작스러운 눈물에 나는 어찌할 바를 몰랐다. 방금 그 말을 왜 했을까, 후회가 밀려왔다.

"나는 내 아이처럼 샤오이를 사랑해요."

샤오징은 이렇게 말하더니 벌떡 일어나 눈물을 훔치며 뛰쳐나가버렸다.

계산을 하고 식당을 나섰다. 내 눈앞에 펼쳐진 것은 캄캄한 밤 풍경뿐이었다. 샤오징은 벌써 그 안에 녹아들어 자취를 감췄다.

나는 천천히 병원으로 향했다. 돌아가는 길은 매우 조용했다. 공허하게 전조등을 켠 택시 몇 대만이 천천히 다가왔다 빠르게 떠나갔다. 나는 철저하게 고요해진 기분이었다. 그런데 뜻밖에도, 샤잉의 모습이 불현듯 떠올랐다.

처음 본 샤잉의 모습을 잊을 수가 없다. 포니테일로 머리를 묶고 하얀 치마를 입은 그 아가씨는 너무나 우아해 보였다. 하지만 나는 그녀의 눈빛에서 익숙한 당혹감을, 내 마음속 깊이 억눌러놓은 당혹감을 보았다. 그 무렵 우리 둘 다 부모를 떠나 갓 대학에 들어온 참이었다. 세상은 갑자기 터무니없이 커다랗고 공허한 공원으로 변했다. 복잡하고 어지러운 길 앞에서 방향을 잃은 나는 그야말로 아이처럼 혼란스러웠다. 나의 당혹감이 다른 사람의 당혹감을 만나자, 그 동병상련의 정은 한순간에 사랑으로 변했다. 나는 이 아가씨가 곁에 있는 한 다시는 외롭지 않으리라 믿었고, 그 믿음은 신탁처럼 굳건했다. 그래서 훗날 샤잉이 가난하고 초라한 나를, 말 못 하는 아이를 받아들이지 못했을 때에도 나는 그녀에게 원한을 품지 않았다. 그런 굳건한 믿음은 나를 한없이 너그럽게 만들었다. 나는 그녀를 이해했다. 그녀는 결코 무정한 것이 아니었다. 조금 나약할 뿐이었다. 그렇다, 그녀는 부드러울 때 사람을 매혹했다. 그녀는…… 그녀는 그저 여전히 꿈을, 그녀 자신조차 묘사할 수 없는 꿈을 품고 있을 따름이었다.

당연히 샤잉을 이해해야 하나? 마찬가지로 나는 샤오징을 이해해야 할까? 샤오징은 젊디젊다. 틀림없이 자신의 꿈이 있을 것이다. 그 꿈이 나에게 있을 리는 없으며 나에게 있어서도 안 된다.

하지만 내 꿈은 뭐란 말인가? 나에게 아직 꿈이 있던가?

14

병원으로 돌아와 병실에 들어서자 샤오징의 뒷모습이 한눈에 들어왔다. 알고 보니 그녀는 나보다 한발 앞서 돌아왔을 뿐이었다. 그녀는 신비롭고 종잡을 수 없었지만 나에게서 결코 멀어지지 않았고, 그 사실에 나는 뭉클해졌다. 바로 이 순간, 그녀가 아까 했던 말이 옳다는 생각이 들었다. 이렇게 사는 거, 참 좋잖아요?

그래, 아주 좋다.

샤오징은 문을 등진 채 샤오이 쪽으로 몸을 수그리고 곤히 잠든 그 애의 매끈한 이마를 쓰다듬고 있었다. 나는 샤오징의 등 뒤로 다가가 그녀를 살며시 안았다. 그녀는 뒤돌아보지 않고 보르르 떨면서 내 품에 몸을 기댔다. 그녀도 나와 마찬가지로 내 숨결에 익숙해져 있었다. 우리는 이미 서로의 숨결에 익숙해졌다. 그녀의 귀에 입맞추자 그녀는 숨을 몰아쉬며 내 품에서 몸을 움츠렸다. 여기가 병실이라는 것도 잊은 채 우리는 그렇게 조용히 함께 있었다. 조금 뒤 그녀는 몽유병에서 깨어난 것처럼 정중하게 몸을 비틀더니 고슴도치처럼 나를 찌르고 나에게서 달아나버렸다.

우리는 병상 양쪽에 갈라 앉았다. 우리 사이에 보이지 않는 강이 있는 것만 같았다. 우리는 서로 눈을 마주치지 못한 채 둘 다 고개를 숙이고 샤오이의 조그맣고 고운 얼굴을 말없이 들여다보았다. 이마를 만져보니 열이 많이 내려 있었다.

"집에 가서 자요. 샤오이는 괜찮겠어요."

나는 고개도 들지 않고 말했다.

"싫어요, 내가 샤오이랑 같이 있을래요."

샤오징이 말했다.

사실, 곤히 잠든 아이와 뭘 어떻게 같이 있겠다는 걸까? 굳이 캐고 싶진 않았다. 본질적으로 우리는 모두 부드러운 그물에 갇혀 있으며 그물의 모양도, 그물을 걷는 방향도 똑똑히 볼 수 없다. 우리는 어디로 끌려가고 있을까? 내 마음이 또 꿈틀꿈틀거리기 시작했다. 나는 샤오징의 마음을 열어 그녀의 진실한 생각에 귀 기울이고 싶었다.

"아까 화났어요?"

내가 나직이 물었다.

샤오징은 고개를 저으며 말했다.

"그냥 슬퍼요."

"왜 슬퍼요?"

"당신이 한 말 때문에."

"솔직히 말해줄래요? 음…… 당신도 알다시피 나는 이 방면에 무여지고 무감각해진 지 한참이에요. 미안하지만 이해해줘요."
 나는 한숨을 내쉬었다.
 "아니, 당신도 샤오이도 너무 좋은 사람이에요. 나쁜 건 나예요. 그러니까 그만 좀 물어볼래요?"
 나를 향해 미소 짓고 있었지만 샤오징의 눈빛은 너무나 슬퍼 보였다.
 "그래요, 안 물어볼게요."
 나는 잠시 멈추었다가 이렇게 말했다.
 "그런데, 이쪽에 와서 앉을래요?"
 샤오징이 내 옆에 앉았다. 우리는 바짝 붙어 앉아 샤오이를 물끄러미 바라보았다. 아무 말도 하지 않았다. 나는 병원에 배어 있는 약 냄새 속에서 그녀의 숨결을 가려낼 수 있었다. 평온한 기분이 온몸을 감쌌다. 조금 뒤, 그녀가 나를 돌아보았다. 또 그 말을 하는 것처럼 보였다. 이렇게 있는 거, 참 좋잖아요? 그래요, 이 상태가 좋아요. 그녀가 고개를 천천히 내 어깨에 기댔지만 나는 놀라지 않았다. 나는 그녀가 눈을 감고 아기 고양이처럼 꾸벅꾸벅 졸다가 고른 숨소리를 내며 잠에 빠져드는 모습을 지켜보았다.
 나는 나무처럼 가만히 있었지만, 몸이 뻣뻣하고 괴로운 것이 아니라 무아지경에 빠져 있었다. 예전에 샤오징의 속마음을 탐색하느라 온갖 수단을 동원했던 일을 떠올리니 정말 어처구니가 없었다. 나도 모르게 샤오이에게 눈길이 향했다. 침묵하는 내 아이는 말에는 치유할 수 없는 상처가 따른다는 사실을 일찍부터 알고 있었다. 그런데 아빠인 나는 오히려 그런 고통을 더 깊게 만들려 애쓰고 있다니. 샤잉과 말다툼하던 아픔은 싹 잊었다는 듯이 말이다. 생활 속의 그 방해물들은 언어의 하소연을 통해 쇠처럼 단단해졌다. 샤잉과 나는 언어라는 철기로 서로를 죽어라 찔러댔다. 상처투성이가 되어 죽기 직

전까지…….

우리는 조용히 함께 앉아 있었다. 이보다 더 좋을 수가 없었다.

만족감이 차올랐다. 오랫동안 쌓이고 쌓인 욕망은 너무 부풀어 오른 풍선처럼 마침내 터져버렸고, 남은 것은 희박한 기체뿐이었다. 그런데도 나는 정말로 만족스러웠다. 앞서 깨달은 바와 같이 욕망 추구는 결핍에서 비롯되지만, 지금 내 마음은 욕망을 초월해 처음부터 개운함과 자족을 선택했다.

이게 사랑일까? 잘 모르겠다. 그러나 아직 이름을 얻지 못했을 뿐, 이것은 두말할 나위 없는 고귀한 감정이었다. 지금, 나는 그것에 이름을 붙일 수 있다. 샤오징. 그것은 바로 샤오징에 관한 모든 숨결과 정보였으며, 내 마음에 비친 샤오징의 그림자이자 잔물결이었다.

그때 샤오이가 가물가물 눈을 떴다. 나는 잔뜩 긴장해서 작은 손을 허둥지둥 잡으며 그 애가 무얼 원하는지 살펴보았다. 샤오징과 내가 이렇게 친밀하게 바짝 붙어 있는 모습을 보는 순간, 뜻밖에도 샤오이는 소리 없이 웃었다. 게다가 전혀 아픈 아이 같지 않게 나에게 혓바닥을 쏙 내밀기까지 했다. 나는 웃는 얼굴로 샤오이를 바라보았다. 아마 내 웃음은 어린아이가 아빠에게 행복을 표현하는 모습이었을 것이다. 샤오이는 장난스레 졸려 죽겠다는 표정을 짓더니, 내 손바닥에서 그 조그만 손을 빼내 가볍게 흔들고는 돌아누워 또다시 깊은 잠에 빠져들었다.

내 아이는 천사다. 내가 키우는 게 아니라 그 애가 날 키우고 있다.

15

 이튿날, 샤오이가 아픈 걸 알자 덩이밍도 부리나케 병원으로 달려왔다. 우유 한 상자를 어깨에 메고 헉헉거리며 병실로 들어오는 모습이 꼭 폐병 걸린 짐꾼 같았다. 덩이밍도 나처럼 운동을 하지 않아서 아직 젊은데도 이렇게 약골이다. 나는 우리 건강이 걱정스러웠다. 우유를 내려놓고 샤오이를 마주하는 순간, 덩이밍은 어린아이처럼 환하게 웃었다. 그는 성큼성큼 다가가 샤오이의 머리를 쓰다듬으며 그 애를 따스하게 보듬어주었다. 덩이밍이 아이에게 보내는 사랑을 보며 나는 고마운 마음이 들었다. 샤오이는 몸이 좀 약해졌을 뿐 많이 나은 상태였다. 그러는 덩이밍에게 샤오이는 예의 바르게 고개를 끄덕이고 미소 지으며 OK라는 손짓을 해 보였다.
 덩이밍이 감격스레 말했다.
 "요 녀석은 점점 더 철이 드네. 나는 점점 더 요 녀석이 좋아지고."
 내가 농담을 던졌다.
 "그럼 빨리 좀 움직이지 그러냐? 네 아이가 하나 있어야지."
 "내 자식은 날 닮아서 먹기만 하고 게을러빠진 놈일 게 뻔해."
 덩이밍이 헤헤 웃었다.
 "그게 바로 복이다."
 내가 말했다.
 덩이밍이 문 쪽을 자꾸 바라보다 문득 말했다.
 "샤오징은? 샤오이 보러 안 왔어?"
 "샤오징은…… 어젯밤에 보러 왔어."
 대답을 하다가 나도 모르게 멈칫거렸다.
 어젯밤, 샤오징은 내 어깨에 기대어 깊이 잠들었다. 나는 참으로 오랜만에 평온함 속에 빠져들었다. 얼마나 지났을까, 나도 그녀에게 기댄 채 곤히 잠들었다. 새벽녘에 눈을 떠보니 나는 목 아래 베개를 깔고 침대 가장자리에 비스듬히 기대어 있었다. 샤오징은 보이지 않았다. 벌써 한참 전에 떠난 것 같았다. 그래도 나는 허둥지둥 복도로 나가 주위를 두리번거리며 샤오징의 모습을 찾아보았다. 텅 빈 복도, 한밤중의 병원을 밝히는 희미하고 쓸쓸한 불빛, 옆 병실에서 들려오는 고통스러운 신음…… 슬픔과 상실감이 북받쳤다. 나는 거북이처럼 몸을 움츠리고 샤오이의 병상으로 돌아왔다. 그 애 곁에 살그머니 누워 눈을 감았지만 전혀 잠이 오지 않았다. 어수선하게 흩어졌던 생각이 머릿속에 모여들더니 끝내는 하나의 질문이 되었다. 샤오징은 어디 갔을까? 어디로 간 걸까? 집에 가서 잤을까?

"너 샤오징하고……."

덩이밍이 다가와 내 눈을 들여다보며 물었다.

"오늘 수업 없냐?"

나는 동문서답을 했다.

"있지, 오후에."

그러다 덩이밍이 퍼뜩 정신을 차리고 말했다.

"야, 말 막지 마, 너희 도대체……."

"나가서 얘기하자!"

샤오이를 힐끗 보니 우리 대화를 못 들은 것 같았다. 그 애는 베개에 기대앉아 우두커니 창밖을 바라보고 있었다. 창밖에 우뚝 선 커다란 목화나무는 이 추운 날씨에도 가지 끝에 아름다운 붉은 꽃 몇 송이를 걸고 있었다.

덩이밍과 나는 병원 복도에 숨어들었다. 바삐 움직이는 의사와 간호사와 환자들이 우리를 스쳐 지나갔다. 우리는 말하기 곤란한 은밀한 병세에 관해 이야기하듯 머리를 맞댔다.

"이제 말 좀 하지?"

그가 짓궂은 미소를 지었다.

"하면 될 거 아냐."

나는 아무렇지 않은 척 입을 열었다.

"어젯밤에 샤오징한테 고백했어."

덩이밍이 난데없이 한숨을 푹 쉬기에 나는 어리둥절해졌다. 나는 어조를 누그러뜨려 말했다.

"그런데 샤오징은 자기 뜻을 분명히 밝히지 않더라고. 지금 어떤 상황인지 나도 잘 모르겠어."

"원래 나는 둘이 잘되길 바랐거든. 그런데 지금은······."

덩이밍이 말을 더듬으며 멈칫거렸다.

"지금은 뭐? 얼른 말해!"

나는 초조해졌다.

덩이밍이 웅얼웅얼 말했다.

"며칠 전에 우연히 친척을 만났거든. 친척이 그러는데, 샤오징이 하는 일이······ 그런 일이라고."

"그런 일이라니, 무슨 일인데?"

"그러니까······ 사우나."

덩이밍은 슬몃거리며 잽싸게 이 단어를 내뱉더니, 마치 자신이 그쪽 일을 하고 있다는 듯 민망한 눈으로 나를 바라보았다.

이 단어가 나를 가격했다. 내 예상을 완전히 벗어난 말이었고, 그야말로 어리석은 악의로 가득 찬 말이었다. 나는 그런 곳에 가본 적이 없지만 그 말에 담긴 뜻은 잘 알았다. 밤새 돌아오지 않았던 샤오징의 그림자가 내 마음에 빠르게 쌓이며 어마어마한 답답함이 나를 짓눌렀다.

"설마?"

되묻는 내 목소리가 나도 모르게 작아졌다.

"물론 소문일 뿐이야, 게다가 사우나가 꼭 그런 데는……."

덩이밍이 조심스레 말했다.

그런 식으로 말하니 더 귀에 거슬렸다. 내가 덩이밍과 사우나에 대한 세부 사항까지 토론해야 한단 말인가? 나는 고개를 저으며 말했다.

"됐어, 그만해. 무슨 말인지 알겠어."

"기분 나빠?"

내 어깨를 두드리며 이렇게 묻는 덩이밍의 눈빛은 지나치게 냉혹했다.

"그런 소식을 듣고 기분 좋을 사람이 어딨냐?"

나는 냉소가 나왔다.

"에이, 내 말은, 네가 나한테 화났을까봐."

덩이밍이 한숨을 쉬고 말을 이었다.

"다 내 탓이야. 친척이니까 다 안다고 생각하고 그만…… 이렇게 됐으니 샤오징을 내보내."

"왜?"

가뜩이나 기분이 바닥을 친 나는 덩이밍의 이 말에 폭발하고 말았다. 나는 목이 터져라 외쳤다.

"샤오징을 왜 내보내야 되는데!"

그러는 내 모습이 얼마나 흉측할까. 설명할 수 없는 감정이 나를 괴롭히고 있었다. 마치 덩이밍이 내보내라는 사람이 샤오징이 아니라 나인 것만 같았다.

덩이밍은 깜짝 놀라 얼굴이 벌게지더니 당황한 눈으로 나를 보았다. 미안함이 가득 담긴 복잡한 눈빛이었다. 조금 뒤 그가 씩 웃으며 나를 떠봤다.

"아무래도 너, 벌써 단단히 빠졌나본데……."
"이밍, 사람 마음이란 게 그렇게 간단한 줄 알아?"
"난 널 잘 알아."

덩이밍은 이번에는 내 어깨에 손을 단단히 얹고서 말했다.

"중요한 순간에 넌 항상 마음이 약해져. 아무리 샤오징이 내 친척이라지만, 그렇다고 그 여자 행동을 너그러이 용납할 순 없어. 나는 너도 그래야 한다고 생각하거든. 완전히 빠져들기 전에 빨리 결단을 내려!"

나는 30초 동안 가만히 있었다. 생각하는 것이 아니라 참는 것이었다. 그러나 끝내는 참지 못하고 입을 열었다.

"샤오징은 네 용납도 필요 없고, 내 용납도 필요 없어. 누구의 용납도 필요 없다고!"

나는 덩이밍이 내 말에 상처받을 줄 알았다. 하지만 그는 잠깐 어리둥절해 있다가 간절하고도 의미심장한 말을 던졌다.

"너 그렇게 옛날 사람처럼 굴지 마. 옛날 옛적에야 그런 게 재자가인의 미담이었겠지만, 지금은 완전히 스캔들이고 심지어 웃음거리라고. 남의 밥상머리에서 놀림감으로 씹히고 싶냐?"

아마 덩이밍이 한 말은 다 사실일 것이다. 그래도 나는 받아들일 수 없었다. 솔직히 나는 도저히 이해할 수 없는 미망에 빠져 있었다. 도대체 이게 무슨 의미일까? 샤오징의 얼굴이 눈앞에 떠올랐다. 아름다운 그녀, 선량한 그녀, 거친 그녀의 모습이 내 눈에 모래알처럼 뿌려지며 따끔거리는 통증을 안겨주었다. 내가 소리쳤다.

"넌 우리 관계를 전혀 몰라! 내가 무슨 재자도 아니고, 샤오징도 당연히 가인이 아니야. 우린 그저 서로 꼭 끌어안고 어려움을 이겨내려는 것뿐이라고."

"너 돌았냐?"

덩이밍이 나를 한 대 툭 쳤다. 그러고는 말 안 듣는 환자를 보는 의사처럼 엄한 눈으로 나를 바라보았다. 내 가장 친한 친구인 그는 내가 말한 그런 것들을 털끝만치도 이해하려들지 않았다.

"안 돌았어. 완전 정상이야."

나는 나 자신에게 들려주듯 중얼거렸다. 병실 안을 곁눈질하니 샤오이가 우리 말다툼을 들었는지 당황한 기색으로 나를 향해 고개를 빼고 있었다. 나는 얼른 웃음을 지어 보였지만 샤오이는 웃지 않았다. 그 애가 내 마음의 병을 꿰뚫어보듯 까만 알약 같은 눈동자로 나를 빤히 쳐다보자 내 마음은 더더욱 무거워졌다. 나는 덩이밍을 돌아보며 정중하게 말했다.

"나 지금 심하게 혼란스럽거든. 지금은 이 문제로 너랑 싸우기 싫다. 좀 넘어가줄래?"

"그래, 걱정 마라. 비밀로 할게."

덩이밍은 자기 가슴을 두드리며 장난스러운 표정을 지었다. 하지만 내 눈에 그 얼굴은 난데없고 물색없었으며 불쾌한 왜곡으로 가득해 보였다.

"닥쳐! 말 같지도 않은 소리!"

나도 여느 때처럼 격의 없이 소리치고는 얼른 병실로 들어가 샤오이에게 다가갔다. 하지만 그 애의 눈빛을 마주하자 휘청거리는 발걸음을 걷잡을 수가 없었다. 파도처럼 자꾸만 높아지는 생활의 장애물이 어느덧 나를 삼켜버린 것만 같았다.

16

병실로 돌아오자 샤오이는 검지를 내밀어 내 배에 글자를 썼다. 나는 무슨 뜻인지 단번에 알아차렸다. 샤오이가 쓴 글자는 '집으로' 세 글자였다.

나는 의사를 찾아갔다. 의사는 또다시 샤오이의 체온을 재고 심장 박동을 들어보더니, 이제 별문제 없으니까 집에 돌아가 쉬어도 된다고 했다. 나는 샤오이의 머리를 쓰다듬으며 집에 갈 수 있다고 말했다. 그 애는 반짝이는 까만 눈으로 나를 보며 힘차게 고개를 끄덕였다. 의사는 아이를 잘 보살피라고 재차 당부하고는, 기침을 한 번 하고 나지막이 말했다.

"힘든 상황인 건 알지만, 이 아이가 유일하게 기댈 사람은 아버님입니다."

얼굴이 화끈거렸다. 나는 덩이밍을 힐끗 보았다. 저 녀석이 의사에게 내 처지를 모조리 얘기한 것이었다.

짐을 정리하고 샤오이를 안았다. 샤오이는 걸어가겠다며 품속에서 발버둥 쳤다. 덩이밍이 웃으며 말했다.

"요 녀석, 자존심은 엄청 세요."

나는 내 아이를 꽉 껴안았다. 마음속 가득한 죄책감이 도무지 가라앉질 않았다. 다시는 샤오이의 손을 놓지 않으리라. 이 아이는 나의 생명이며, 내 생명을 초월한 생명이다. 샤오이는 조그만 얼굴이 발개진 채 숨을 몰아쉬더니 결국 순순히 안겨 있었다.

나머지 병원비는 덩이밍이 냈다. 샤오징 문제에 관해 어떤 입장이

든 간에 우리 사이의 우정과 신뢰에는 아무 영향도 없었다. 우리는 함께 병원 정문을 나섰다. 싸늘한 편이었지만 햇빛이 요 며칠간의 스모그를 씻어내주어 눈부시게 화창했다. 이렇게 환한 햇빛 아래, 내 마음은 오히려 더더욱 어두워지며 완전히 구석으로 움츠러든 그림자가 되고 말았다. 이 그림자가 가져다준 고통은 상상을 초월했다. 내 의지가 조금만 느슨해져도 독사처럼 음침한 냉기가 마음 깊은 곳에서 뛰쳐나와 질식할 지경이었다.

나는 묵묵히 감당할 수밖에 없었다. 덩이밍에게도 말할 수 없었다. 그랬다간 샤오징을 내보내겠다는 그의 결심만 굳힐 뿐이었다. 더욱이 송곳에 찔린 듯한 내 고통을 그에게 말하는 것은, 산산이 부서진 내 입장에서는 어떤 치욕, 사랑을 모독하고 생명을 모독하는 치욕과도 같았다. 나는 그에게 아무 말도 하지 않을 작정이었다.

우리는 함께 점심을 먹었다. 이제 덩이밍은 강의하러 학교로 돌아가야 했다.

덩이밍은 10여 미터를 걸어가다가 갑자기 멈추더니 돌아서서 나를 바라보았다. 전장에 나가려는 병사처럼, 오랜 친구인 나와 헤어지기 아쉬운 마음이 북받친 모양이었다. 그는 되돌아오더니 나를 끌고 길가의 늙은 용수나무 아래로 갔다. 용수나무의 공기뿌리가 술 장식처럼 흩날리며 행인들을, 샤오이를 우리에게서 갈라놓았다. 샤오이는 그 자리에 서서 눈치껏 다른 곳을 보고 있었다. 덩이밍은 멀리 있는 행인과 나를 번갈아 보면서, 할 말이 있는데 입이 잘 안 떨어지는 듯 우물거리고 있었다. 나는 덩이밍이 또 샤오징을 내보내라는 얘기를 할 줄 알고 조용히 기다렸지만, 그는 표정이 굳고 목이 메어 제대로 말을 못 했다. 낯선 모습이었다. 샤오징의 일이 왜 덩이밍에게 저토록 큰 충격을 주었을까? 나는 그의 눈 대신 입을 진지하게 바라보며 달싹거리는 입 모양으로 뭔가 짐작해내려 애썼다. 하지만 알아낸 것은 아무것도 없었다. 그의 입가에 잡초처럼 무성히 자란, 며칠 동안 다듬지 않은 게 분명한 수염을 보게 됐을 뿐이었다. 수염 속에 검붉은 뾰루지까지 군데군데 나 있는 통에 그는 지칠 대로 지친 떠돌이 개처럼 보였다.

그 모습에 나는 너무 놀라고 말았다. 지금까지 샤오이의 병세와 샤오징 문제에만 빠져 있느라 덩이밍의 정신 상태에는 관심도 없었던 것이다. 그에게 어떤 불길한 일이 닥친 것이 틀림없었다.

"이밍, 무슨 일 있어?"

내가 중얼거리듯 물었다.

그는 내 질문에 대답하는 대신 불쑥 되물었다.

"너는 내가 왜 여태 결혼을 안 했는지 아냐?"

나는 머리를 한 대 맞은 기분이었다. 이번에는 내 입이 우물거릴 차례였다.

"왜……"

"그래, 왜, 왠지 아냐고?"

덩이밍이 진지한 눈으로 나를 바라보았다.

내가 넌지시 말했다.

"너랑 맞는 사람을 못 만나서?"

"그게 다는 아니지."

그가 말을 이었다.

"다른 이유도 있어. 가정에 매이지 않고 여자와 맘껏, 자유로이 즐길 수 있으니까. 난 그런 자유에 미쳐 있다고. 너 정말 내가 손으로 모든 걸 해결한다고 생각하는 거냐? 내가 자주 가는 곳은…… 사우나야. 그런데 이제 새로운 걱정이 생겼어. 내가 다음에 만날 여자가 샤오징이면 어쩌나, 그게 걱정이야."

덩이밍의 이 말은 나를 충격에 빠뜨렸다. 가슴을 찌르는 듯한 날카로운 통증이 느껴지며 샤오징의 사랑스러운 웃는 얼굴이 눈앞에 어른거렸다. 나는 이를 악물고 말했다.

"무슨 뜻으로 하는 얘기야?"

"네가 괴로울 거 알아, 넌 순수한 놈이니까. 그런 데 가본 적도 없지. 그게 대체 무슨 뜻인지도 모르고."

그는 '대체'라는 단어에 힘을 주며 말을 이었다.

"샤오징은 너한테 안 어울려. 그만 놔줘. 보내주라고. 너희 둘에겐 각자의 미래가 있어."

"이밍!"

내가 소리쳤다.

"그럼 샤오징은 너한테 딱 어울리겠네, 안 그러냐?"

내 말에 덩이밍이 얼어붙었다.

나는 계속 소리쳤다.

"너는 성매매나 하러 다니고, 나는 몸 파는 여자랑은 안 어울린다며. 그러니까 너희 둘이 딱이네. 그렇잖아?"

말을 마친 나는 그 자리에 가만히 서서 그의 주먹이 내 얼굴에 떨어지기를 기다렸다. 그러면 나는 주먹을 휘둘러 반격할 작정이었다. 얼굴 없는 장애물을 때리듯 온 힘을 다해 그에게 주먹을 날릴 셈이었다. 그렇다, 말 못 할 이유들로, 또 도저히 말할 수 없는 이유들로 나는 가장 친한 친구와 길거리에서 대판 싸우려 했다. 무자비하게, 미친놈처럼 달려들려 했다. 나는 미친놈이 되어버렸다. 그가 내 좋은 친구이기 때문에, 그가 내 곤경의 일부이기 때문에, 그리고 나 역시 똑같이 그의 곤경의 일부이기 때문에.

그러나 덩이밍의 주먹은 내 얼굴에 떨어지지 않았다. 심지어 그는 분노조차 하지 않았다. 그저 그 자리에 멍하니 서 있다가, 어깨에서 힘이 풀리는 바람에 손을 뻗어 나무줄기를 짚었다. 그의 눈에서 눈물이 흘러내렸다.

"미안."

덩이밍이 말했다. 그는 뜻밖에도 나에게 미안하다고 말했다. 나는 미안하다는 말을 바라는 것이 아니었다. 나는 그가 주먹으로 말해 주길 바랐다. 내가 얼마나 가증스러운지 모른다고, 나는 때려 부숴야 하는 장애물이라고.

"미안해."

그가 또 말했다.

"사실, 내가 하려던 말은 이런 게 아닌데. 무슨 말을 하려는 거냐면, 지난주에 병원에 가서 혈액검사 결과지를 받았는데…… 음성이 나왔어."

그가 무슨 말을 하는지는 구체적으로 알 수 없어도 생사에 관련된 큰일임은 분명했다. 내 얼굴이 떨리고 있는지는 모르겠지만, 덩이밍이 말할 때 그의 얼굴은 도살 직전 암탉처럼 쉬지 않고 떨리고 있었다.

"음성•이라니, 무슨 뜻이야? 이밍 너, 도대체 무슨 병에 걸렸어?"

"친구야, 나 죽을 날이 머지않았어."

"너, 그런 말은 절대 하지 마. 도대체 어떻게 된 일이야?"

내 몸에서도 힘이 쭉 빠졌다. 나도 손을 뻗어 나무줄기를 짚는 수밖에 없었다.

• '나'는 '음성'을 병이 있는 것으로 착각하고 있다.

"전염됐어. 이게 바로 너와 샤오징이 함께하는 걸 강력히 반대하는 이유야. 사실은 이렇게 간단한 거였다고."

나는 한마디도 할 수 없었다. 분명한 것은, 앞으로 내가 그에게 수많은 격려를 건네고, 그와 함께 병마에 맞서 싸우고, 가족처럼 그를 돌보리라는 사실이었다……. 그러나 지금 이 순간, 나는 한마디도 할 수 없었고 하고 싶지도 않았다. 나는 나무줄기에 온몸을 기댔다. 이 용수나무가 이 세상에서 가장 믿음직한 존재처럼 느껴졌다. 덩이밍은 여전히 손으로 나무줄기를 짚고 있었다. 푹 수그린 그의 정수리에 흰 머리카락 몇 가닥이 우뚝 서 있었다. 나뭇잎 사이로 쏟아지는 햇빛이 덩이밍과 내 몸에 내려앉았다. 그 하얀 해무늬는 금속처럼 무거웠지만, 우리는 공기처럼 가벼워지며 조금씩 증발하는 느낌이 들었다.

집에 돌아와 보니 샤오징은 아직 오지 않았다. 집 안이 텅 비어 보였다. 벽에 걸린 샤잉만이 우리를 주시할 뿐이었다. 나는 샤오이를 침대에 눕히며 더 자라고 했다. 그러나 샤오이는 자지 않겠다며 내가 계속 같이 있어주길 바랐다. 샤오이가 떼쓰는 수단은 내 다리를 부둥켜안고 놔주지 않는 것이었다. 마음이 약해진 나는 어쩔 수 없이 샤오이 곁에 누웠다. 우리는 세상에서 가장 정이 깊은 연인처럼 얼굴을 맞대고 조용히 서로를 바라보았다. 그 애의 부드러운 머리카락을 쓰다듬으니 수천수만 가지 사랑의 감정이 마음속으로 모여들었다. 하지만 나는 한마디도 하지 않았다. 샤오이와 함께 있으면 의식적으로 언어를 포기하지 않고도 고요한 존재가 된다.

그러다 어렴풋이 잠이 들었다.

꿈을 꾸었다. 뜻밖에도 나는 사우나에 있었다. 샤오징을 찾고 싶었지만, 나에게 다가온 사람은 덩이밍이었다. 그가 말했다. "빨리 가봐. 샤오징이 기다린다." 꿈속의 나는 민망하지 않았다. 그렇다고 흥분하지도 않았다. "이밍, 너 왜 여태 병원에 안 가봐?" 덩이밍이 말했다. "가봤자야. 내 목숨은 굳어가는 촛불 같아. 샤오징만이 나에게 약간의 불꽃이나마 줄 수 있어, 내가 완전히 굳어지지 않도록." 나는 울었다. "이밍, 이루지 못한 소원이 있으면 나한테 꼭 말해야 돼." 덩이밍이 말했다. "친구야, 이것만 기억해줘. 너를 사랑해."

깨어나 보니 창밖은 이미 어두워져 있었다. 내 뺨에 눈물 젖은 베개가 느껴졌다. 나는 손을 들어 더듬어보았다. 옆자리가 텅 비어 있었다. 샤오이는 이미 일어나 있었다. 아픈 샤오이와 함께 잤는데 그애는 일찌감치 일어났고, 나 혼자만 고통스러운 잔몽과 함께 남겨져 있었다. 참으로 아이러니했다. 어쩌면 진짜 아픈 사람은 나일지도 모른다. 밖에서 무슨 소리가 들려왔다. 샤오징이 돌아온 것 같았다. 그녀의 분주한 발소리에 수도꼭지에서 흐르는 물소리가 섞여들었다. 밥을 하고 있겠지. 나는 다시 눈을 감았다. 평온함이 가슴 깊이 스며들며 나를 감쌌다. 고통이란 애초부터 없었던 것처럼, 이 세상은 예전 그대로 아름다웠다.

어둠 속의 상어

상어는 조금도 슬픈 기색 없이 거대한 유리 상자 안에 고요히 머물고 있다. 상자 안에 채워진 물은 도끼처럼 생긴 상어의 등지느러미를 찰랑찰랑 덮을 만큼이다. 상어가 저렇게 시멘트 더미처럼 중력 근처를 기어다니는 대신 좀더 편안히 지내게끔 물을 더 넣고 싶지만, 유리 상자가 물 한 잔의 무게도 더 버텨낼 수 있을지 의심스럽다.

"고마운데, 네가 물을 가득 채워도 나는 못 떠다녀."

상어는 매우 예민해서 늘 내 마음을 꿰뚫어본다. 그러나 상어의 말소리는 몹시 기묘하다. 바다 밑의 혼탁함을 띠고 있으며 입에서 기포를 뿜어내지도 않는다. 눈을 감고 들으면 머나먼 곳에서 들려오는 소리 같다.

"상어는 부레가 없어서 떠다니기 힘들잖아. 그냥 무심코 도와주고 싶은 생각이 들었어."

나는 의자에 앉아 오른쪽 다리를 왼쪽 다리 위로 꼬았다. 나는 틈날 때마다 이 의자에 앉아서 상어와 이야기를 나눈다. 아무래도 상어는 우리 집안 먼 조상의 토템이 아닐까 싶다. 그게 아니라면 아버지가 내게 이런 말을 했을 리가 없다. 아버지는 우리 집안의 모든 세대가 상어 사육에 열중해왔으며, 어부들이 비밀리에 운반해온 상어를 지하실에 숨겨놓고 애완동물로 삼았는데 어떤 종인지는 아무도 모른다고 했다. 내 상어는 열여덟 살 때 아버지에게 받은 것으로 내 성년식 선물인 셈이었다. 다행히 내 상어는 토끼처럼 온순하고 배추와 당근만 먹는 재미난 녀석이다. 오래전에 상어가 처음 왔을 때, 나는 상어의 잇몸에 박힌 낚싯바늘을 발견했다. 녹슨 바늘 때문에 잇몸에 염증이 생겨 상어는 하마터면 목숨을 잃을 뻔했다. 모든 육류에 악의가 숨어 있다고 느낀 상어는 다시는 고기를 먹지 않겠다고 맹세했다.

"넌 나를 충분히 도와줬어. 네가 준 채소 샌드위치를 내가 모를 거라고 생각하진 않겠지."

상어가 웃음을 짓자 왠지 사악하게 보였다. 입꼬리가 올라가고 눈을 동그랗게 뜬 모습이 뭔가 못된 생각을 품은 것만 같다. 그러나 상어에 익숙해진 나에겐 이 모습이 바로 상어의 귀여운 면이다. 상어의 건강을 지키기 위해 나는 어쩔 수 없이 푸성귀에 고기를 넣어 말아야 했다. 그렇게라도 하지 않으면 상어는 오래 살 수 없을 테니까. 육식은 상어의 본성이다. 스님처럼 착해지려 애써봤자 상어에겐 통하지 않을 운명이다.

"그런 식으로 들춰내면 이제 어쩐다? 샌드위치 속을 더 넣어야 해, 말아야 해?"

나는 이 문제를 진지하게 고민하고 있었다. 수많은 일이 투명한 거짓말로 유지되고 있다. 그런데 이 투명 테이프가 줄어들면 일의 본질이 달라지고 만다.

"내가 뭐라고 했더라? 벌써 싹 잊어버렸네."

상어는 어느새 본래 모습으로 돌아와 있었다. 상어의 눈은 컴퍼스로 그린 것 같았다. 아무런 슬픔도 없고 그저 종잡을 수 없는 흐리멍덩함만 깃든 눈이었다.

"엄청 똑똑하면서 어수룩한 척하기는."

나는 의자에서 일어났다. 상어의 꿈틀거리는 아가미 틈새가 보였다. 이미 수없이 세어봤는데 일곱 개다. 일곱 개의 상처 같다. 가끔은 고기로 만든 풍금 같다는 생각이 들 때도 있다.

"그렇게 쳐다보지 마."

상어가 말했다.

"그치만 난 널 보는 게 좋은데."

내가 빤히 쳐다보면 상어가 긴장한다는 걸 알고 있다.

긴장한 상어를 보면 빙그레 웃게 된다.

이 거대한 지하실을 나와 돌아서서 불을 끄면, 상어는 어둠 속에서 더 어두운 존재가 된다. 어둠 속의 상어는 아무 말 없이 침묵한다. 자신의 폭력성과 자유를 잊으려 애쓰며 의욕을 비축해두는 것만 같다. 상어에게 날개가 돋아 갑자기 날아오르기라도 할세라 나는 문을 닫고 조심스레 자물쇠를 걸어 단단히 잠근다. 그러고는 백열등 하나만 달린 어두컴컴한 복도에 서서 눈을 감는다. 그러면 심장이 격렬하게 수축하는 소리가 들리는 듯하다. 매번 이렇다. 다른 문을 열기에 앞서, 나는 흥분을 억누를 수 없다. 시간은 덧없이 흘러가지만 이 흥분은 눈 녹은 물처럼 끊임없이 이어진다.

그 문에도 자물쇠가 걸려 있다. 더 튼튼하고 강력한 자물쇠다. 나는 작은 소리도 내지 않으려 애쓰며 자물쇠를 조심스레 푼다. 문을 열자 보라색 빛줄기가 새어나온다. 오늘은 일요일이다. 백색광은 일곱 빛깔로 나뉘며 각 빛깔은 일주일의 7일에 해당된다. 나는 이것이 우주의 논리에 부합한다고 믿는다. 게다가 나는 오직 이곳에서만 상어의 존재를 잊을 수 있다. 그렇지 않으면 내 의식 속에는 그 낚싯바늘의 흑갈색 녹처럼 언제까지나 상어의 그림자가 드리워져 있을 것이다.

내 아내는 그곳에 그대로 앉아 있다. 그녀의 이름은 아직 모르지만, 그게 무슨 상관인가? 중요한 건 그녀의 이름이 아니라 그녀가 내 아내라는 사실이다. 그녀가 내 아내라는 건 내가 일방적으로 정한 거지만, 그녀가 아무런 항의도 하지 않았기 때문에 그냥 그렇게 결정되었다.

그녀는 나를 보지 않으려 일부러 고개를 숙이고 긴 머리로 얼굴을 가리고 있다. 항상 그러고 있다. 그녀는 늘 일부러 나를 화나게 한다. 고개를 들라고 해도 그녀는 죽은 것처럼 꼼짝도 하지 않는다. 손을 뻗어 그녀의 턱을 받치면 그녀는 살짝 부었지만 여전히 아름다운 눈을 뜬다. 그러나 나를 보지는 않는다. 어디를 보는지는 알 수 없다. 그녀는 키가 매우 커서 앉아 있어도 나보다 크다. 물론 거의 모든 사람이 나보다 크지만. 나는 초등학교를 졸업하자 몸이 동면에 들어갔는지 1센티미터도 자라지 않았다. 온갖 운동을 해봤지만 하나도 소용없었다. 몸만 엄청 단련되었고, 그러니까 거의 정사각형이 되어 더 작아 보였다. 세입자들은 뒤에서 나를 게라고 부른다. 나는 그들이 나를 이렇게 부르는 걸 알지만, 내가 그들 앞에 나타나면 그들은 웃음 띤 얼굴로 '양楊 사장님'이라고 부른다. 양 사장님이라, 우스꽝스러운 호칭이다. 내가 무슨 '사장'이라고? 내 부동산이라고는 아버지가 남겨준 이 허름한 4층 건물뿐으로, 처음엔 그리 비싸지도 않았다. 그런데 건물들이 그렇게 많이, 그렇게 빨리 지어질 줄 누가 알았겠나? 아버지가 세상을 뜨자 낡아빠진 우리 건물은 주위의 반짝이는 유리 건물에 완전히 포위당했다. 구김 없는 양복에 반들반들한 구두를 신은 녀석들이 앞다투어 달려와 내 건물에 세를 들겠다고 했지만 나는 그들에게 방을 빌려주기 싫었다. 하이힐을 신고 엉덩이를 씰룩거리는, 혼자 사는 여자에게 빌려주고 싶었다. 그런 세입자도 속속 찾아왔지만 나는 전설 속의 사랑을 찾지 못했다. 그러던 어느 날, 아내를 만났다. 마음에 번개가 내리친 것 같았고, 나는 주저 없이 일주일 만에 그녀를 이곳으로 데려왔다.

나는 아내의 눈에 키스했다. 그녀가 눈을 뜬 채로 내 마음대로 하게 놔두자 어딘지 섬찟했다. 내가 말했다. 자기, 눈 좀 감아줄래? 그러나 그녀는 내 말을 무시한 채 아예 곁눈으로 나를 노려보았다. 나도 잠깐 그녀를 바라보았다. 그녀의 눈 속에 심연이 숨어 있어 나를 빨아들이려는 것만 같았다. 나는 얼른 그 시선에서 벗어나 그녀의 뒤로 가서 섰다. 그녀가 무용가처럼 몸을 비틀자 하얀 어깨가 밧줄 아래로 미끄러지며 매끄러운 피부에 미세한 주름이 잡혔다. 나는 결박하는 솜씨가 제법 괜찮다. 그녀는 이 새빨간 리본을 풀 길이 없다. 시간을 충분히 줘도 마찬가지다. 나는 그녀가 리본을 풀고도 이곳에 남아 있을지 보려고 몇 번이나 일부러 문을 잠그지 않았다. 하지만 돌아와 보면 그녀는 그 자리에 그대로 앉아 있었다. 나는 그녀가 아예 시도조차 하지 않은 줄 알았는데, 빨갛게 부어오른 그녀의 손목을 보고서야 그녀가 안간힘을 썼다는 걸 믿게 됐다.

더는 걱정할 필요가 없다. 내가 매듭을 풀어도 이미 조여진 느낌에 익숙해진 그녀는 달아나지 않을 것이다. 사람이란 온갖 일에 익숙해지기 마련이다. 나 같은 사람도 내 존재에 익숙해질 수 있었으니까.

그렇다고 그녀를 묶은 매듭을 풀어본 적은 없다. 어쩌면 그녀에게 이른바 '스톡홀름 증후군'*이 생겼을지도 모르지만, 내 생각에 그건 그저 이론에 기초한 가설일 뿐이다. 언젠가 정말 그런 날이 올지 몰라도 아직은 때가 되지 않았다고 본다. 그렇게 쉽게 모험을 할 수는 없다.

나는 세상에서 가장 연약한 존재를 보호하려는 것처럼 뒤쪽에서 그녀의 뺨을 쳐들고 머리를 뒤로 살짝 젖혔다. 도자기처럼 정교한 코끝이 보였다. 나는 그녀의 머리를 내 가슴에, 심장이 뛰는 곳에 기대게 했다. 나는 이토록 그녀를 사랑한다. 왜 그런지는 몰라도 그녀를 이토록 사랑한다. 그녀와 다른 여자들의 가장 큰 차이점은 뭘까? 더 아름다운가? 아니면 더 지혜로운가? 사실 나도 잘 모른다. 이런 생각에 빠져 있을 때, 그녀가 느닷없이 얼굴을 돌리더니 상어가 먹이를 잡아먹듯 내 왼손을 힘껏 물었다. 가슴을 찌르는 고통에 나는 비명을 질렀다. 통제력을 잃은 내 왼손이 상처 입은 뱀처럼 번쩍 쳐들렸고, 오른손은 저도 모르게 그녀의 목을 조였다. 가느다란 목은 정교하고 아름다운 술병을 연상시켰다. 그런 술병을 들고 술을 따르는 것은 정말 멋진 체험이다. 물론 나는 그걸 쉽사리 비틀어 끊어버릴 수도 있다. 아름다움을 파괴하는 것, 그것은 언제나 치명적인 유혹이다.

빨간 핏방울이 그녀의 하얀 치마에 떨어졌다. 내 피다. 나는 매번 방심하다가 그녀에게 상처를 입고, 아픔이 강해질수록 피바다가 되고, 그럴수록 무거운 짐을 벗은 듯한 해탈의 쾌감을 느낀다. 내가 그녀에게 진 빚은 예기치 못한 속도로 그녀에게 되갚아지고 있다. 그러고 나면 우리는 서로 빚이 없을 테고, 나는 평온하게 그녀의 눈을 바라보며 그녀와 이야기를 나눌 수 있겠지.

* 피해자가 가해자에게 동조하거나 가해자를 옹호하는 심리 현상. 스톡홀름에서 은행 강도가 벌인 인질극에서 유래한 이름이다.

"사랑해."

그녀의 귓가에 대고 속삭였다.

"죽어버려!"

그녀가 수도 없이 되풀이한 말이다.

"우리 모두 죽어, 때가 안 와서 그렇지."

내가 흥얼흥얼 말했다.

"난쟁이!"

그녀가 덧붙였다.

나는 이 말을 매우 객관적인 진술로 보기에 이렇게 나를 욕하는 것은 아무 의미 없다고 생각한다. 그저 그녀 입에서 한마디 말만 나오게 할 수 있다면 나는 모든 고난을 기꺼이 받아들일 것이다. 그녀의 입술은 분노로 떨렸고, 그걸 보는 내 심장도 떨렸다. 무엇이 그녀를 이토록 오랫동안 분노하게 만드는 걸까? 권력, 자본, 시장이 아니라 난쟁이에게 납치된 것? 하지만 이 난쟁이가 한 일은 모두 인간의 사랑에서 비롯된 것이니 어쩔 수 없다. 이해해주길. 내 손이 그녀의 목에서 떨어지자 그녀는 내 마음속 말을 들은 것처럼 한숨을 내쉬었다.

오늘 아침 8시쯤, 침대에서 일어난 나는 보지도 않고 민첩하게 발가락을 슬리퍼에 쑤셔넣었다. 벌어진 발가락 때문에 나는 더더욱 게처럼 보였다. 먼저 화장실에 가서 한참 동안 오줌을 누고, 베란다로 나가 밖을 내다보았다. 나는 꼭대기 층에 살고 세입자들은 모두 내 발밑에 밟혀 있다. 이런 느낌이 맘에 든다. 나는 출근하려고 집을 나서는 그녀들의 정수리를 내려다보았다. 머리에서 두 발이 번갈아 튀어나오고, 차츰 뒤통수와 등이 나타나고…… 인간이란 참으로 묘한 생물이다. 누구나 난쟁이나 괴물처럼 보일 때가 있다. 나는 사람을 연구하기를 좋아하고 종종 사람에 대해 판단을 내리는데, 대부분이 정확하다. 그러나 이런 정확한 결론은 아무런 가치도 없으며 한 푼도 벌어다주지 못한다. 언제부터 돈이 모든 숭배의 중심이 되었는지는 기억나지 않는다. 어린 시절에는 그렇지 않았던 것 같은데. 그때 나는 군복 입은 이웃집 형을 더욱 숭배했다.

쓸데없는 말은 그만하고, 내가 하려는 말은 오늘 아침에 관찰하다가 낯선 사람 두 명을 봤다는 거다. 낯선 남자 둘. 그들은 늘 이 근방을 어슬렁거리며 내 쪽을 곁눈질한다. 곁눈질이란 아주 신기한 것으로, 볼 수는 없어도 느낄 수는 있다. 나는 보이지 않는 존재를 느낄 수 있다. 이를테면 세포가 우주선宇宙線에 부딪히는 순간의 미미한 작열감을 느낀다. 지금 저 두 남자의 몸에는 나를 겁먹게 하는 무언가가 있다. 그들의 흰 셔츠는 너무 깨끗하고 허리도 너무 꼿꼿하다. 그들은 늘 다른 사람에게 지나친 호기심을 보인다. 그중 한 명은 이따금 선글라스를 꺼내 쓰는데, 아무래도 어색한지 조금 뒤에 도로 벗는다. 키가 크고 목이 물통보다 더 굵은 걸로 미루어 싸움 고수가 틀림없다.

당연히 그들은 경찰이다. 나는 경찰이 조금도 두렵지 않다. 몇 달 전에도 경찰이 찾아왔지만 아무 소득도 없었다. 그들은 상어도 내 아내도 만날 인연이 아니었다.

하루하루 천지개벽하는 이 세상을, 누가 무슨 수로 지켜내겠는가? 좌우지간 나는 나의 작은 세계를 지키기만 하면 된다. 진흙탕 같은 삶, 판단할 도리가 없는 비천한 삶을.

세입자가 모두 나가고 건물이 텅 비었다. 시계를 보지 않아도 알 수 있다. 나의 신경계는 이미 이 집과 하나로 연결되어 있다. 그녀들의 모든 사소한 움직임이 나의 신경말단을 교란한다. 나는 방으로 돌아와 핀셋과 위생백을 챙겨 들고 3층 첫 번째 방문을 열었다. 나는 열쇠 없이도 그녀들의 방문을 열 수 있다. 자물쇠는 그녀들이 새로 바꾼 것이지만 문은 줄곧 내 것이라 자물쇠는 문에 저항할 수 없다. 이 방의 세입자는 비서가 틀림없다. 모든 옷이 매우 단정하며 늘 검은색 스타킹과 검은색 하이힐을 신는다는 것이 유독 눈에 띈다. 나는 그녀의 옷장을 여러 차례 점검해 내 판단을 확인했다. 80퍼센트가 짙은 색 짧은 치마 정장이다. 나는 그 옷들, 옷감 표면의 섬유와 보풀을 만져보며 그녀의 사장이 만지면 어떤 느낌일지 상상해보았다.

그녀는 날마다 밤늦게 돌아오고 아침 일찍 나가는데 방이 지저분한 편은 아니다. 방에서 하는 일이 별로 없으니까. 나는 핀셋으로 베개에 떨어진 머리카락을 조심스레 집어 위생백에 넣었다. 그녀는 머리카락이 많이 빠진다. 극심한 불안 속에서 살아간다는 증거다. 침대 시트에 떨어진 곱슬곱슬한 털도 내 관심거리로 똑같이 집어서 위생백에 넣었다. 나는 베개를 만들고 있다. 꿈에서 그녀들의 따스한 몸을 보고 싶다. 꿈에서 그녀들도 나를 꿈꾸는 장면을, 그녀들과 내가 정말로 함께 지내는 장면을 보고 싶다. 나는 내가 너무 외롭다는 사실을 인정하고 싶지 않고, 그녀들에게서 위로받고 싶다. 내 아내가 나를 사랑한다고 말하기 전까지는 이 미완성 베개가 나에게 유일한 위안이자 희망이다.

나는 그녀의 침대에 누워 눈을 감았다. 머릿속은 어둠뿐이었다. 나는 그녀가 나와 마찬가지로 꿈이 없는 사람임을 알아차렸다. 일어나 앉아 그녀의 서랍을 열고 무심코 뒤적이다 마침내 그녀의 증명사진을 찾아냈다. 그녀의 생김새를 대충 알고는 있지만, 그래도 제대로 봐둘 필요가 있다. 얼굴은 갸름한 편이고, 눈썹은 옅고 광대뼈는 단단하며 눈빛은 살짝 주눅 들어 보인다. 다른 사람의 그림자 속에서 살아야 할 천성이다. 그녀가 내 그림자 속에서 살 수 있을까? 나는 그림자가 있나? 내 존재 자체가 그림자 같은데? 내가 남의 그림자 속에서 사는 건가? 설마, 우리 모두 상어의 그림자 속에 있는 건 아니겠지?

아니, 나는 상어 말고 다른 사람의 그림자 속에서는 살지 않는다. 그들은 내 존재에 진정으로 주의를 기울인 적이 없다. 그들은 아마 나를 인류의 범주에서 제외했을 것이다. 그러나 그들은 내가 매일 오후 비트겐슈타인의 『철학적 탐구』, 아리스토텔레스의 『수사학』, 왕양명의 『대학』을 읽는다는 사실을 모른다. 이것들은 인류의 가장 훌륭한 책이다. 방문을 꼭 잠그고 한 글자 한 글자 소리 내어 읽으면 방 안에 단어가 가득 흩날린다. 그 단어들은 유한하지만 서로 다른 배열로 조합되면서 의미가 무한해지고, 그럴 때마다 나는 깊은 혼란과 경외감에 빠져든다. 그것은 내가 상어에게 품은 경외심과 같다. 상어의 존재는 이 세상에 하느님과 같은 예측불가 빅 플레이어가 있다는 사실을 증명하기에 충분하다.

"너무 많이 아는 사람이 거짓말을 하지 않기란 쉽지 않다." 비트겐슈타인이 한 말을 보니 생각이 많아졌다. 나는 거짓말을 두려워하지도 부끄러워하지도 않는다. 그런데 언제부터인가 내가 한 말을 스스로 철석같이 믿는다는 걸 깨달았고, 내가 그런 가장 무시무시한 거짓말쟁이가 되어 나 자신을 철저히 속이고 있는 것은 아닌지 의심쩍어졌다. 이건 정말 끔찍한 생각이었다. 비트겐슈타인은 "타인의 마음속 깊은 곳에 있는 것을 가지고 놀지 마라"라고도 했다. 나는 남의 마음 깊은 곳에 있는 것을 가지고 노는 게 아니다. 그걸 얻고 싶을 뿐이다. 구체적으로 말하면 나는 그저 내 아내의 마음속 깊숙한 곳에서 나를 사랑하는 마음을 얻고 싶을 뿐이다.

정말로, 나는 그녀를 가지고 놀고 싶지 않다.

내가 읽고 생각하는 이유는, 남들이 나를 인류에서 추방하려는 시도를 막고 나 자신을 인류의 범주에 단단히 가둬두려는 것이다. 나는 바지를 벗고 이 여인의 방 냄새를 힘껏 맡으며 자위를 했다. 그러고서 정액을 물컵에 모아 그녀의 팬티, 침대 시트, 방석, 변기 커버 등 그녀가 가장 접촉하기 쉬운 곳에 꼼꼼히 발랐다. 이런 희망이 막연하다는 걸 알면서도 나는 결코 포기하지 않는다. 나는 내 아이를 갖고 싶다. 많으면 많을수록 좋다. 병원에 가서 정자를 무상으로 기증하겠다고 했지만 그들은 무정하게 나를 거절했고, 다 같이 깔깔대며 나를 바라보았다. 매우 아름다운 의사가 나에게 거울을 보라기에 거울을 봤다. 키가 작은 것 말고 다른 기형적인 점은 없었다. 설마 작다고 해서 인간으로서 존재할 권리가 없단 말인가? 나는 하늘이 나에게 부여한 권리를 되찾기 위해 스스로 나설 수밖에 없다.

만약 내 아내가 나를 사랑한다면, 그녀는 내 아이를 낳기로 동의할 것이다. 나는 인류가 택한 보편적이고 정상적인 방식으로 아내와 함께 아이를 세상에 태어나게 하고 싶다.

그때가 되면 이런 찌질한 행동은 안 해도 되겠지. 사랑 없는 삶이란 어떻게 해도 찌질하다. 그렇다면 나는 찌질함 속에서 약간의 즐거움이나마 찾아내야 한다.

점심때가 되자 꼭대기 층으로 돌아와 홍당무돼지뼈탕을 끓이고 목이버섯닭강정과 탕수갈비를 만들고 밥을 했다. 나는 결박하는 솜씨 못지않게 요리 솜씨도 훌륭하다. 나는 아내와 함께 먹으려고 풍성한 점심을 가지고 지하실로 내려갔다.

"자기야, 밥 먹어."

"죽어버려!"

예상대로다.

나는 그녀 앞에 있는 작은 탁자에 음식을 차려놓고 밥을 먹기 시작했다. 한 입 먹을 때마다 그녀를 한 번씩 돌아봤지만 그녀는 줄곧 눈을 감고 있었다. 나는 그녀가 몹시 배고프면서도 스스로를 통제하고 있다는 걸 안다. 내가 잠깐만 자리를 비우면 그녀는 남은 음식을 금세 다 먹어치우는데, 어떻게 그러는지는 아직도 모르겠다. 카메라를 설치해 훔쳐보고 싶지만 그랬다간 그녀가 단식에 들어갈까 두렵다. 날 믿어주길, 나는 그녀가 죽기를 바라지 않는다. 그녀가 살아 있기를, 잘 살아 있기를 바란다. 그리고 나를 사랑하기를 바란다. 나는 그녀의 기본적인 존엄을 지켜준다. 존엄은 사랑의 기초니까.

"먹어, 난 책 보러 올라갈게."

나는 돌아서서 총총히 걸어갔다. 내가 '책 보러'라고 말하면 그녀가 언제든 나를 붙잡아 세운다는 듯이 걸음을 재촉했다.

그녀는 침묵할 뿐이었다. 나라면, 나 역시 침묵하겠지?

하지만 나는 그녀가 아니다. 나는 나일 수밖에 없다, 작은 몸에 갇힌 난쟁이. 문 앞에 이르자 나는 뒤돌아섰고, 내 입에서 갑자기 이 한마디가 튀어나왔다.

"자기도 내가 무슨 책 읽는지 안 물어봐?"

"죽어버려!"

그녀는 오로지 이 말밖에 할 줄 모르는 듯했다. 다만 이번 목소리에는 힘이 없었다. 그녀는 배가 고프다. 밥을 먹어야 한다.

"언젠가는 나를 사랑하게 될 거야. 우리가 그 책들에 대해, 그 고귀한 말들에 대해 이야기하기만 하면."

나는 말을 마치고 자리를 떴다. 내가 한 말에 그렇게 확신이 서진 않았는지, 나는 계단을 오르며 숨을 헐떡였다.

나는 나 자신을 속이고 있나? 나 자신을 철저히 속일 방법은 없는 걸까?

잠깐 낮잠을 자고 2시 반쯤 일어나서 오줌을 눴다. 그 두 녀석이 또 눈에 들어왔다. 담배를 피우는 그들은 아주 느긋해 보였고, 나를 붙잡을 건수를 찾았는지 남몰래 기뻐하는 웃음을 띠고 있었다. 나는 그런 웃음을 좋아하지 않는다. 그것은 정의로운 웃음이 아니라 남의 재앙을 고소해하는 웃음이다. 나는 상어의 웃음을 좋아한다. 상어는 나처럼 즐거우면 즐겁게 웃는다. 거듭 생각한 끝에 나는 겁먹지 않기로 했다. 만약 그들이 문제가 뭔지 알아냈다면 1초도 지체하지 않았을 테니까.

오후에 나는 먼저 그 훌륭한 책을 읽고 나서 다른 여자의 방에 갈 생각이었다. 그녀는 사무원 같은데, 차분하고 수줍음이 많고 장작개비처럼 비쩍 말랐다. 불쌍한 마음이 들어 그녀에게도 가봐야 할 것 같았다. 그렇게 마음을 정했을 때 문 두드리는 소리가 났다. 내가 가장 두려워하는 소리다. 나는 살금살금 문 쪽으로 다가가서 구멍으로 밖을 내다보았다. 그들이 결국 여기까지 왔다. 나는 조금도 멈칫거리지 않고 문을 열었다. 전과 마찬가지로 그들에게 아무 소득도 없으리라 믿었으니까. 더 큰 이유는 나 자신을 범죄자라고 여긴 적이 없기 때문이다.

그들은 두리번거리지도, 뭔가 찾으려고 하지도 않고 곧장 소파에 앉았다. 경찰복을 입지 않은 그들은 아무런 의욕이 없어 보였다.

"자자, 형사님들, 수고 많으십니다. 차 좀 드세요."

나는 보이차를 우려서 두 사람에게 건넸다.

그들은 자기네가 경찰인 걸 내가 모를 줄 알았다는 듯 서로를 멀뚱멀뚱 바라보았다.

"얘기나 나눕시다."

키다리가 담뱃불을 붙였다. 선글라스가 가슴에 걸려 있는데 활짝 열린 옷깃 사이로 드러난 살갗이 여자처럼 매끄러워 보였다.

"그러죠, 무슨 얘길 하고 싶어요?"

"당신 얘길 해봐요. 우리는 당신이 아주 재밌는 사람이라고 생각하는데."

"어디가 재밌는데요?"

"익살맞아 보이잖아요."

"그건 날 모욕하는 겁니다."

"그럴 리가요. 서커스단에도 광대가 있지만 광대를 모욕하는 사람은 아무도 없어요."

"여기는 서커스단이 아닌데요."

"어디든 서커스단일 수 있죠."

"경찰서도요?"

"그럴 수 있죠."

그는 매우 진지한 눈으로 나를 바라보며 담배를 한 모금 빨아들였다. 그렇게 말하는 걸 보니 그는 매우 진실한 사람임에 틀림없다. 나는 진실한 사람과 허심탄회하게 이야기를 나누고 싶었다.

"그렇다면 얘기하죠. 나는 내가 진지한 사람이라고 생각합니다. 나에게 어떤 즐거움이 있다면 그건 그저 사는 것 자체의 즐거움이에요. '성찰하지 않는 삶은 살 가치가 없다'고 소크라테스가 말했죠. 나는 매일같이 내 삶을 성찰합니다. 내 삶이 아무런 가치도 없다는 걸 알지만, 그런 성찰은 내가 계속 살아갈 수 있다고 느끼게 해주니까요."

그들이 웃음을 터뜨리는 바람에 담뱃재가 다 떨어졌다. 나는 그들이 갑자기 왜 그렇게 즐거워하는지 영문을 몰랐다. 내가 뭐 말을 잘못했나? 알 수가 없어 그냥 이야기를 이어갔다.

"성찰은 사람을 고통스럽게 살아가게 하지요. 사악한 사람이라면 그 고통은 틀림없이 두 배가 될 겁니다. 그렇다면 사람이 스스로를 성찰할 때, 고통이 적을수록 그의 본성이 선량하다고 말할 수 있을까요?"

"당신이 무슨 말을 하는지 모르겠지만, 당신이 사악하다는 건 장담할 수 있죠."

그 작고 마른, 말이 없던 녀석이 입을 열었다. 그는 눈이 매우 작고 눈꺼풀이 축 처져서 눈동자가 제대로 보이지 않았다.

"상어가 사악하다고 생각해요?"

나는 상어의 그 커다랗고 천진한 눈을 떠올리며 그의 공격을 피했다.

"당연한 걸 뭘 물어요?"

그들은 너무나 자신만만하게 고개를 끄덕였다.

"하지만 상어는 살려고 다른 물고기를 먹는 거예요, 사자나 호랑이처럼. 그런데 왜 상어를 사악하다고 여기죠?"

나는 깊은 바다에서 헤엄치는 상어를 떠올렸다. 그들은 강건하고 힘차며, 계속 떠다니기 위해 끊임없이 몸을 움직인다.

"당신이 포유류와 가깝기 때문에 어류라는 종의 원시성을 두려워하는 것뿐이에요."

나는 빙긋 웃으며 진상을 알려주었다.

그는 얼떨떨해 있다가 고개를 끄덕이며 말했다.

"심해에 있는 모든 게 원시적이에요. 거기 사는 몇몇 생물은 심지어 생명체라고 부를 수도 없죠."

"그곳이야말로 진실합니다. 인간은 너무 위선적이에요."

나는 그의 눈을 뚫어져라 바라보았다.

"그럼 당신은 위선적인가요?"

"당연하죠, 나도 인간이니까."

"인간이란 말이 입에 붙었네요?"

"마음속에 두고 늘 명심하고 있죠."

그들이 또 웃음을 터뜨렸다. 그럴 줄 알았다, 인간은 너무 정확한 말은 직면하지 못하는 법이니까. 그러나 그들이 대화하다가 너무 많이 웃는 바람에 처음에 받은 진실하다는 느낌은 이미 사라졌고, 혐오감이 스멀스멀 올라왔다. 줄곧 해온 생각인데, 혐오스러운 사람들은 그 혐오스러움과 함께 속박되고 봉인되어야 한다. 그들이 경찰일지라도.

"여기 뭔가 숨겨져 있는 게 분명한데."

키다리는 지금 선글라스를 끼고 있어서 그는 나를 보지만 나는 그의 눈빛을 볼 수 없었다. 그 때문에 나는 굉장히 화가 났다.

"네, 내가 여기 숨겨놓은 게 엄청 많거든요. 알고 싶어요?"

내가 도발했다.

"말해봐요."

선글라스는 감정을 드러내지 않았다.

"그럼 잘 들어요."

그래, 우리 집 지하실 얘기를 할 때가 왔다. 그 얘길 듣고 나면 그들은 그곳을 영원히 잊지 못할 거라 믿는다.

우리 집 지하실에 칸막이 방이 몇 개나 있는지는 나도 모른다. 가본 적도 없고 세어볼 엄두도 안 났다. 증조부 때부터 지하실을 파기 시작했는데 이는 피를 통해 자연스레 얻은 교훈이었다. 광저우는 지난 100년간 결코 평화로운 곳이 아니었다. 예전에 아버지는 아버지의 증조부(이 조상을 뭐라고 불러야 할지 모르겠다)가 폭동으로 돌아가셨다고 두루뭉술하게 말한 적이 있다. 나는 역사책 기록과 대조해보려고 아버지에게 세부 사항들을 몇 번이나 물었지만 아버지의 기억은 이미 흐릿해져 있었다. 아버지도 어릴 때 할아버지에게 들은 얘기였다. 아버지는 그저 아버지의 증조부가 태평천국•군에게 죽은 건 아니라고 확신했지만, 태평천국과 상관이 있는 대성국大成國인가 뭔가의 반란 때문일 거라고 했다. 대성국? 내가 어리둥절해하자 아버지는 내 머리에 꿀밤을 호되게 먹였다. 영화에 나오는 천지회天地會••도 모르냐! 그래, 그러면 천지회가 내 조상을 죽였나? 꼭 그렇다고는 할 수 없다. 청나라 병사일 수도 있다. 조상이 어느 쪽에 가담했는지 누가 알겠나. 나는 차라리 조상이 천지회에 가담했으면 싶었다. 뭐 아무래도 상관없다. 아버지의 증조부는 어디서 죽었는지도 모른다고 한다. 젊었을 때 싼위안리三元里에서 영국놈을 죽이기도 했는데, 끝내는 동족의 손에 죽임을 당했고 무덤도 없다는 것이다. 우리 집안에 선산이 있던가? 없다.

"얘길 들어보니 그야말로 민족 영웅 집안이네."

선글라스가 낄낄거렸다. 옆에서 작고 마른 녀석도 따라 웃었다.

"물론이죠!"

나는 일어서서 그들의 찻잔에 차를 따라주었다. 웃어라, 웃어. 이제 몇 번 웃지도 못할 테니.

그 무렵 다행히 잡동사니를 보관하는 작은 땅굴이 있었다. 아버지의 할아버지, 즉 내 증조부(내가 아는 조상의 호칭은 증조부까지다)는

• 1851년 홍수전이 농민 반란군을 이끌고 청나라 타도를 외치며 광시성에 세운 나라.
•• 청나라 말기에 만주족을 무너뜨리고 한족을 일으키고자 조직된 비밀결사로 광둥성을 중심으로 활동했다.

거기 숨어 죽음을 면했다. 놀란 가슴이 진정되지 않은 증조부는 지하실을 만들기 시작했다. '자라 보고 놀란 가슴 솥뚜껑 보고도 놀라는' 상황이 아니었다는 것이 금세 증명되었다. 청나라가 망한 뒤 여러 군벌이 혼전을 벌일 때, 하이루펑海陸豐* 출신 천중밍陳炯明은 식견이 있는 자였는데 쑨원孫文과 견해가 달라 갈라서서 싸우기 시작했다. 그러자 증조부는 온 가족을 데리고 지하실로 숨어들어 또 한 번 살아남았다. 광저우로 돌아온 쑨 대원수는 북벌을 하겠다고 큰소리쳤고, 증조부는 사촌형을 따라 물건을 사오는 길에 우연히 대원수의 연설을 듣고는 고무되어 피가 끓어올랐다. 그리하여 돌아오자마자 쑨 대포大炮**는 과연 대단하다면서, 사촌형과 함께 짐을 꾸려 대원수와 함께 혁명의 길을 걸으러 떠났다. 사촌형은 창사長沙에 도착해 총을 몇 발 쏘자마자 겁에 질려 똥줄 빠지게 도망쳐오더니, 고개를 절레절레 흔들며 증조부가 너무 고집이 세다고 했다. 증조부는 쑨 대포에게 너무 깊이 빠져 그를 따라 반드시 혁명을 이루겠다고, 혁명이 실현되지 않으면 집에 돌아가지 않겠다고 맹세했다는 것이었다.

그 뒤로 증조부에게서는 아무런 소식도 들려오지 않았다.

"장 대머리***를 따라갔어도 혁명이라고 할 수 있으려나?"

키 작고 마른 녀석이 끼어들었다.

"그때는 혁명이라 할 수 있었지."

선글라스가 말했다. 이번 말은 제법 공정했다.

조부도 지하실 보수에 나섰다. 북벌은 성공했지만 쑨 대원수가 그

---

* 광둥성 동남부 산웨이汕尾시의 옛 이름. 신해혁명 당시 중국 공산당이 이곳에서 농민운동을 이끌었다.
** 광둥어로 '비현실적인 사람'이라는 뜻으로, 정적이 쑨원을 야유하는 뜻으로 붙인 별명이다.
*** 장제스를 말한다.

리 일찍 죽어버렸으니, 북방 놈들이 쳐들어올지도 모를 일이잖나? 이 생각은 조부에게 충분한 동기를 부여했다. 조부는 구멍을 깊이 파고 식량을 잔뜩 저장하기 시작하더니 금세 재난을 피할 곳을 마련했다. 그런데 쳐들어온 자들은 뜻밖에도 북방 놈들이 아니라 일본 귀신이었다. 당시 많은 사람이 홍콩으로 달아났지만 조부는 코웃음을 쳤다. 조부는 자신의 조부가 쓸모없는 영국 놈을 처치했다는 사실을 매우 자랑스러워했기에 홍콩으로 가는 것은 죽음의 길이었다. 옳은 판단이었다. 조부는 지하실에 숨어 A6M 0식 함상전투기의 대폭격과 일본인의 대수색을 피했고, 중일전쟁에서 승리할 때까지 살아남았다. 그런데 신기하게도 증조부의 다혈질 유전자가 조부에게 전해진 모양이었다. 재난을 피한 뒤에 조부는 혁명을 동경하기 시작하더니 남몰래, 지체 없이 북쪽으로 향했다. 옌안에 간 그는 공산당에 가입했고 몇 년 뒤 대부대를 따라 개선해 돌아왔다. 광저우가 해방되자 조부는 시교육청에 배치되었다.

"조부님이 좀 기회주의자 같은데요."

작고 마른 녀석이 또 말했다.

"전쟁 중이었어요. 총 한 방이면 목숨이 날아갈 상황인데, 이런 식으로 목숨을 거는 기회주의자도 있나요?"

나는 좀 화가 났다.

"이른바 기회주의란, 최소한의 노력으로 최대한의 수익을 얻으려는 거잖아요?"

"화내지 말고 계속 얘기해요."

선글라스가 끝내주는 차를 맛보며 쩝쩝 입맛을 다셨다.

조부는 교육계에 종사하며 붓으로 법을 우롱하는 수법을 배우더니만, 10여 년 뒤 어느 날 조잡한 시 한 수가 '반시反诗●'로 고발되어 재앙을 초래하고 말았다. 상황이 심상치 않자 조부는 다른 성으로 달아나려는 척하다가 지하실 깊은 곳으로 숨어들어 추적을 피했다. 그러나 조부는 부주의로 신세를 망치고 말았다. 몇 년이 지난 어느 날 밤, 조부는 난데없이 지하에서 기어나와 마당에 서서 하늘을 올려다보았다. 달빛이 휘영청한 밤이었다. 조부는 창정長征 로켓을 타고 하늘로 올라가는 별을 찾고 싶어 하늘에서 눈을 떼지 못했다. 역시 별을 보고 있던 이웃의 신고에 조부는 곧바로 체포되어 중앙아시아 부근으로 끌려갔고, 그 뒤로 다시는 소식을 듣지 못했다. 이 사건의 부작용은 매우 컸다. 내 아버지는 글쓰기를 극도로 두려워하면서도 글쓰기에 극도로 연연했다. 아버지는 금기의 쾌락에서 헤어나올 수가 없었다. 늘 무언가 쓰고 싶어했지만 뭘 써야 좋을지 몰랐고, 점점 더 깊이 빠져들어 끝내는 신경질적으로 변해버렸다.

"하, 그 둥팡훙東方紅 1호!"

"중국에서 만든 첫 위성이잖아요. 조부님이 꽤 낭만적이시네요."

요컨대 지하실이 없었더라면 나는 이 세상에 존재하지 않았을 것이다. 이 생각은 아버지의 머릿속에서 자꾸자꾸 강해지며 억제할 수 없는 지경에 이르렀다. 내가 기억할 수 있을 때부터 아버지는 내게 지하실 말고는 아무 데도 가지 말라고, 밖으로 나가는 건 죽음의 길이라고 거듭 경고했다. 겁에 질린 나는 어릴 적부터 진흙 같은 절망과 공포 속에서 지냈고, 그 무거운 짐이 마음에 꽉 들어차 키가 못 크고 난쟁이가 되었다. 어머니는 나를 싫어해서 아이를 더 낳으려 했지만 아버지가 거절했다. 이유인즉 우리 양씨 집안은 대대로 외아들이었으며, 이는 운명이고 자신은 운명을 거역할 수 없다는 것이었다.

• 모반의 뜻을 담은 시를 말한다.

게다가 자신은 더 위대한 사업을 해야 한다고 했다. 그건 바로 구멍을 파는 일이었고, 아버지는 솔선수범해 구멍 파는 일에 평생의 에너지와 지혜를 다 바쳤다. 그것은 일종의 미로 예술이었다. 수십 년이 지나자 그 구불구불하고 기묘한 지하 궁전을 해독할 수 있는 사람은 아버지 말고는 아무도 없게 됐다.

"어쩐지, 그러니까 키가 안 자랐지."

"사건 해결의 단서가 곧 나올 것 같은데."

내가 열다섯 살에 어머니가 실종되자 아버지는 핏기 하나 없이 낯빛이 하얗게 질려버렸다. 아버지는 지하로 통하는 동굴 입구에 앉아서 어머니가 상어를 파는 그 놈팽이와 달아났다고 말했다. 나는 아버지를 어떻게 위로해야 할지 몰랐다. 어차피 어머니는 나를 안 좋아했다고, 아버지에게 그렇게 말했던 것 같다. 그러나 그 뒤로 나는 늘 어머니 꿈을 꿨다. 어머니는 지하실의 어느 방에서 길을 잃어 겁에 질려 있었고 나는 어머니를 구하려고 용기를 내려는 순간에 깜짝 놀라 깨어나곤 했다. 이 꿈을 아버지에게 말하자 아버지는 오랫동안 아무 말 안 하고 나를 거들떠보지도 않았다. 아버지 옆모습은 나와 판박이라(나는 내 사진 보는 걸 좋아했다) 미래의 내 모습을 보는 것 같았지만, 아버지는 나보다 훨씬 더 키가 컸고 그 덕에 훨씬 더 잘생겼다고 할 수 있었다. 아버지는 결국 홍쌍시紅雙喜 담배를 피우며 위대한 사람이 말하듯 느릿느릿 말했다. "어쩌면 네 말이 맞을지도 모르겠다. 우리 가족 모두, 거기에 각자의 방이 있어야 해."

"당신 집안도 참 비참하네요."

"진짜 비참하다, 어…… 어째 좀 어지럽고 혀가 부은 것 같지?"

"그러게…… 나, 나, 나도……"

아버지는 임종할 즈음에 나에게 지하 궁전의 도면을 주고 모든 비밀을 알려주었다(그러나 둔한 나는 지금까지도 완전히 파악하지 못하고 있다). 그러고는 그중 가장 비밀스러운 방을 자신의 최종 목적지로 택했다. 글을 쓰겠다는 염원을 이루기로 결심한 아버지는 펜 뭉치와 두꺼운 원고지까지 지니고 그곳으로 스스로 걸어 들어갔다. 그러면서 이렇게 중얼거렸다. 글쓰기는 너무나 위험한 일이야. 안심하고 쓰려면 지하 깊숙한 곳으로 들어가야 돼.

나는 입을 쩍 벌린 채 아버지를 멍하니 보고만 있었다. 미래의 고독한 삶이 미리부터 마음속에 주입된 것만 같아 말할 수 없이 쓸쓸해졌다.

"날 찾을 생각일랑 마라. 찾기는커녕 오히려 길을 잃고 헤맬 게 뻔해!" 아버지는 눈살을 찌푸리며 큰 소리로 경고했다. 보아하니 조금도 임종을 앞둔 사람처럼 보이지 않았다. 그 순간 나는 정말이지 아버지 주머니에 털실 뭉치를 넣고 뒤따라 들어가고 싶었다. 그리스 신화를 보면 황소머리 괴물 미노타우로스가 미궁 깊숙한 곳에 숨어 있다. 그러나 내 아버지는 평범하기 이를 데 없는 사람으로 먼 하늘 끝에 있는 그리스 신화는 알지도 못했다. 아버지는 그저 지나치게 조심스럽고 신중할 따름이었다. 내 눈시울이 촉촉해지는가 싶더니, 한순간에 아버지는 흔적도 없이 사라졌다.

언젠가 아버지를 찾아내서 아버지가 무엇을 썼는지 보고야 말겠다.

그래, 이야기는 여기까지다. 육친은 모두 내 곁을 떠났고, 나는 생명이 곧 몸이며 사람의 몸이란 이토록 취약하다는 걸, 얼음과 눈처럼 쉽게 녹는다는 걸 이미 알고 있었다. 나는 또 다른 극한의 경험을 맞이할 준비가 되어 있었다. 15분 뒤, 나는 두 경찰관의 몸을(선글라스까지) 상어 곁에 내려놓았다. 그들도 조만간 녹아내려 검은 자국을 남긴 채 상어의 형상으로 변할 것이다. 그들의 생명을 앗아간 그 약제는 이미 그들의 몸과 하나가 되어 있었다.

내가 아내를 끌어안자 아내는 나를 난쟁이라며 욕했다. 내 손아귀에서 핏방울이 떨어졌다. 상처는 여전히 쓰라리지만 나는 그녀를 다치게 하지 않을 것이다. 나는 그녀의 머리카락에 입을 맞췄다. 그녀는 반항하지 않았다. 어쩌면 아무것도 느끼지 못했는지도 모른다. 나는 생각했다. 나는 나 자신의 비천하고 연약한 마음에서 용서의 목소리를 키워낼 수 있을 테고, 더 나아가 나 자신도 당연히 용서할 수 있을 것이다. 나는 일찍부터 이 세상에 합당한 대가를 치러왔으며 심지어 수없이 악행을 저질렀다. 그렇기에 내 용서는 헐값이다. 그러나 기억하라, 이 세상은 완벽하지 않다. 결코, 영원토록 완벽할 리 없다. 다른 모든 이와 마찬가지로, 나에게도 언제나 이 세상을 용서할 권리가 있다.

이런 생각을 하니 기분이 좀 좋아지는 듯했다. 다른 생명을 사라지게 할 때마다 내가 점점 약해지고 키도 더 작아지는 느낌이었다. 조만간 감당할 수 없을 것만 같았다.

다행이랄까, 마무리해야 할 중요한 일이 남아 있었다. 내 아내는 아직 나에게 굴종하지 않았다.

"상어를 보여줄까 하는데, 어때?"

나는 그녀의 귓가에 속삭였다.

"뭘 하려는 거야?"

그녀는 전에 없이 긴장한 기색이었다. 지금껏 나는 그녀에게 이런 표정을 짓게 만든 적이 없는데, 상어에게 질투심이 일 지경이었다. 하지만 그녀의 운명을 결정하는 것은 나 아니던가?

삽을 들고 눈앞에 있는 벽을 뜯자, 별안간 상어가 떡하니 모습을 드러냈다.

"봤어?"

"미친 새끼!"

그녀는 처량하게 비명을 지르고는 울음을 터뜨렸다.

"상어가 이빨을 날카롭게 유지하려면 10년 동안 2만 개 이상을 갈아야 한대. 상상도 못 했지."

나는 상어의 입을 가리키며 말했다. 사실을 말한 거지만 이 말이 그녀를 웃게 해주길 바랐다.

그녀의 울음은 멈추지 않았다. 나는 그녀에게 부드럽게 권해보았다. 상어와 이야기를 나눠보라고, 상어는 자기가 아는 모든 걸 말해줄 거라고. 하지만 내 아내는 울음소리 말고는 한마디도 입 밖에 내지 못했다.

"어이, 무슨 말 좀 해볼래? 내 아내를 기쁘게 해주면 고맙겠다."

나는 상어에게 이야기를 주도해달라고 간청할 수밖에 없었다.

상어는 내가 아가미를 쳐다볼 때처럼 살짝 긴장했다. 조금 뒤, 상어가 불쑥 한마디 내뱉었다.

"우리 상어는 지구상에서 가장 섹시한 동물이야."

"왜?"

정말 웃긴 얘기였다. 나는 내 아내를 건드리며 말했다.

"상어가 한 말 들었어? 상어 표정 좀 봐. 저 녀석이 자기가 섹시하다고 말할 줄이야. 배꼽 빠지겠네."

내가 웃는 것을 보자 상어는 즉시 긴장을 풀고 자기도 기묘한 웃음을 짜냈다.

"동물, 그리고 너희 인간이 가장 좋아하는 일은 우리가 먼저 했던 거야."

"무슨 뜻이야?"

"체내 사정 말이야, 알아? 그건 우리 상어가 먼저 시작한 일이야. 우리는 함께 헤엄친 다음 이성의 몸을 탐색해 들어가지. 우리 아니었으면 너희 인간들은 아직도 장어처럼 난리법석을 떨고 있을걸."

상어는 웃음을 참는지 바득바득 이빨 가는 소리를 냈다.

"그건 모욕이잖아. 자기 생각은 어때?"

나는 아내에게 물었다. 아내는 울음을 그친 듯했지만 내 말을 무시했다. 우리도 아이를 갖는 게 어때? 사실 이렇게 직접적으로 말하고 싶었지만, 너무 뻔뻔한 것 같아 그냥 삼킬 수밖에 없었다.

"그래, 내가 솔직히 말해준다."

웃음을 거둔 상어는 이내 험상궂은 표정이 되었다.

"내가 엄마 배 속에 있을 때 처음엔 형제자매 열 마리가 있었어. 그런데 마지막엔 나만 살아남았어."

"왜?"

"왜냐면, 내가 다 먹어치웠으니까."

상어가 또다시 웃기 시작했다. 이번 웃음은 몹시 오싹했다.

"먹어야 했어. 난 에너지가 필요했으니까. 그리고 걔네들은 나랑 아버지가 달라. 강한 자만 살아남는 거지."

상어는 혀를 내밀며 익살스러운 표정을 지었다.

"그런 얘긴 나한테 한 적 없잖아."

상어의 잔인함이 태내에서부터 시작되었을 줄은 꿈에도 몰랐다.

"네가 못 받아들일까봐 그랬지."

상어는 꽤 솔직했다.

"자기는 받아들일 수 있어?"

아내에게 물었지만 아내는 구토를 하기 시작했다. 아무것도 나오지 않는 헛구역질이었다. 나는 아내가 진정되길 바라며 등을 쓸어주었다.

"당연히 못 받아들이겠지. 이미 수억 년을 진화했잖아. 너희 인류는 그렇게 잔인할 필요가 없어."

상어가 말했다.

"인간은 네가 생각하는 것보다 잔인해."

상어를 보면서 나는 상어가 여전히 고리타분하다는 생각이 들었다. 내가 또 말했다.

"우리가 너희를 멸종시킬 수 있다는 건 알고 있겠지."

"우리 상어의 잔인함은 어쩔 수 없는 거지만, 너희 인간은 잔인할 필요가 없잖아. 그러니까 우리의 잔인함은 악이 아니야, 너희가 악이지. 수억 년의 진화를 거쳐 다들 악을 포기하는데 너는 왜 포기를 안 해?"

상어가 스님의 마음을 가지고 있을 줄이야. 도무지 본심을 헤아릴 수가 없는 녀석이다. 상어는 정말 내가 자비심이 없다고 여기나? 알다시피 나는 내 인간성을 갈고닦지 않은 날이 하루도 없다. 나는 멈칫거리다 상어에게 물었다.

"어떻게 하면 포기할 수 있는데?"

"저 여자를 풀어줘."

상어는 내가 가장 듣고 싶지 않은 말을 했다.

"왜…… 왜 그런 말을 하는데? 나는 저 여자를 길들일 거야. 내 아내야."

나도 모르게 말을 더듬고 있었다.

"저 여자한테 자유를 줘. 자유가 있어야 진정한 네 아내가 될 수 있어. 그게 아니면, 넌 지금 너 자신을 속이고 있을 뿐이야."

상어의 등지느러미가 바다의 파도를 그리워하는 것처럼 경련을 일으켰다.

정곡을 찌르는 말이었다. 역시 상어는 나를 가장 잘 알고, 나의 가장 연약한 곳을 안다.

때가 온 것이다, 내가 줄곧 기다리던 그때가. 그녀에게 자유를 주고 진정한 사랑을 얻자. 그러기 위해 기꺼이 시도해보련다. 스톡홀름 증후군에 따르면 그녀는 틀림없이 나에게 굴복하리라. 만약, 만약, 만약에 그녀가 여전히 돌멩이처럼 냉담하다면, 여전히 나에게 반항하고 조금도 감사할 줄 모른다면 나는 그녀를 다시 묶을 것이다. 더 단단히. 이를 되풀이하며 기어코 그녀를 길들이고 말리라. 거짓말이 되풀이되면 진리가 되듯, 사랑도 똑같다.

나는 아내의 손목과 발목을 묶은 끈을 칼로 끊고서 칼을 바닥에 던졌다.

그러고 내 의자에 도로 앉아서 아무 말도 하지 않았다. 그녀는 자유로워졌다. 그렇다. 나는 내 마음을 알 수 없었다. 부끄러운 나머지 그녀를 똑바로 못 보는 걸까, 아니면 테스트를 앞둔 제품을 차마 직시하지 못하는 엔지니어 같은 심정일까. 나는 그저 곁눈질하는 수밖에 없었다. 그녀는 움직이지 않았다, 정말로 움직이지 않았다. 아무래도 내 판단이 옳은 것 같았다. 그녀는 이 상황에 순종했다.

"마음이 한결 가벼워졌지."

상어가 말했다.

나는 고개를 끄덕였다. 그런 기분이 들었다.

"기분이 좀 나아졌어?"

나는 아내에게 물었다.

그녀가 다정하게 나를 바라보며 웃어준다면, 그녀에게 사과해야 하지 않을까? 어렵사리 얻은 감정의 성과이니만큼 굳건히 다져야 한다. 고개를 돌리니 아내가 있던 자리는 텅 비어 있고 의자마저 온데간데없었다. 의자까지 들고 이토록 잽싸게 어디로 갔지? 소리도 전혀 안 났는데. 일어나서 살펴보려는데 갑자기 내 앞가슴에서 은백색 칼끝이 돋아났다. 그것은 불빛 아래서 유난히 눈부시게 빛났다. 움직이고 싶었지만 꼼짝도 할 수 없었다. 상어는 아직 거기 있을까? 상어가 날 도와줄 수 있을까? 그때 의자가 내 머리로 묵직하게 떨어졌다. 눈앞에 붉은 안개가 깔리며 아무것도 보이지 않았다. 나는 상어에게 알려주고 싶었다. 개떡 같은 네 진화론이 얼마나 잘못된 선택을 하게 만들었는지. 그러나 가슴속에 두 손이 들어와 폐를 꽉 조이는 것처럼 숨이 막혀 한마디도 내뱉을 수 없었다. 어쩔 수 없이 눈을 감았다. 기쁘게도 붉은 안개는 사라지고 상어의 등보다 만 배나 더 검은 단단한 어둠만이 남았다. 우주 깊은 곳에서 비롯된 듯한 그 어둠이 모든 사물의 귀착점일까? 물리학에서 '엔트로피'라고 부르는 그것? 나도 그리로 가는 건가? 생각만 했을 뿐인데도 전에 없던 평온이 느껴졌다. 그 평온이 나를 부르고 있었다. 상어의 그림자를 버리라고, 아내의 자유를 버리라고, 이런 엉망진창인 기억과 분노와 사랑을 버리라고, 그리고 시작도 끝도 없는 허무에 잠겨들라고. 나는 이 소리 없는 부름에 따랐고, 황홀경 속에서 지하실의 가장 은밀한 방에 이르렀다. 책상에 엎드려 글을 쓰는 아버지의 뒷모습이 보였다. 그렇지만 더 세세한 모습은 볼 겨를이 없었다. 그저 아버지가 내 마지막 신음을 들어주기를, 그리고 아버지가 쓰는 글에 담아주기를 바랄 뿐.

온 세상의
고통받는
사람들

인간의 삶은 참아낼 수 없다. 하지만 불행만이 그것을 느끼게 한다.
─ 시몬 베유, 『중력과 은총』

이 동네 집세가 나날이 비싸지고 있다. 특히 그 미국 놈들이 오고부터는 그야말로 천정부지로 치솟았다. 집주인은 평생토록 알뜰살뜰 계산기를 두드리며 살아온 노부인으로 이제 이 방면에서는 달인의 경지에 이르렀다. 부인은 미국 놈들의 집세에 맞춰야 한다며 벌써 세 번이나 집세를 올렸다. 그러면서 장량蔣梁에게 이렇게 말하곤 했다.
"날 탓하지 말게나. 시장경제란 바로 이런 거야. 나라고 손해 보고 살 순 없잖아?"
그러나 장량의 시각은 달랐다. 인민폐가 달러와 비교가 되나? 인민폐 가치도 지속적으로 오르고 있다지만 그래도 달러와는 비교가 안 된다. 그들의 1달러면 여기서는 6~7위안에 맞먹는데! 장량의 머릿속은 이런 수치와 비율로 가득했다. 은행에 가서 돈을 찾을 때마다 그는 환율판을 몇 번이고 쳐다보았고, 그러면 근시인 그의 눈동자에 빨간 숫자가 붉은 안개처럼 스며들었으며, 그는 더더욱 큰 충격에 빠졌다.

키도 크고 목소리도 큰 그 외국인들은 늘 복도에 나와 시끌벅적 떠들어댔다. 장량은 속으로 생각했다. 외국인에게 박힌 중국인의 나쁜 이미지 중 하나가 목청이 크다는 죄 아니었나? 어떻게 '문명국'에서 온 사람들에게도 저런 고약한 버릇이 있지? 회남의 귤을 회북에 심으면 탱자가 된다더니, 역시나 환경에서 비롯된 문제일까? 이런 생각을 하며 복도를 지나 아래층으로 내려가던 장량은 초록색 지폐 한 다발을 쥐고 중얼중얼 세면서 올라오는 외국인과 마주쳤다. 외국인은 장량을 보자마자 부리나케 달러를 가방에 집어넣고는 파란 눈동자로 그를 노려보았다. 사고를 미연에 방지하겠다는 뜻이 역력했다. 뚜껑이 확 열린 장량은 이렇게 소리치고 싶었다. 네 돈 안 훔쳐가거든! 그러나 목구멍이 칼칼한 느낌이었고, 결국 외국인 곁을 무심히 스쳐 지나가며 민족주의 갈등이나 몸싸움을 일으킬 소중한 기회를 흘려보냈다. 하지만 그럴수록 마음속 상처는 더더욱 깊어졌다. 사소하게 넘기려 애썼지만 장량은 끝내 중대 결정을 내리고 말았다.

"빌어먹을, 이사 간다! 이 미래의 식민지에서 벗어나겠어!"

깨달음을 얻은 장량은 마음속 깊은 곳에서 거듭 소리쳤다.

장량이 같은 층에 사는 유일한 중국인 레이리리雷麗麗에게 이 같은 결정을 알리자 그녀는 매우 놀란 표정을 짓더니 매우 놀란 말투로 물었다.

"이사를 왜 가요? 여기 정말 좋지 않아요?"

그때 장량은 이곳에 원망만 가득할 뿐이라 간단히 대답했다.

"난 도저히 못 살겠어요!"

이 대답이 레이리리의 심기를 단단히 건드렸다. 그녀의 선홍색 입술이 알아차리지 못할 만큼 미미하게 떨렸고, 조금 뒤 그녀가 비꼬듯 말했다.

"아이고, 장 박사님도 못 사시는 데서 우리 같은 사람이 어떻게 산대요?"

전혀 예상 못 한 대답이었다. 장량은 평소에는 레이리리와 거의 교류가 없었지만, 이번 일에는 동포와 민족의 대의가 담겨 있다고 생각해 나서서 인사했던 것이다. 그런데 호의를 받아들이기는커녕 아예 깨닫지도 못할 줄이야. 장량은 화가 치밀었지만 얼굴에는 미소를 띠며 말했다.

"이렇게 아름다우신 분이야 여기서 사실 자격이 있죠. 원하기만 하면 포스트모던한 세상에도 한발 앞서 들어가실 텐데."

장량은 그러고 돌아서서 자리를 떴다. 방금 한 말을 곱씹어보니 그 속에 담긴 성적인 의미 때문에 염치가 없어 감히 뒤돌아볼 수가 없었다. 레이리리가 화를 낼까 두려운 것보다 스스로가 몹시 부끄러웠고, 자신이 동정심과 이해심이 매우 부족한 사람이라고 느껴졌기 때문에.

새집은 금세 구했다. 이곳과는 멀리 떨어진 동네로, 출근하는 연구소하고는 멀어지고 광활한 교외지역과 가까워졌다. 교외에는 단점이 많지만 장점도 없지 않다. 외지긴 해도 조용하고 차량도 적으며 오염도 심하지 않으니 장량은 그리 불만스럽지 않았다. 그 미국 놈들을 미워하는 마음은 한순간에 사라졌고, 그저 여기서 계속 살기에는 자신이 너무 가난하다는 생각이 들 뿐이었다. 평온해진 그는 이삿날을 다음 주말로 잡았는데 달력을 보니 '손 없는 날'이라고 표시되어 있었다. 남에게 폐 끼치는 걸 가장 싫어하는 그는 친구들에게 이사

한다고 알려 도움을 청하지 않았다. 이사는 아주 간단한 일이다. 산업사회에서 이사란 돈을 좀 쓰면 되는 사소한 일이니 굳이 남을 성가시게 할 필요가 없다는 것이 그의 생각이었다.

장량은 '순순펑順順風'이라는 이삿짐센터에 전화를 걸었다. 일요일 아침 10시부터 하자고, 시간을 꼭 지켜달라고 하자 상대방은 흔쾌히 승낙했다. 이어 이삿짐의 내용물과 수량을 설명했고, 이사 비용은 380위안으로 확정되었다.

"그때 가서 비용을 올리는 건 아니겠죠?"

"그런 일은 절대 없습니다."

매우 진지한 목소리에 장량은 안도의 한숨을 내쉬었다.

일요일은 날씨가 꽤 좋았다. 밤새 내린 비에 촉촉해진 잎사귀가 아침 햇살을 받자 금속 같은 광택과 질감이 느껴졌다. '순순펑'이라는 글자가 찍힌 대형 트럭이 멈추고, 빨간 반소매 티셔츠를 입은 직원 네 명이 내렸다. 그들의 가슴에도 어김없이 '순순펑'이 인쇄되어 있었는데 글씨가 너무 커서 그들의 얼굴보다 더 시선을 끌었다. 장량은 아래층에 내려가 그들을 맞이하고는 자신이 사는 6층으로 데려갔다. 이미 모든 짐을 품목별로 나누어 종이 상자에 포장해놓고, 상자마다 번호를 매기고 내용물이 뭔지 써놓았다. 그는 이 상자들을 사방에서 긁어모았으며 가장 커다란 상자는 고물상에서 8위안을 주고 사왔다. 뭐 이리 비싼지! 그 시커멓고 험상궂고 탐욕스러운 얼굴은 그의 기억에 또렷이 남아 있었다. 하지만 돈을 주고 나자 넝마주이 일에 종사하기란 쉽지 않으며 환경 보호에도 기여가 크겠거니 싶어 마음이 개운해졌다.

짐꾼 네 명이 집 안으로 들어왔다. 팀장은 귀밑머리가 희끗희끗했지만 형형한 눈빛으로 주변 모든 것을 줄곧 관찰하는 모습이 군인처럼 예리해 보였다. 나머지 세 청년은 어젯밤 단꿈에서 미처 못 깬 듯 나른한 표정이었다. 그들은 장량이 밀봉한 종이상자가 공원 돌벤치인 양 여기저기 걸터앉아 있었다. 미리 준비한 담배를 꺼내든 장량은 계급적 정서를 이용해 자기편으로 만들어야겠다는 생각에 이렇게 말했다.

"사부님, 담배 좀 피우세요."

먼 옛날 노동자 계급에서 쓰던 호칭인 '사부'는 장량이 언어의 쓰레기통에서 건져올린 것이었다. 이들의 환심을 사기 위해 많은 공을 들인 티가 났지만 상황은 원하는 대로 흘러가지 않았다. 팀장은 '사부님'이라는 말을 듣자 얼굴을 찌푸리며 말했다.

"사장님, 그런 호칭은 거북하네요. 그렇게 부르지 마세요."

장량은 어색한 미소를 지으며 연신 고개를 끄덕이고는 말했다.

"그럼 이제 시작할까요?"

팀장은 급할 것 없다는 듯 담배를 피웠다. '당신이 피우라고 했잖아'라는 듯 장량을 향해 담배를 흔들어 보이며. 장량은 재촉하지 않고 혼자 베란다로 나가 서 있었다. 그는 담배 냄새를 싫어하는데 담배 연기 때문에 폐가 고생하고 있었다.

15분 뒤에 장량이 집 안으로 돌아오자 팀장이 물었다.

"상자 안에 든 게 다 뭡니까? 되게 많네요?"

장량은 별생각 없이 대답했다.

"주로 책입니다. 다른 건 별로 없어요."

팀장이 기침을 하고 그르렁거리더니 벽 밑에 걸쭉한 가래를 뱉었다. 장량은 잠시 얼떨떨해 있다가 말했다.

"아무 데나 가래를 뱉으면 안 되죠!"

팀장이 대꾸했다.

"어차피 이사 나가잖아요. 뭐 어때요?"

"그래도 함부로 뱉으면 안 되죠. 안 좋은 행동입니다. 아주 안 좋은 행동이에요."

"미안하게 됐네, 이제 안 뱉으면 되죠? 맞다, 물 좀 주실래요. 책이 엄청 무거운 거 아시죠."

물 좀 주는 것이 뭐가 어렵겠나. 장량이 말했다.

"그럼요. 제가 내려가서 한 병씩 사다드리겠습니다."

그러자 한 청년이 일어나 문을 막아서며 말했다.

"사장님, 나중에 우리가 직접 사올게요."

장량이 어리둥절해하며 물었다.

"그게 무슨 말씀이죠?"

잠시 머뭇거리던 청년이 머리를 긁적거리며 말했다.

"아, 그러니까 물값을 좀 주시면 이따 우리가 직접 사온다고요."

장량은 마음의 표면 어딘가에 가시가 박힌 느낌이 들었다. 아프진 않았지만 불편했다. 분명히 비용을 올리지 않기로 합의해놓고 이제 와서 변칙적으로 올리기 시작한 것이다. 장량은 잠시 입을 다물고, 방금 전까지는 제대로 못 봤다는 양 다시금 이들을 뜯어보았다. 확실히 아까 그 팀장 말고 다른 사람들에게는 관심을 기울이지 않았다. 방금 입을 연 청년은 훌쩍 큰 키에 반바지 아래로 가느다란 장대 같은 다리가 드러나 있었다. 꼭 젓가락 두 개로 몸을 지탱하고 있는 모양새였다. 나머지 두 사람 중 하나는 키가 작고, 다른 하나는 뭐라 묘사하기 힘든 흐리터분한 얼굴이며 팔뚝에 커다란 흉터가 있었다. 그들이 앉아 있으니 온 방에 시큼한 땀 냄새가 진동했다. 장량은 마음속에 있는 그 가시가 끊임없이 자리를 옮기는 느낌이 들었다. 마침내 가시는 눈에 띄지 않는 구석 자리로 옮겨갔다. 장량은 숨을 깊이 들이마시고 이렇게 말했다.

"물값은 무슨, 그냥 팁 달라는 거 아닙니까? 직접적으로 얘기하면 되잖아요."

그러면서 10위안을 꺼내 젓가락 다리에게 건네자, 젓가락 다리는 연신 손사래를 치며 말했다.

"저 사람들은 어떡해요?"

장량이 말했다.

"한 팀 아니에요?"

"아니, 이걸로는 나눌 수가 없잖아요."

젓가락 다리의 대답에 장량은 어쩔 수 없이 10위안을 더 꺼내 건네주었다.

"이제 충분하죠, 한 사람당 5위안."

팀장이 말했다.

"에잇, 시작하자."

그리고 상자 하나를 들어 젓가락 다리 등에 올려주자 젓가락 다리가 한 발짝 한 발짝 계단을 내려갔다. 다른 사람들도 움직이기 시작했다. 다들 무거운 상자를 짊어지고 등을 구부린 채 아래층으로 내려갔다. 마지막으로 팀장이 장량에게 말했다.

"사장님도 내려가서 이삿짐을 보세요. 여기는 내가 있으면서 저 녀석들 등짝에 짐을 올려줄 테니까요."

'등짝'이라는 말에 장량의 귀가 예민하게 반응하며 살짝 움직였다. 하지만 장량은 이내 그 단어를 뛰어넘었다. 하긴, 밑에서 아무도 안 보고 있으면 안 되겠지. 이렇게 생각한 장량은 내려가기로 했고, 문 앞에 다다르자 퍼뜩 뒤돌아보며 팀장에게 말했다.

"좀 이따 다시 올라올게요."

이 말에 담긴 의미는 매우 복잡했지만 장량은 자신이 전달하고자 하는 바를 분명히 알았고, 팀장도 틀림없이 알아들었으리라 여겼다.

장량이 내려와 보니 젓가락 다리가 상자를 트럭 뒤쪽 바닥에 내려놓은 상태였다. 젓가락 다리가 말했다.

"이따가 한꺼번에 실을 거예요."

장량이 고개를 끄덕였다. 그리고 그도 짐 상자에 걸터앉았다. 그는 안에 책이 있다는 것을 아는지라 거리낌 없이 깔고 앉아 젓가락 다리가 다시 올라가는 모습을 지켜보았다. 주택 단지의 작은 화원에 목련이 한창 꽃망울을 터뜨리고 있었다. 꽃향기를 머금은 산들바람이 얼굴에 불어오자 매우 상쾌해지면서 단번에 기분이 좋아졌다. 그때 땅딸보도 커다란 책 상자를 짊어지고 내려왔다. 상자에 온몸이 짓눌려 엎어질 지경인데도 그는 죽어라 버텼고, 코끝에 걸린 땀방울이 콧물처럼 흔들리고 있었다. 이런 일로 돈 벌기란 정말 쉽지 않겠구나, 장량은 생각했다. 조금 뒤 팔뚝에 흉터가 있는 청년도 책 상자를 메고 내려왔다. 금세라도 상자를 떨어뜨릴 것처럼 심하게 허청거리는 그를 보며 장량은 마음속으로 진땀이 났다. 마침내 흉터가 책 상자를 장량 앞에 내려놓고는 반소매 밑단을 걷어올려 땀을 닦았다. '순순평' 글자 아래쪽이 온통 시커먼 땀자국이었다. 장량의 놀란 가슴이 미처 가라앉기도 전에 젓가락 다리가 또다시 내려왔다. 그가 짊어진 것은 바로 그 가장 커다란 상자였다! 8위안을 주고 그 상자를 사면서 장량은 두 사람이 같이 들어야겠다고 생각했다. 그런데 젓가락 다리가 혼자 짊어지고 내려올 줄이야! 거짓말 안 하고 상자 안에는 적어도 책 150권이 들어 있었으며 무게는 100킬로그램이 넘을 것이 분명했다. 그런데 젓가락 다리가 이 초대형 상자를 지고 내려오다니. 아, 한 가지 더. 장량이 사는 건물은 엘리베이터가 없고 모두 계단이었다. 6층에서부터는 계단을 120개 가까이 내려와야 했다. 젓가락 다리의 종아리 근육이 마치 살아 있는 것처럼 빠르게 경련을 일으키는 모습을 보자 장량은 아연실색했다. 젓가락처럼 가느다란 다리, 미미하게 떨리는 그 다리는 무거운 짐 때문에 언제라도 똑 부러질 것만 같았다. 장량은 더 이상 앉아 있을 수가 없었다. 다가가서 젓가락 다리를 부축하려는데, 옆에서 흉터가 말했다.

"신경 쓰지 마세요. 아무 문제 없어요."

그 말에 장량은 움직임을 멈추고 자기가 뭘 어떻게 돕겠다는 건지 생각해봤다. 자기가 힘이 없어서 못 돕는 것이 아니라, 젓가락 다리의 자세가 아무래도 남이 끼어들기 어려운 자세였다.

그래도 장량은 뭐라도 해야 할 것 같아 재빨리 달려가 근처 구멍가게에서 생수 네 병을 사왔다. 때맞춰 젓가락 다리가 상자를 내려놓더니 질식 직전의 물고기처럼 입을 쩍 벌리고 바닥에 털퍼덕 주저앉았다. 장량이 얼른 물 한 병을 건네자 젓가락 다리도 거절하지 않고 한 손으로 비틀어 열고는 벌컥벌컥 물을 들이켰다. 물줄기가 입가를 따라 가슴으로 흘러내렸지만 그는 조금도 개의치 않았고 오히려 기분이 좋아 보였다. 그는 단숨에 물 반병을 마신 뒤 숨을 헐떡이며 장량에게 말했다.

"맞다. 선금 주세요."

"선금을 왜 내요? 나중에 한꺼번에 내면 되잖아요."

"우리 회사 규정이에요. 절반은 선금으로 내는 거예요."

이리저리 생각해본 장량이 지갑에서 200위안을 꺼내 건네자, 젓가락 다리는 돈을 받아 주머니에 넣고는 물고기처럼 숨을 몰아쉬었다. 장량이 웃으며 말했다.

"거스름돈 주셔야죠. 절반이면 190위안이잖아요. 10위안 주세요."

젓가락 다리가 난데없이 웃으며 말했다.

"사장님, 제가 죽어라 일하는 거 보셨죠. 그 10위안으로 물 좀 사 마실게요."

장량의 마음속에서 또다시 가시가 솟아났다. 장량은 그 따끔한 느낌을 가까스로 억누르며 말했다.

"그럼 얼른 가서 짐 날라주세요. 아직 반이나 남았어요!"

젓가락 다리는 끄덕끄덕하면서 일어나더니 다시 위층으로 올라갔다.

장량은 더는 차마 앉아 있을 수가 없어 자리에서 일어났다. 그는 그렇게 한쪽에 서서 그들이 땀을 뻘뻘 흘리며 연달아 짐을 짊어지고 내려오는 모습을 보고 있을 수밖에 없었다. 이사를 처음 해보는 것도 아니었다. 그렇지만 그때는 아직 학생이라 물건은 별로 없는데 친구는 많아서, 친구들이 되는대로 몇 가지씩 들고 나르니 이사가 끝나버렸다. 그래도 장량은 학교 식당에 가서 거하게 한턱 쏘며 도와준 친구들에게 고마움을 표하고 자신의 이사도 축하했다. 이제 그 친구들도 모두 뿔뿔이 흩어져 사회 곳곳에서 저마다의 천하를 주무르고 있었다. 장량 자신도 예외가 아니었다. 그는 박사 학위를 땄고, 어쨌든 이제 고급 지식인 대열에 들어섰다. 그러나 그는 자신을 그런 식으로 본 적이 없었다. 고급 지식인이니 뭐니 하는 말은 스스로 입에 올리지도, 마음속으로 생각하지도 않았다. 오히려 친구들이 늘 그런 말로 그를 놀려댔고, 그때마다 그는 그저 웃기만 했다. 장량은 자신을 매우 낮추는 사람이었다. 친구들은 처음에는 그를 위선적으로 봤지만, 나중에는 그가 정말로 그런 사람이라는 사실을 알게 됐다. 그러나 그에 대한 평가는 저마다 달랐다. 어떤 이는 그를 패기가 없고 나약한 전형적인 학자 타입으로 보았고, 어떤 이는 진실한 태도로 남을 대하는 진국으로 여겼다. 또 어떤 이는 그의 마음속에는 크나큰 선善이 숨어 있어

출가해서 수행승이 되어야 한다고 생각했다. 그러나 장량은 내내 웃기만 했고, 친구들이 다그치면 이렇게 말할 뿐이었다. "사실 나도 내가 어떤 사람인지 모르겠어. 옆에서 보는 너희가 잘 알겠지." 그렇게 또다시 새로운 논쟁이 시작되었고, 논쟁은 날이 갈수록 격렬해졌다. 그때마다 장량은 옆에서 웃는 낯으로 친구들을 바라보며 도대체 누구 말이 맞는지 알아내려는 듯 생각에 잠겨 있었다.

금세 정오가 되었지만 아직도 이삿짐 3분의 1이 위층에 남아 있었다. 한바탕 짐을 나른 젓가락 다리와 땅딸보가 트럭 한구석에서 소시지 하나를 꺼내 자른 다음 나눠 들고 우적우적 씹기 시작했다. 슈퍼마켓에서 파는 아주 굵다란 소시지였다. 장량은 그런 소시지는 잡다한 재료로 만들고 밀가루가 유난히 많이 들었다는 사실을 알고 있었다. 그걸 보며 가슴이 좀 답답해진 장량은 그냥 고개를 돌려 외면해버렸다. 그때 젓가락 다리가 그에게 물었다.

"사장님, 시장하지 않으세요? 먼저 식사하러 가셔도 돼요. 우린 계속 짐을 나를 테니 걱정 마시고요."

장량이 불쑥 말했다.

"그러지 말고 좀 쉬세요. 같이 밥 먹으러 갑시다."

젓가락 다리와 땅딸보가 씹기를 멈추더니 얼떨떨한 얼굴로 장량을 바라보았다.

"가시죠, 다른 두 분도 불러오세요."

장량의 말에 젓가락 다리는 연신 좋다고 하고는 부리나케 달려갔다. 땅딸보는 운전기사도 있다면서 기사를 소리쳐 불렀다.

"마빈馬斌!"

트럭 앞좌석 문이 열리더니 잠이 덜 깨 눈이 게슴츠레한 남자가 내렸다.

그들은 주택가 근처의 쓰촨 요릿집에 둘러앉았지만 다들 무슨 말을 해야 할지 몰라 한참 동안 침묵을 지켰다. 그동안 장량은 요리를 골랐는데, 육체노동을 하는 사람들이니 특별히 고기와 지방이 많은 음식으로 주문했다. 얼마 뒤에 운전기사에게 전화가 걸려왔다. 기사는 매우 신이 나서 큰 소리로 통화하기 시작했는데 고향 사투리를 써서 장량은 알아듣지 못했다. 장량은 그저 운전기사가 이 자리에 앉아 있는 것이 못마땅했다. 그는 원래 짐꾼들을 청하려 했을 뿐 운전기사까지 오리라고는 생각지도 못했다. 짐꾼들이 일할 때 운전기사는 쿨쿨 자고 있었으니 그들 사이에서는 특권층 아니겠나. 그런데 퍼뜩 이런 생각이 들었다. 운전기사는 이따가 운전을 해야 하고, 짐꾼들이 일을 마쳐도 또 다른 일로 운전하러 갈 수도 있으니 편한 일이 전혀 아니겠구나. 그러자 장량은 자신이 옹졸하게 느껴졌다. 요리가 나오자 장량은 그들에게 많이 들라고 권했고, 그들 역시 조금도 사양하지 않고 푹푹 퍼 먹었다. 요리마다 5분도 안 되어 바닥을 드러냈고, 주문한 요리가 모두 나올 때까지 바닥을 보는 속도는 조금도 줄지 않았다. 장량은 그들의 배가 덜 찬 걸 알고 종업원을 불러 몇 가지 요리를 더 시켰다. 그러나 기사는 배불리 먹었다며 일어나더니 먼저 돌아가 있겠다고 했다. 장량이 고개를 끄덕이자 기사는 이쑤시개를 들고 돌아서서 자리를 떴다.

요리가 또 잇따라 나왔지만 줄어드는 속도는 확 느려졌다. 흥이 오른 팀장이 주머니에서 조그만 술병을 꺼내더니 종업원에게 작은 술잔을 하나씩 가져다달라고 했다. 장량이 얼른 손사래를 치며 자기는 못 마신다고 했지만, 팀장이 거듭 권하고 다른 사람들도 입이 닳도록 설득하는 통에 어쩔 수 없이 승낙했다. 팀장이 따라준 술은 흑갈색이었다. 돼지 불알이나 말 불알 따위로 담근 약주 같았고, 장량은 저도 모르게 살짝 구역질이 올라왔다. 팀장을 비롯한 사람들이 술잔을 들어 장량에게 권하자 그도 어쩔 수 없이 술잔을 들었다. 그들이 먼저 술잔을 비우고 술잔을 뒤집어 보였다. 장량도 단단히 마음먹고 술을 꿀꺽 들이켜는 순간, 어찌나 독하고 쓰디쓴지 오장이 타들어가는 느낌이었다. 술이 좀 들어가자 말도 많아졌다. 그들은 장량이 괜찮은 고객이며 그렇게 책이 많으니 박사인 게 틀림없다고 했다. 장량은 겸손하게 손을 내저으며 자기도 월급쟁이고 월급도 많지 않다고 했다. 그들은 장량의 월수입이 정확히 얼마인지 집요하게 캐물었다. 장량이 마지못해 털어놓자 그들은 입을 삐죽거리며 웃을 뿐 전혀 믿지 않았다. 자기들 수입과 별 차이가 없다니, 말이 되나? 그들이 보기에 장량은 부자임이 분명했다. 그렇지 않으면 그 많은 책을 무슨 돈으로 사겠는가? 책이 얼마나 비싼데. 장량은 자신은 다른 취미가 없어서 월급 대부분을 책 사는 데 쓴다고 했다. 그 말은 틀림없는 진실이었지만 그들은 여전히 반신반의했다.

그때 장량의 휴대폰이 울렸다. 장량이 밖으로 나가 전화를 받아보니 라오사老薩였다. 라오사는 장량에게 지금 놀러 오라고, 그러고 같이 저녁 먹고 가라오케에 가자면서 미인이 나타날 거라는 암시도 했다. 장량이 지금 상황을 설명하며 당분간 자리를 못 비운다고 하자 라오사가 말했다.

"너 이 자식, 이사하면서 나한테 한마디도 안 해? 내가 당장 간다!"

장량은 그럴 필요 없다고 황급히 말했지만 라오사는 이미 전화를 끊은 뒤였다. 최근에 라오사는 상당히 잘나가고 있었다. 외국 기업에서 고위 관리자가 됐으며 집도 있고 차도 있어 학우들 가운데 가장 부자라고 할 수 있었다. 친구가 많지 않은 라오사였지만 그는 장량을 친구로 인정했고 또 가장 믿음직한 친구로 여겼다. 그러다보니 라오사는 장량의 일이면 모두 참견하려들었으며 때로는 장량보다 더 주동적으로 나서기도 했다. 사실 밥을 먹고 나서 몇 번만 더 움직이면 되는 상황이었다. 그런데 라오사가 오면 또 일이 어떻게 될지 알 수 없었다. 장량은 아직 돈 많은 사람들의 방식을 받아들이지 못하고 있었다.

자리로 돌아온 장량은 친구가 온다고 간단히 말했다. 팀장이 "그럼 빨리 먹고 가서 일하자"고 말하자 사람들은 다시 부지런히 먹기 시작했다. 이미 배불리 먹은 장량은 한쪽에 앉아 그들이 먹는 모습을 지켜보며 다들 참 맛있게 먹는다고 느꼈다. 장량은 라오사에게 전화해서 오지 말라고 할까 고민했지만, 그래봤자 소용없을 듯했다. 라오사는 매우 고집이 셌고, 돈이 많아지자 더욱더 완고해졌다. 그냥 그가 오기를 기다리는 수밖에 없었다.

식사를 마치자 장량이 계산을 하고는 다 같이 돌아왔다. 벌써 저쪽에 라오사의 은회색 렉서스가 세워져 있었다. 아니나 다를까, 차문이 열리고 라오사가 내렸다. 라오사는 장량에게 다가오며 계속 실없이 웃었다. 한바탕 요란하게 인사를 나누고 나자 라오사는 말도 없이 이사한다고 장량을 탓했다. 미리 말했으면 자신이 트럭을 알아봐줬을 거고 이사가 단번에 끝났을 거라면서. 장량은 지금도 순조롭게 잘되고 있다고, 금세 끝날 거라고 말했다. 라오사는 고개를 끄덕이고는 이삿짐센터 일꾼들에게 다가갔다. 담배를 꺼내 한 사람당 세 개비씩 나눠주는데 꼭 자선을 베푸는 태도였다. 고급 담배인 중화中華인 걸 보고 사람들이 소란스러워지자 라오사가 손을 내저으며 말했다.

"아무쪼록 최선을 다해주시기 바랍니다. 가장 친한 친구 일이니까요."

"안심하세요, 사장님!"

일꾼들이 잇따라 대답하고는 우르르 위층으로 올라갔다. 장량도 같이 올라가려 하자 팀장이 막아서며 말했다.

"사장님, 열쇠 주세요. 믿으셔도 됩니다."

장량은 뭐라 말하기가 껄끄러워 그냥 열쇠를 건네주었다. 한쪽에 서 있던 라오사가 시원스레 말했다.

"괜찮아! 네 짐이야 다 책이겠지 뭐. 저 사람들은 책엔 관심 없어."

장량이 웃으며 고개를 끄덕였다.

"책이 불안해서 그러지, 다른 거야 뭐."

어느덧 오후였다. 비 온 뒤라 그런지 햇살이 유난히 따가웠다. 라오사는 장량을 차 안에 앉히고는 에어컨을 켜고 가벼운 음악을 틀었다. 라오사가 얘기나 하자기에 장량은 좋다고 했지만 얼굴은 여전히 창밖을 향한 채였다. 짐꾼들이 상자를 너무 쾅쾅 내려놓아 책이 상할까 걱정스러웠다. 보다 못한 라오사가 신경 쓰지 말라고, 아무 일 없을 거라고, 문제가 생기면 자기가 따져주겠다고 했다. 그러다 그는 무슨 생각이 퍼뜩 났는지 장량의 어깨에 손을 얹으며 말했다.

"참, 저 사람들이 돈을 더 달라거나 하진 않았지? 너는 사람이 너무 착해서 호구 되기 십상이라고."

장량은 사실대로 말했다.

"돈을 더 달라곤 안 했는데, 물값을 좀 줬어."

"물값이라니, 얼마나 줬는데?"

"조금 줬어. 몇십 위안밖에 안 돼."

그 말에 라오사는 버럭 화를 냈다.

"내 이럴 줄 알았지, 이럴 줄 알았어. 너는 항상 이래, 남한테 너무 잘한다니까!"

어리둥절해진 장량이 라오사를 멀뚱히 바라보았다. 라오사가 또 말했다.

"이 착해빠진 놈아, 동정심과 나약함은 실오라기 하나 차이라 구별하기 어려운 거 모르냐."

어리뜩하게 고개를 끄덕이는 장량을 놔둔 채 라오사가 차 문을 벌컥 열고 나갔다.

장량이 차창 밖을 내다보니 라오사가 방금 상자를 내려놓은 젓가락 다리에게 걸어가고 있었다. 장량은 살짝 긴장했다. 라오사가 뭘 하려는 건지는 몰라도, 자신이 따라 내리면 라오사가 자신의 행동을 대리하는 듯 보일 테니 내리기가 꺼려졌다. 장량은 절충안으로 차창을 내렸다. 이러면 그들이 하는 얘기를 들을 수 있고 필요할 때 개입할 수 있을 것이다.

라오사가 젓가락 다리 앞으로 다가가 말했다.

"내가 알기론 고객에게 팁을 요구하는 것은 금지일 텐데요? 이삿짐을 나를 때마다 기본급 말고 수수료도 받지 않습니까? 내 말이 틀려요?"

젓가락 다리는 반소매 끝자락으로 땀을 닦고 있었다. '순순평'이라는 글자는 이미 시커멓게 변해 있었다. 그는 라오사가 이런 걸 왜 묻는지 모르는 듯 천천히 고개를 끄덕였다. 그런데 이 고개를 끄덕이는 모습이 라오사의 노여움에 불을 질렀다. 라오사가 소리쳤다.

"그런데 왜 내 친구한테 돈을 달라고 합니까? 식당에서 다 같이 나오는 것도 봤는데, 내 친구를 등쳐먹었죠?"

장량은 더 이상 듣고 있을 수가 없어서 얼른 차문을 열고 내려 그쪽으로 달려가면서 소리쳤다.

"라오사! 됐어!"

온 세상의 고통받는 사람들 255

라오사가 그를 힐끗 보고 말했다.

"친구야, 넌 끼어들지 마라. 내가 너 대신 정의를 실현해야겠어! 난 아직도 못 믿어. 중국 사람은 꼭 이렇게 비즈니스 원칙을 깨뜨린다니까. 도대체가 신용이 없어!"

장량은 얼른 라오사에게 다가갔다. 그리고 그의 몸을 부둥켜안고 차 쪽으로 끌어당기며 그런 식으로 말하면 안 된다고, 좋지 않은 행동이라고 말했다.

"오늘 내가 기어이 돈을 되찾아주고 만다."

라오사가 주머니에서 휴대폰을 꺼내 트럭 옆면에 적힌 전화번호를 보고 전화를 걸려고 하자, 젓가락 다리가 허둥지둥 달려왔다.

"사장님, 그러지 마세요. 돌려드리면 되잖아요!"

라오사가 물었다.

"총 얼맙니까?"

젓가락 다리가 대답했다.

"20위안이요."

라오사가 장량에게 맞느냐고 묻자 장량은 고개를 끄덕였다. 그래도 젓가락 다리가 10위안을 챙긴 셈이었지만, 그것까지 말했다간 라오사가 더더욱 길길이 날뛸 터였다. 그래서 장량은 젓가락 다리 편에 서서 그 일을 숨겼다. 젓가락 다리가 건넨 돈을 손에 쥐자 장량은 야릇한 느낌이 들었다. 라오사가 또 말했다.

"밥값은요?"

이번에는 장량이 얼른 가로챘다.

"그건 내가 대접한 거야. 책이 좀 무겁냐. 이분들 고생이 너무 많으셔."

라오사는 장량을 쓱 보고 한숨을 쉬고는 젓가락 다리에게 말했다.

"자, 이제 얼른 가서 일 보세요."

돌아서서 짐을 나르러 가는 젓가락 다리는 낙담한 기색이 역력했다. 그가 계단 입구에서 땅딸보를 가로막고 무슨 말을 하는 모습이 장량의 눈에 들어왔다.

라오사가 장량에게 말했다.

"걱정 마라. 동정하지도 말고. 장사를 하려면 상도덕을 지켜야지!"

그래도 장량은 이렇게 말했다.

"저 사람들도 힘들어."

라오사가 말했다.

"넌 안 힘드냐? 저 사람들이 너보다 훨씬 잘 벌어!"

장량은 말문이 막혔다. 솔직히 그는 그들과 수입을 비교할 생각은 해보지도 않았다. 식사할 때 그들이 월급을 물어왔을 때에도 장량은 맞받아 묻지 않았다.

마침내 짐이 모두 트럭에 실렸다. 이삿짐센터 사람도 짐을 따라 화물칸에 올라타고 새집으로 출발할 준비를 했다. 트럭 기사가 세세한 도로 상황을 잘 모르기에 라오사는 자기 차를 따라오라고 했다. 조수석에서 장량이 새집의 대략적인 위치를 알려주자, 라오사는 자기도 아는 곳이라면서 왜 그렇게 멀리까지 가느냐고 물었다. 장량은 사실 지난번처럼 말하고 싶었다. "도저히 못 살겠는 거야." 그러나 치미는 말을 순간적으로 억누르고, 교외는 조용해서 깊은 생각을 하기 좋다고만 대답했다.

"네 생활 방식이 진심 부럽다."

라오사가 진지하게 하는 말이라는 걸 아는 장량은 미소를 지으며 입을 다물었다. 사실 장량은 그런 생활 방식을 견딜 수 있는 사람은 자신뿐이라고 느끼고 있었다.

새집에 도착하자 라오사는 정말 조용한 동네라며 칭찬을 아끼지 않았다. 하지만 장량은 역시 외로움을 견디기 힘들겠다고 스스로 인정하고 있었다. 라오사가 한창 열정 충만한 연설을 퍼붓고 있는데 휴대폰이 울렸다. 라오사는 발신자 번호를 보자마자 인상을 팍 쓰더니 목소리를 낮춰 수군수군 한참을 통화했다. 마침내 통화를 마친 라오사가 장량에게 말했다.

"친구야, 정말 미안하다. 급한 일이 생겼는데 내가 가서 처리해야 돼. 아쉽지만 밥은 다음에 먹자."

장량은 다 이해한다는 표정으로 얼른 가서 일 보라고, 이사는 거의 다 끝난 셈이라고 했다. 라오사는 장량의 손을 꼭 쥐고 여러 번 힘껏 흔들고서 돌아섰지만, 걸어가면서도 몇 번이고 뒤를 돌아보았다. 장량도 손을 흔들어주었다. 이어 차 시동 거는 소리가 나고, 라오사가 탄 차는 연기와 함께 순식간에 사라졌다.

장량은 아래층에 서서 그들이 위층으로 짐 나르는 모습을 지켜보았고, 그들도 장량에게 말을 건네지 않았다. 장량은 이제 서로의 관계가 완전히 고용자와 피고용자의 관계가 되어버렸다고 느꼈다. 물론 처음부터 그랬는데 장량이 그렇게 생각하려 하지 않았던 것뿐일 수도 있다. 여기는 엘리베이터가 있어서 한 시간쯤 지나자 이삿짐을 다 옮겼다. 위층으로 올라간 장량은 그들에게 손을 씻으라고 하고는 비누를 찾아 건넸다. 그들이 물 한 대야를 검은 진흙탕으로 만들어놓자 장량은 대야를 들어 변기에 부었다. 팀장이 장량에게 나머지 절반의 비용을 달라고 했다. 장량은 준비한 190원을 꺼내주고서 방금 젓가락 다리에게서 돌려받은 20원도 같이 건넸다. 이삿짐센터 사람들이 일제히 소리쳤다.

"사장님, 정말 좋은 분이시네요."

장량이 얼른 손사래를 치자 팀장이 말했다.

"사실 우리가 잘못했습니다. 애초에 절반을 선금으로 달라고 한 건 중간에 업체를 못 바꾸게 하면서 좀더 뜯어내려는 거였어요. 나중에는 차마 그럴 수가 없었지만요."

장량은 마음속 가시가 목구멍까지 확 치솟는 느낌이 들었고, 침을 꿀꺽 삼킨 뒤에야 그 무시무시한 느낌을 억누를 수 있었다. 팀장과 짐꾼들이 연신 감사를 표하자 장량은 진심을 담아 말했다.

"수고 많으셨습니다. 정말 수고 많으셨어요."

그들이 떠나고, 장량 혼자 새집에 남았다. 방 하나, 거실 하나짜리 집 안은 크기가 다른 갖가지 상자로 가득 차 있었다. 장량은 상자 하나에 걸터앉아 한참을 멍하니 있었다. 이 낯선 환경에 적응하려면 시간이 필요했다. 하늘이 점점 어두워졌다. 장량은 문득 배가 고파져 저녁을 먹으러 나가기로 했다. 일어나서 세수하고 옷을 갈아입고 나자 중대한 문제를 알아차렸다. 지갑이 보이지 않는 것이다. 이상하다, 방금 전까지만 해도 있었는데. 설마 그들이 훔쳐간 건 아니겠지? 이리저리 생각해봤지만 불가능한 일 같았다. 장량이 '순순평'에 신고하면 그들은 책임을 면할 수 없었다. 그렇다면 도대체 지갑은 어디로 갔을까? 잃어버린 건가? 한참을 찾았지만 지갑은 끝내 나타나지 않았다. 지갑에 남은 돈은 150위안뿐이었지만 그게 장량의 전 재산이었다! 어머니가 편찮으셔서 얼마 전 은행에 있는 돈을 모조리 집으로 송금했던 것이다. 월급은 글피에야 나오는데, 사흘 동안 무슨 수로 버틸까?

날이 완전히 깜깜해졌다. 장량은 배가 너무 고파 심란할 지경이었다. 주의를 딴 데로 돌리려고 짐 더미에서 되는대로 신문을 꺼내 읽는데, 다음과 같은 기사 제목이 눈에 들어왔다. 「미국에 나타난 '비

소비자'―중산층이 '쓰레기 더미'에서 음식을 구해」. 흥미가 생긴 장량은 기사를 계속 읽어내려갔다. '소비문화'에 저항하는 사람들이 소비를 거부하고 쓰레기 더미를 뒤져 먹을 만한 음식을 찾는다는 내용이었다. 장량이 생각하기에 음식을 구하러 쓰레기장에 가는 것은 뉴스거리가 전혀 아니었다. 수많은 도시 빈민이 쓰레기를 주워 살아가지 않나. 그런데 난데없이 중산층, 소비문화라는 주제와 연결되자 뉴스가 되는구나. 갑자기 장량의 마음이 들썩였다. 근처에 슈퍼마켓이 있었던 것 같은데, 어쩌면, 어쩌면, 어쩌면 조금 뒤에 운을 시험해볼 수 있을지도? 이런 생각이 아무런 예고도 없이 치밀며 그를 조종했다. 깊이 생각해볼 겨를조차 없었다! 감전된 것처럼 찌릿했고, 장량은 순간적으로 이런 잿빛 암시를 이해하기 어려웠다. 자리에서 일어나 머릿속에 떠오른 생각을 곰곰이 되새겨보는데, 쓰레기 더미의 악취를 생각하니 살짝 구역질이 났다. 그러나 그는 위장이 경련을 일으키고 화끈거린다는 걸 인정할 수밖에 없었다. 그에게 저항할 힘도 이유도 없다는 걸 일깨워주는 것만 같았다. 왜 안 해? 지금 배고파 죽을 지경이면서. 거기 가면 멀쩡한 음식이 있을지도 모르는데. 진짜로 가난해진 그는 환경보호 정신과 도덕심이 풍부한 미국 중산층처럼 쓰레기 더미에서 저녁을 구할 것이다. 다만 그는 당연히 생명과 육체와 기관의 요구에 따를 뿐, 소비문화에 저항하는 고상한 동기는 거의 없었다. 보아하니 인간의 생존이란 정말 쉽게 이룰 수 있는 일이었다.

"개 같은 미국 놈들!"

장량이 느닷없이 소리쳤다. 어쩌면 그는 이사부터 시작해서 이번 일까지, 미국 놈들이 줄곧 자신을 간접적으로 자극하거나 변화시켰다고 느꼈는지도 모른다. 그는 미국 놈을 제대로 연구해야 한다고 생각했고, 다음 연구 계획은 미국이 지배하는 현대 소비주의 체제를 겨누기로 작정했다.

모든 게 아주 간단했다. 그는 그곳에 도착했다. 운이 나빴을 수도 있고 경험이 부족했을 수도 있다. 어마어마한 악취의 압박 속에서 한참을 뒤져봤지만 먹을 만한 것은 보이지 않았다. 그가 포기하려는 순간, 누군가가 부르는 소리가 들려왔다. 고개를 돌려보니 거지였다. 거지가 웃으며 그에게 말했다.

"형씨, 보아하니 운이 없나본데. 내 얼른 그쪽으로 가겠소."

그러고는 손에 들린 전리품을 쳐들어 장량에게 보여주었다. 한순간 장량은 무슨 말을 해야 할지 몰랐다. 장량은 피곤한 몸을 일으켜 거지에게 웃어 보였다. 거지가 말했다.

"낙심 마쇼. 이런 상황은 누구한테나 닥칠 수 있어요."

거지가 장량에게 큼지막한 빵 조각을 건넸다.

"좀 마르긴 했지만, 분명 문제없고 깨끗한 거요."

장량은 빵을 건네받으며 자신의 손이 살짝 떨리는 것을 발견했다. 거지가 그의 눈을 보며 말했다.

"드쇼, 정말 괜찮은 거니까."

장량은 거지도 실은 퍽 깨끗하다는 걸 알아차렸다. 손도 얼굴도 말끔한데 옷차림이 좀 추레할 뿐이었다. 장량이 여전히 머뭇거리자 거지가 또 말했다.

"사양 마쇼. 지구상에서 고통받는 사람들은 모두 한가족이니까. 댁이 여기까지 왔는데 누군들 댁이 굶는 걸 보고만 있겠소, 안 그래요?"

이 말에 장량은 갑자기 눈시울이 젖어들며 눈앞이 흐려졌다. 그는 재빨리 빵을 한입 베어 물고 우적우적 씹었다. 맛도 좋고 냄새도 하나도 안 났다. 빵을 다 먹고, 장량은 고개를 들어 검푸른 철판 같은 하늘을 오래오래 바라보았다. 자신은 떠오르고 하늘은 내려오는 느낌이 들었다. 하늘과 점점 가까워지고, 점점 가까워지고, 그러다 공기 오염 때문에 오랫동안 보이지 않던 별을 볼 수 있을 만큼 가까워졌다.

한 쌍의 눈 모양으로 나란히 놓인 별들이 말없이 그를 뜯어보고 있었다.

생활수업

초판 인쇄	2025년 7월 24일
초판 발행	2025년 8월 4일
지은이	왕웨이롄
옮긴이	조은
펴낸이	강성민
편집장	이은혜
편집	김지우
마케팅	정민호 박치우 한민아 이민경 박진희 황승현 김경언
브랜딩	함유지 박민재 이송이 김희숙 박다솔 조다현 김하연 이준희
제작	강신은 김동욱 이순호
펴낸곳	(주)글항아리 | 출판등록 2009년 1월 19일 제406-2009-000002호
주소	10881 경기도 파주시 문발로 214-12, 4층
전자우편	bookpot@hanmail.net
전화번호	031-955-2689(마케팅) 031-941-5161(편집부)
팩스	031-941-5163
ISBN	979-11-6909-412-2 03820

잘못된 책은 구입하신 서점에서 교환해드립니다.
기타 교환 문의 031-955-2661, 3580

www.geulhangari.com